高校事変16

松岡圭祐

角川文庫
23728

1

素朴な住宅街ではあっても緑が多く、朝七時すぎにはもう蝉の合唱がこだまする。山梨の甲府《こうふ》北《きた》高校への通学路を、男女生徒の群れがぞろぞろと歩いていく。制服は半《はん》袖《そで》の夏服ばかりだ。夏休み明けの二学期、始業式の日を迎えたものの、まだ陽射しも強い。正午を迎えるころには、なにもかも目に痛いほど、原色の眩《まぶ》しさを帯びるにちがいない。

三十代半ばの田辺《たなべ》昭夫《あきお》教諭は、周りの生徒の挨拶《あいさつ》におはようと応じながら、カバン片手に早足で進んだ。

生活指導はなにかにつけ忙しい。けさのような笑止ものの厄介ごとも、いちいち校長からメールで意見をきかれる。返信の必要がないほどわかりきった答えだ。長い休みで弛《たる》んだ生徒のなかには、学校に行きたくないあまり、悪知恵を働かせる者もでてくる。想定の範囲内だと田辺は思った。

先輩の男性教師、四十代の黒川義人《くろかわよしひと》教諭が歩調を合わせてきた。「おはようございます」

「ああ、おはようございます。黒川先生」田辺は並んで歩いた。「たしか夏休みに入って以降の、教育研修所以来ですね」

「いや、保護者懇談会で少し顔も合わせましたし、教科研究会でも……」

「そうでした、すみません。大変失礼しました。このところテスト作りと授業の準備で、頭がぼうっとしていて」

「いや、わかりますよ。しかも田辺先生はバスケ部の顧問としてもお忙しかったでしょう」

田辺は苦笑した。「生活指導のあれこれにくらべたら、顧問はたいした仕事じゃありません。夏場にほっつき歩く生徒が増えたせいで、夜の巡回までありましたし」

「大変でしたね」黒川が真顔になった。「けさの脅迫文というか、あれも……」

「爆破予告です」田辺はやれやれという気分で頭を掻《か》いた。「けさ早く校長宅の郵便受けに投入されたそうです。画像のメールがまわってきたでしょう。大学ノートにシャーペンで書いた声明文」

「きょう午前中に校舎を爆破するとか」

「始業式とホームルームが午前中で終わり、昼には下校ですからね。学校に行かずに済ませるには、午前中に事件が起きないと」

「生徒のいたずらでしょうか」

「きまってますよ。なにやら小難しい言葉が多用してありましたけどね。ええと」田辺はスマホをいじった。爆破予告声明文の画像を表示する。いかにも頭の悪そうな生徒の書いた、拙《つたな》い字が並んでいる。田辺は読みあげた。「エチレングリコールジニトレート抜きのC4、M5A1を校舎各階の壁のなかに埋めこんだ。柱と梁《はり》、いずれも一か所につき四本ずつ」

「ネットで検索してみましたが、いちおう本当にある言葉みたいですね」

「どっかの漫画かアニメの請け売りでしょう。いまどき爆破予告なんか真に受けて、休校になるケースなんて稀《まれ》ですよ」

「爆発が起きるなんて思えませんが、大事をとって休校にしなかったことを、PTAあたりから責められませんか」

田辺は首を横に振った。「心配ないですって。校長や教頭も同じ意見ですよ」

武蔵小杉《むさしこすぎ》高校事変や、ホンジュラスでの慧修《けいしゅう》学院高校の悲劇、さらにはシビック政変まで発生する世のなかであっても、全方位に際限なく警戒を強めるわけではない。

それらのできごとには事前の犯行声明などなかった。大勢の未成年が犠牲になった、だから爆破予告を無視するのは言語道断、そんな単純な理屈は成り立たない。むしろ社会情勢を正確にとらえず、いたずらとの区別もつけず、ただちに休校の決定を下すほうが、よほど無責任にちがいない。

黒川も目を細めた。「おおかた夏休みの宿題をやっていないか、学校に行きたくないという甘えの生じた生徒が……」

「ええ。二学期初日の恒例行事みたいなもんですよ。よその学校でもたまに耳にします。でも本当に爆破予告なんて、うちの生徒にそこまでの馬鹿がいるとは思わなかった」

校門へ通ずる道順における最後の角を曲がった。閑静な住宅街の生活道路、まっすぐ前方に校舎が見えている。けさは部活の朝練はない。登校した生徒らはそれぞれの教室に直行しているだろう。

まだ校門まではいくらか距離がある。なおも爆破予告が気になるのか、黒川が問いかけてきた。「校長は警察に通報を?」

「してませんよ。問題は始業式でどう喋《しゃべ》るかでしょう。生活指導としても頭の痛い問題です」

「どう教育すべきか考えものですね。教員が騒いだのでは、いたずらを働いた生徒がしてやったりと思うかも」

「だから校長と相談したんです。次にまた爆破予告があった場合、校舎は危険なので、教室を近くのお寺へ移すことを示唆すべきかと。生徒の安全第一なので、登下校を省くため、みんな寺に住みこみ。掃除も食事も共同。自宅待機はいっさい許可できないと」

黒川が声をあげて笑った。「そりゃいい！　学校での集団生活を嫌がる不登校予備軍には、おおいに効くでしょう」

「まさしくそれが狙いです。爆破予告なんて声明文を投入するのは、わがままで協調性に欠ける生徒にちがいありません。ところが昼夜問わず、同級生と一緒に暮らさざるをえないときけば……」

いきなり足もとを縦揺れが突きあげた。周りの生徒らがすくみあがるように立ちどまる。ざわめきがひろがった。道沿いの民家の窓ガラスが振動し、ブザーに似た音を奏でる。地震だろうか。

そう思ったとき、田辺は信じがたい光景をまのあたりにした。正面に見える校舎が大きく傾くと同時に、黒煙の巨大な球体が膨れあがった。稲妻に似た閃光《せんこう》が視界を覆い尽くす。オレンジいろに輝く火柱が立ち上った。かなり遅れて衝撃波が到達、爆発音が轟《とどろ》く。

「な」黒川が怒鳴った。「なんだ⁉」

女子生徒らの悲鳴が響き渡った。辺りは濃霧のような砂埃《すなぼこり》に覆われ、なにも見えなくなった。熱風が猛烈に吹きつける。田辺は風圧に耐えきれずのけぞり、路上に尻餅《しりもち》をついた。

わずかに校舎のようすが見通せるようになった。オレンジいろの亀裂《きれつ》が縦横に走り、炎が放射状に噴出、火災のなかに外壁全体が呑《の》まれていく。校舎が大小の断片と化し、一気に崩落した瞬間、またも大砲のごとき轟音《ごうおん》が耳をつんざいた。

吹き荒れる砂嵐のなか、逃げ惑う生徒らがこちらに向かってくる。黒川が必死の形相で身を翻し逃げだした。田辺も黒川につづきたかった。だが腰が抜けたまま立つに立てない。さらなる煙が波状に押し寄せてくる。また視野が閉ざされた。なにやら焦げくさい。酸素の濃度も急速に薄れたようだ。田辺は苦しくなり咳《せ》きこんだ。

いつしか両手で頭を抱えうずくまっていた。ほどなく静かになっていることに気づく。田辺はびくつきながら顔をあげた。

辺り一面が砂だらけだった。そこかしこに倒れた人影も、頭から大量の砂をかぶり、文字どおり灰いろに染まっている。生徒らが茫然《ぼうぜん》と起きあがりだした。みな校舎があったはずの前方へと視線を向けている。

田辺もぼんやりと同じ方向を眺めた。煙と砂埃からなる濃霧が晴れてくる。甲府北高校は消えていた。倒壊した門柱やフェンス越しに、戦場の写真に似た瓦礫《がれき》の山ばかりが、冗談のようにひろがっていた。

2

優莉《ゆうり》凜香《りんか》は直射日光に苛立《いらだ》ちながら、日暮里《にっぽり》高校のグラウンドに立っていた。始業式は体育館でおこなうのではないのか。なぜ屋外なのだろう。各クラスの列は出席番号順で、その出席番号は五十音順のため、凜香はかなり後ろのほうにいた。よってほとんどの生徒の顔は見えない。しかし後ろ姿だけでも、みなしんどそうにしているのがわかる。じきに女子生徒につきものの貧血芸が多発しそうだ。

きょう九月一日は、大半の学校がいっせいに始業式を迎える。けさテレビで観た天気図は高気圧が張りだしていた。列島の隅々まで晴れにちがいない。まだ残暑が厳しいのに、始業式を外で実施する酔狂な高校など、ここのほかにあるのか。さっきまで教室で駄弁《だべ》っていられたのが夢のようだ。日本で売っていないレベルの日焼け止めクリームを塗るべきだった。SPF50では陽射しが肌に痛い。

とはいえ新学期に特有の浮かれぐあいは、この日暮里高校でも全学年に見てとれる。校長の長話がつづくなかでも、特に三年生のそわそわした態度が目についた。三Aのアイドル的存在、雲英亜樹凪《きらあきな》がひさしぶりに帰ってきたからだ。

周りの生徒らはみな彼女を無視できずにいる。亜樹凪の立ち姿を眺めては、近くの友達どうし、綺麗《きれい》だの可愛いだの嬉《うれ》しげに反応する。街なかで有名モデルでも見つけたときの、ミーハーなリアクションそのものだった。

事実として亜樹凪は容姿端麗に相違ない。けれども問題はそこではない。ほかの生徒たちは、亜樹凪が長い不登校を経て、学業に復帰したと解釈しているだろう。凜香は例外だった。まさか戻ってくるとは思わなかった。

杠葉瑠那《ゆずりはるな》が亜樹凪に撃ちこんだのが、実弾か血糊《ちのり》弾か、正直なところ五分五分と感じていた。どちらにしても瑠那の判断を尊重する、そう思いつつも、亜樹凪の死を信じたかったのが本音だった。あの女が生きていては平穏が訪れない。事実として亜樹凪はEL《エル》累次体に与《くみ》し、大勢の命を奪おうとした。原宿《はらじゅく》にサリンを撒《ま》きかけた凜香の所業が、可愛く見えるほどの大規模犯罪だった。

頭髪の薄くなった小太りの五十代、池辺《いけべ》校長が壇上で声を張った。「喜ばしいことに、しばらく体調不良で静養していた雲英亜樹凪さんが、二学期から復学してくれました。みなさんで心から歓迎しましょう」

生徒らがいっせいに亜樹凪に向き直る。どの顔も微笑ましそうに亜樹凪を見守り、誰もが拍手を送った。黄いろい歓声すら混ざっている。亜樹凪はその中心で黙っておじぎをした。凜香からは背中しか見えないため、亜樹凪の表情はわからない。

気品に満ちた礼儀正しい素振り。かつて民間の内親王と呼ばれた雲英グループの令嬢、その印象のままの亜樹凪が立っている。清楚《せいそ》さだけでなく、抜群のプロポーションが醸しだす性的魅力に、男性教師らまでが口もとを緩めている。

ただひとり険しい表情の教師がいた。筋肉質の巨漢で凜香のクラス担任、蓮實《はすみ》だった。内心腸《はらわた》が煮えくりかえっているだろう。むろん凜香も同感だった。

世間は亜樹凪を行方不明ととらえていたはずだ。現に最悪の事態もありうるとささやかれていた。有名人が失踪《しっそう》したわりには、いっこうに報道がないと感じていたら、ひょっこり帰ってきた。校長は波風を立てまいと、体調不良による欠席を周知の事実のように告げている。たぶん亜樹凪からそんな申し開きを受けたにちがいない。ひとりになりたかったんですと、美少女が涙でも浮かべようものなら、あの手のおっさんなどイチコロだろう。

失踪以前、警察は亜樹凪の取り調べを終えた際、逮捕しないことを公にした。すなわち書類送検もなければ起訴もない。体育祭当日、グラウンドで尾原《おはら》文科大臣の命を奪おうとしたフィリピン人を、亜樹凪は死に至らしめてしまった。ホンジュラスでの悲劇を経験し、人知れず体幹トレーニングを積んだ亜樹凪は、拳銃《けんじゅう》を見て死にものぐるいで阻止しようとし、結果として暗殺者の命を奪った。そんな報道をきいた世間は同情の声一色に染まった。かつてのお嬢様がとんでもなく逞《たくま》しくなった、ひところはその話題で持ちきりだった。

よって亜樹凪の失踪も衝撃的なニュースとして受けとめられていた。無事に帰ってきたきょう以降、ひたすら歓迎ムードばかりが支配するだろう。復学は事前に発表しなかったにちがいない。マスコミが知っていれば押しかけたはずだ。

凜香は一年B組の列に目を向けた。やはり五十音で最後のほうになる、杠葉瑠那の背が斜め前にある。ほかの生徒たちに同調し、瑠那も控えめながら亜樹凪に拍手した。その後はずっと姿勢を崩さず、巫女《みこ》らしく全身をまっすぐ伸ばしている。後ろに垂らした長い黒髪がいっこうに揺らがない。それだけ微動だにしないのがわかる。顔を校長に向けながらも、たぶん視界の端に亜樹凪をとらえつづけている。

瑠那はどう思っているのだろう。亜樹凪を殺さなかったのはいいとして、復学まで予想できていただろうか。さっき教室で一緒にいたとき、亜樹凪の登校を耳にしたものの、瑠那は特に驚きのいろを浮かべなかった。

本気で殺し合った女子高生が同じ学校にいる。こんな状況を作りだしたのは、ほかならぬ瑠那だ。今後、亜樹凪がいちどでも凶悪犯罪に及べば、それは瑠那の責任でもある。殺しておけばそうはならなかったと、悔やむ日が来てほしくない。

校長の演説はつづいた。「最後に、きょう始業式を炎天下で迎えざるをえなかった理由をお話しします。取るに足らないことではありますが、ささいないたずらがありました。具体的には日暮里高校を爆破するとの予告文が届きました」

笑い声の混ざったざわめきがひろがる。凜香を振りかえる男子生徒の阿呆面《あほづら》もちらほらあった。睨《にら》みかえしてやると、あわてたように前に向き直る。凜香は憤りをおぼえた。テロといえば優莉匡太《きょうた》、そんな単純思考がむかつく。

池辺校長も苦笑いを浮かべ、冗談めかした口調でいった。「もちろん本気にする必要もないことだと思っております。とはいえいちおう無視できないので、始業式はグラウンドという判断になりました。いたずらを働いた者は、友達や先生がたに迷惑をかけたと反省し、二度とこういうことを繰りかえさないよう……」

凜香は教員の列に目を向けた。にやにやするばかりの教師らのなかで、また蓮實だけが不審そうに眉《まゆ》をひそめる。蓮實は隣の教師にたずねる顔を向け、小声で話しかけた。隣の教師はスマホをとりだし、画面をタップしたうえでスワイプし、蓮實に向けた。その教師も声をひそめ、なにか説明している。

スマホの画面に映っているのは爆破予告声明文だろう、凜香はそう思った。蓮實が眉間《みけん》に皺《しわ》を寄せ、ひとりつぶやいている。文面を読みあげたようだ。

唇の動きを読むのは凜香の得意技だった。父親が口にした不満をいち早く察知しないと、折檻《せっかん》から逃れられない、そんな幼少期を送ったからだ。

読唇術など眉唾物《まゆつばもの》にすぎないと断じる大人たちがいる。〝た〟と〝だ〟と〝な〟の口の動きが同じというのが、その根拠らしい。世間はすぐ知識人の定説とやらにしがみつきたがる。現に唇の動きは読めるのだから仕方がない。〝た〟と〝だ〟と〝な〟のちがいぐらい、前後の文脈でわかる。

エチレングリコールジニトレート抜きのC4。蓮實がそうつぶやいたのがわかる。M5A1ともいった。そのあとしばらくははっきりしなかったが、最後は驚きをともなっていたせいか、口の動きが明瞭《めいりょう》になった。〝四本ずつ？〟と蓮實は神妙な表情を浮かべた。隣の教師はなんのことかわからず、ぽかんとした面持ちのままだった。

蓮實はふいに教員の列を離れ、校舎のほうへ足ばやに立ち去った。ほとんどの生徒は、校長の長話にうんざりするばかりで、蓮實の動きに気づいていない。

凜香は胸騒ぎをおぼえた。エチレングリコールジニトレート抜き。M5A1が四本ずつ。爆破予告声明文を受けとった校長以下、安直な教師どもはどうせネット検索すらしていない。したとしても重要性が理解できないだろう。だが凜香の脈は速まる一方だった。

反射的に瑠那の後ろ姿に目が向く。ところがそこに瑠那はいなかった。いつしか行方をくらましている。始業式の最中、クラスの列から誰にも気づかれず消えるとは、尋常でない身のこなしだった。

むろん凜香も驚いてばかりはいられない。列の後方なのは幸いといえた。少しずつ後ずさり、なにげなく列を抜けだす。数人が振りかえったがかまわない。眼《ガン》を飛ばせば、誰もが怯《おび》える反応をしめし、また前に向き直る。教師らにも気づかれないように姿勢を低くし、大きく迂回《うかい》しながら一気に駆け抜ける。フェンス際の並木にいったん隠れたのち、木陰から木陰へと身を移しつつ、すばやく校舎に接近していった。

昇降口はどれもグラウンドに面していて、なかに駆けこむのには向いていない。蓮實はたぶん裏側からまわったのだろう。凜香もそれに倣った。校舎の向こう側、教職員用の玄関へと急ぐ。むろん玄関を通れば事務員に呼びとめられてしまう。一階廊下側のサッシ掃きだし口は、どれも施錠されていた。

頭からヘアピン二本を抜きながら、凜香は非常用の外階段を上った。二階のドアの前に立つや鍵穴《かぎあな》にヘアピンを挿しこんだ。一本で内部を支えつつ、もう一本で奥から順にシリンダーを回す。さして手間もかからず解錠に至った。いまどきインテグラル型の鍵とは不用心すぎる。

二階の廊下に入った。生徒が出払っているため、ひとけもなく静まりかえっている。どこから手をつけていいものやらと辺りを見まわす。すると階段に靴音があわただしく響いた。一階から蓮實が駆け上がってきた。凜香には目もくれず、手で壁を撫《な》でまわしている。

「先生」凜香は声をかけた。

蓮實がびくっとし振りかえる。いかつい顔にたちまち怒りのいろが浮かんだ。声をひそめながら蓮實が鋭くいった。「優莉。ここでなにしてる。始業式の最中だぞ」

「そりゃ先生も同じだろ。黙って抜けだしたじゃん」

「おい」蓮實が凜香の足もとに目をとめた。「上履きは？　土足であがるな」

「賊がいたら追いかけなきゃいけねえだろ。先生こそ靴のままじゃんか」

「先生はいいんだ。とにかく早く外にでろ」

「寝言はよせよ」凜香はつかつかと歩み寄った。「爆発物マーカーのエチレングリコールジニトレートを抜いたC4。探知機でも見つけられねえしろものだろ。耐震補強の剪断《せんだん》補強筋を断つには、一本一キロ強のM5A1を壁に埋めるとして、一か所につき四本。爆破予告は玄人《くろうと》だろうが」

蓮實が目を剝《む》いた。「なんで声明文を知ってる？　まさか……」

「わたしが書いたんじゃねえよ。さっきスマホを見ながらぶつぶつ喋《しゃべ》ってたろ」

ダイナマイトからプラスチック爆薬まで、爆発物製造時にはエチレングリコールジニトレートを混ぜる義務がある。〝可塑性爆薬の探知のための識別措置に関する条約〟による国際的な取り決めだった。いわゆる探知剤、爆発物マーカーとしての成分にさだめられている。これを混在させない非合法の爆薬も、世界じゅうの闇ルートであつかわれているが、その事実を知る者はさほど多くない。

凜香はてのひらで壁を叩《たた》いた。「こんなとこ壊して埋めこんだんなら、コンクリが新しくなっててすぐわかるだろ」

「ああ。どこにも手を加えたようすはない。天井の点検口を開けたところで、構造に関わる鉄骨の柱や梁《はり》に、容易に這《は》っていけるスペースもない」

もっともらしい声明文ではあっても、やはりいたずらにすぎなかったのか。けれども凛香はまだ腑《ふ》に落ちなかった。蓮實も同じ心境だからこそ、校舎内を駆けめぐっていたのだろう。

M5A1なら幼少期に父が持っているのを見た。米軍が使用するC4爆薬だった。粘土のように球体にしたり、細く紐《ひも》状に伸ばしたりする造形を、凛香のほか兄弟姉妹はみな練習させられた。厚さ六十センチのコンクリート壁を破壊するために、表面にくっつけるとなると十三本も必要だが、埋めこむなら二本で済む。ただし地震の多い日本の鉄筋コンクリートは頑強だ。梁や柱を寸断するためには、一か所に四本ぶんものM5A1を鉄骨に巻きつけねばならない。

凛香はこの知識を父から得たが、父の情報源は交際相手のひとり、友里《ゆうり》佐知子《さちこ》だろう。東京湾観音の地下にあった恒星天球教《こうせいてんきゅう》のファイルに計算式が載っていた。しかし少なくともそのレベルの犯罪組織でなければ知りようがないことだ。蓮實は陸上自衛隊の特殊作戦群で学んだのだろうが、一般にはでまわっていない情報だった。

ふいに階下から物音がした。蓮實がいっそう険しい表情になった。微音ではない。むしろ騒音だった。硬い物を叩きつけるようなノイズが校舎じゅうに反響する。

蓮實が階段を駆け下りだした。凛香もそれにつづいた。踊り場をまわると、音はさらに大きくきこえるようになってきた。

一階に着いたが、階段はさらに下に延びている。下り口にはロープが張ってあり、ふだんは立入禁止になっていた。半地下は配電設備や下水管の点検に使われるらしい。よく男子生徒がふざけてロープを乗り越え、蓮實から大目玉を食うのを見かけるが、凜香は足を踏みいれたことがなかった。電灯が備わっていないため、下り口の先はほの暗く、はっきりとは見通せない。一階の窓から夏の陽光が射しこむせいで、明暗の落差に目が慣れにくい。

だが凜香はむろんのこと、一階に向かう前から片目を閉じていた。蓮實も同様にしている。ロープを越えてすぐ、闇に慣らしたほうの目に切り替える。おかげで暗がりのようすがありありと見てとれる。

半地下への階段は、左右の壁に点検口を有する、狭い袋小路《ふくろこうじ》に行き当たっていた。華奢《きゃしゃ》な女子生徒の制服が、平バールを手に突きあたりのブロック塀を破壊している。フルスイングしたバールは、ブロックの隙間に深々と刺さり、手前に引くや粉砕される。痩《や》せた身体つきと細い腕に似合わず、重機のような破壊力を発揮する。

蓮實が面食らったようすで呼びかけた。「杠葉！」

手をとめた瑠那が振りかえる。色白の小顔に端整な面持ち、大きな瞳《ひとみ》がじっと見かえす。激しい運動にも息ひとつ乱れていない。凜香は舌を巻いた。いまでも病弱に見える痩身《そうしん》のどこに、これほどまでのスタミナが潜んでいるのだろう。

瑠那は床からスマホを拾った。懐中電灯機能をオンにし、LEDのライトを灯《とも》すと、まだ壊れていないブロック塀を照らした。一見して異常がわかる。いま瑠那が平バールで壊していた部分を中心に、約二メートル四方のブロックと目地がやけに新しい。

蓮實が唸《うな》った。「爆薬が仕掛けられたのは建物の基礎か。最下段の剪断補強筋が細切れになれば、校舎は崩落する」

瑠那はうなずいた。「地面の陥没が広範囲に及びます。学校だけじゃなく付近の民家を巻き添えにする危険があります」

「なんてことだ」蓮實が階段を駆け上ろうとした。「グラウンドの生徒たちに避難を……」

凜香は呼びとめた。「まってよ、先生。爆破予告の時刻は？　声明文にあった？」

「午前九時四十七分だ」

瑠那が平然とバールを振りあげた。「いま九時四十二分です。生徒全員が安全圏まで避難するなんて無理です。そこのロッカーに工具があります」

「畜生」蓮實は悪態をつきながらロッカーに駆け寄った。瑠那が持つ平バールとは形状の異なるテコバールをつかみだす。ブロック塀に向き直るや、テコバールの先端を力強く叩きつけた。

凜香も傍観してはいられなかった。短めのSバールしか残っていなかったが、それを手にブロックを突き崩しにかかる。

「先生」凜香は全力で作業しながらきいた。「雲英亜樹凪の復学を知ってたかよ」

一瞬だけ蓮實の表情がこわばった。「なにもきいてない。証拠がないから警察に告発もできない」

「お互い様ってことか」

「そんなことより、優莉」蓮實はテコバールで壁を壊しつづけた。「おまえが怪我をさせた一Bの生徒たちも、じきに復学する。ちゃんとお詫《わ》びしろ」

「なんだよお詫びって。刀伊《とい》のクズまで戻ってくるのかよ」

「いや。刀伊はさすがに別の学校に転校した。区議会議員の父親は、そのうち優莉を訴えるって、まだしつこく捨て台詞《ぜりふ》を吐いてたけどな」

「じゃ復学するのは刀伊の取り巻き連中？　男が四人と女が三人ぐらいいたっけ」

「ほとんどが全治三か月だった。ようやくみんな包帯がとれたところだ」

「ならまずそいつらに謝らせろよ。瑠那の前で土下座させるべきだろうが」

「それもやらせる。傷つけ合った者どうしが相互に謝り合う。平和な二学期のスタートには欠かせない」

「どこの馬鹿の思いつきだよ」

「保護者、都と区の教育委員会、PTA、校長や教頭。各方面からの要請だ」

「爆弾に吹き飛ばされたくなってきた」

苛立《いらだ》ちのせいもあってか、Sバールを打ちつける手にひときわ力が籠《こ》もる。壁に十字の亀裂《きれつ》が走り、無数のブロックが一気に崩れ落ちた。

砂埃《すなぼこり》にむせながら目を凝らすと、大穴が開いていた。全身が思わず硬直する。うっすらと見えてきた鉄骨の柱と梁、ジョイント部分はいずれも、黒い粘土状の物体に覆われていた。

蓮實が額の汗を拭《ぬぐ》った。「包装紙のままじゃなく、ちゃんとプラスチック爆薬の特性を生かした仕掛けぶりだ。一か所につきほぼ四・五キログラムってとこか」

凜香も慄然《りつぜん》とした。「M5A1が四本ぶんだよな……？　こりゃプロの仕事だろ」

鉄骨のそこかしこを覆うプラスチック爆薬には、いずれも電気雷管が挿してあり、そこから導線が伸びている。雷管はありふれたタングステン製のようだ。内部の抵抗線が通電とともに発熱、火薬が燃焼し起爆する仕組みだった。

瑠那が壁の穴へと入った。凛香も後を追ったが、ほとんど高さのない基礎部分の地下空間ゆえ、四《よ》つん這《ば》いになるしかない。無数の鉄骨が走っている。それらのすべてにC4がまとわりついている。おびただしい量の導線が集約されているのは、一本の梁の下だった。

そこから瑠那が引っぱりだしたのは、アタッシェケース大の金属製の箱だった。すべての導線が接続されている。俯《うつぶ》せになった瑠那が側面から箱を丹念に眺めた。「溶接はされてません。でも合計八本のビスで留めてあります。外す順番にルールがあるはずです」

巨漢の蓮實は入ってこられず、穴の外に立っていた。「ビスの頭は？」

「六角穴付のM8です」

「6番のレンチだな。ロッカーを探してみる」

蓮實が穴から離れようとしたとき、複数の靴音が響いた。凛香ははっとした。思わず瑠那と顔を見合わせる。

池辺校長の声が怪訝《けげん》そうに問いかけた。「蓮實君？　なにをしてる。いま学年主任が防災訓練や学力試験の説明をしてる。次は生活指導の先生が話す番だよ」

声と靴音が階段を下りきる前に、凛香と瑠那は腹這いになったまま、地下基礎部分の奥深くへと潜りこんだ。穴の外からのぞかれても、ぎりぎり見えない範囲まで遠ざかる。

校長よりはいくらか若い男性、芦田《あしだ》教頭の声が驚きの響きを帯びた。「なんだ!? 壁が壊れてるじゃないか」

光が暗闇に走った。蓮實が自分のスマホの懐中電灯機能で、穴のなかを照らしたらしい。物憂げな蓮實の声が告げた。「あの箱を見てください。起爆装置です」

「起爆」池辺校長の声はうわずっていた。「じょ、冗談だろ?」

蓮實の口調は冷静だった。「私の前歴は承知のうえでお雇いになったはずです」

駆けだそうとする靴音は芦田教頭のようだ。「警察に通報します」

「無駄です」蓮實が制止した。「あと何分もありません。できるだけ落ち着いて、生徒たちをグラウンドから外に連れだしてください。いますぐに」

池辺校長の声が即答した。「た、ただちにやる」

ほかにも教師らが同行していたようだが、全員があわただしく階段を駆け上っていく。また静かになった。蓮實のささやきがきこえた。「いいぞ。もう誰もいない」

瑠那が起爆装置のほうへと這いだしていく。凜香もそれに倣った。穴の外から蓮實がレンチを床に滑らせ寄越《よこ》す。受けとった瑠那がさっそくレンチをビスにあてがう。

凜香はひやりとした。「ビスを外す順番があるんだろ?」

「蓋《ふた》のわずかな歪《ゆが》みぐあいから察するに、いちばん固く締まってるところが最後だったと思われます。次がこっちで、その次が向かいです」

「あくまでその可能性が高いってだけだよな?」

「ええ」瑠那があっさりと認めた。「確率の高い順に試すだけです。それ以外になにかありますか?」

凜香の心臓は早鐘を打っていた。まるで生きた心地がしない。そのあいだにも瑠那は次々とビスを外していく。慎重に上蓋を浮かせた。

起爆装置の機械部分が露出した。凜香は息を吞《の》んだ。

基本的な構造は父に教わったとおりだ。電気雷管に通電するための仕組み、断線を感知し起爆に結びつけるセンサー、そして時限装置。電源はバッテリーだが、ボルトとアンペアを強力に増幅するための回路が連結してある。それだけの電気エネルギーが起爆には必要になる。

概要は理解できるものの、非常に高度で厄介な設計だった。トラップがどこに埋めこまれているか予想がつかない。映画のように残り時間を表示する親切な画面もない。

瑠那がスカートのポケットをまさぐり、キーホルダー付きの鍵《かぎ》をとりだした。自宅の鍵にちがいない。それを基板に突き刺す。大胆な行動だった。バイパスを作ろうとしているらしい。ため息とともに瑠那がきいた。「もう一本鍵が必要です」

凜香は胸ポケットから自転車の鍵を引き抜いた。「こっちに刺すんだよな？　このパッドとランドのあいだ」

「そうです。一気に突き立ててください」

指先が震える。瑠那が指摘したとおり、慎重になりすぎると隣り合う端子のうち、片側だけ接触してしまう危険がある。好ましい結果につながらないのはあきらかだ。凜香は渾身《こんしん》の力で鍵を突き刺した。エラーは感知されなかったようだ。ただちに起爆することはなかった。ただし秒読みはなおもつづいているらしい。小さな赤いLEDの点滅がそれをしめしている。

瑠那がレンチの先で基板を引っ掻《か》き、少しずつ銅箔《どうはく》の配線を剝《は》がしだした。「部品のほとんどは中国製ですね」

凜香はきいた。「先月だかの中国機の墜落と、なにか関係があんのかよ」

「ないでしょう。もっと古い製造です」

夏休み中に中国の軍用輸送機が日本海に墜落した。日本のEEZ内だったため国際問題になった、ひところニュースがそう報じていた。

穴の外から蓮實がいった。「三年生の修学旅行は杭州《こうしゅう》と蘇州《そしゅう》に行くはずだったけどな。日中関係を考慮して変更になった。よくあることだ」

緊張のせいか軽口を叩《たた》きたくなる。凜香は鼻を鳴らした。「そもそも蓮實先生は中国へ行けねえんだろ？　元幹部自衛官だし」

「辞めてりゃ問題ない。現職だと警察官でも駄目だ」

「へえ。共産圏への渡航が制限されてんのは現役だけか。勉強になった」

「建前上、日本国民には渡航の自由が保障されているから、あくまで自衛隊や警察の内部規則だ」蓮實が苦言を付け足した。「変な勉強ばかりしてないで、真面目に授業を受けろ。夏休みの宿題はぜんぶ終わってるんだろうな？」

凜香は鬱陶《うっとう》しげな声をあげてみせた。「瑠那。いますぐ吹っ飛ばせよ」

瑠那が作業の手を休めずに応じた。「凜香お姉ちゃん、宿題まだなんですか。手伝ってあげますよ」

「よしきた。ありがたい。やっぱ爆発させなくていいや」

蓮實が口を挟んだ。「天才の知恵を頼るのは禁止だ」

そのとき突然、雲英亜樹凪の落ち着き払った声が告げた。「和気《わき》藹々《あいあい》って感じ」

凜香は反射的に跳ね起き、天井に頭を打ちつけそうになった。蓮實も驚愕《きょうがく》に目を瞠《みは》り、背後を振りかえる。瑠那は表情を硬くしたものの、基板から視線を外そうとしない。

いま凜香が這う場所から、穴の外に立つ亜樹凪の姿が見えた。向かい合う蓮實がたじろいでいる。

震える声で蓮實が問いただした。「この爆弾を仕掛けたのはきみか……?」

「いいえ」亜樹凪がスマホをとりだした。「始業式の最中じゃ報道も知らないでしょ。いま日本じゅうが大騒ぎになってる」

画面をタップしたうえで、亜樹凪が映像を蓮實に向けた。ニュースキャスターの声がきこえてくる。「……では繰りかえしお伝えします。全国の小中高の学校で大規模な爆発が発生しました。いずれも前日までに爆破予告が届いており、始業式を自粛した多くの学校では、無人の校舎が崩壊するに止《とど》まりました。しかし山梨県立甲府北高校では、通常どおり生徒が登校したところ……」

亜樹凪が音声をフェードアウトさせた。「甲府北高校では人的被害がでたみたい。愚かな校長が警告を無視したせいよね。ここ日暮里高校もそうなりそう」

蓮實が血相を変え、亜樹凪の腕をつかんだ。「EL累次体のしわざか。なにが狙いだ」

「放してよ」亜樹凪は蓮實の手を振りほどいた。「爆弾は故・尾原大臣の置き土産」

「置き土産だと……？」

「爆破予告がいたずらとみなされ、登校を控えない学校が多々あると予想できた。そこで二学期初日の早朝、尾原文科大臣が指示をだす計画だったの。もし不審な犯行声明を受けとったら、大事をとって始業式を自粛するようにって要請」

「ああ」蓮實はあきれたようにつぶやいた。「耳を傾けない学校があってもかまわないわけか。尾原大臣のいうことに従わなかった結果、大惨事になる学校がいくつかあれば、かえって大臣の信頼と権威が高まる。次期総理候補としての支持も急上昇」

凛香は心底うんざりした。「EL累次体とやらはいつもそればっかだな」

蓮實が腕時計を一瞥《いちべつ》し、動揺をあらわにした。「残り二十秒を切った！　亜樹凪。きみにメリットのない計画なら支援の必要もないだろう。爆弾の解体を手伝え」

たぶん亜樹凪は要請をのらりくらりと断るだろう。つまらない演説をきくのは耐えられない。凛香は吐き捨てた。「足手まといだよ。いらね」

「ええ」瑠那が平然とした面持ちでささやいた。「助けは不要です。もう終わりました」

瑠那の手が基板をわしづかみにし、いきなり引き剝がした。大きな音に凛香はびくっとしたが、地下の基礎空間に異変は生じない。電気雷管への通電はなかった。C4は起爆せず、静寂だけが包んだ。瑠那は起爆装置の無効化に成功していた。

ずっと冷静さを保っていたようすの瑠那も、じつは心が張り詰めていたのかもしれない。いまになってふうっとため息をつき、安堵《あんど》のいろを浮かべる。それを見て凜香は思わず笑った。瑠那の顔も微笑に転じた。

蓮實がほっとした声でつぶやきを漏らした。「被害がでたのは甲府北高校だけか」

瑠那は首を横に振った。「甲府北高校も無事ですよ」

亜樹凪が眉《まゆ》をひそめたのを凜香は見てとった。蓮實も驚きの顔を向けてきた。

低い天井の下からゆっくりと這《は》いだし、瑠那は穴の向こうにでた。振りかえると凜香に手を差し伸べてくる。凜香はその手をとり、瑠那とともに半地下の袋小路《ふくろこうじ》に戻った。

冷やかな顔の亜樹凪がきいた。「無事って?」

すると瑠那は制服の埃《ほこり》を払いながら応じた。「爆破予告のあった学校の生徒会には、何日も前にわたしから知らせておいたんです。先生たちはどうせ本気にしないから、登校後ただちに校舎から避難するようにって。甲府北高校の生徒会長からも、さっき無事を知らせるラインが入りました」

「……なぜ？」亜樹凪が瑠那を見つめた。「爆破予告の学校を知ってたの？」

「尾原大臣……いえ元大臣は、体育祭で眼鏡をなくしたことをひた隠しにしてました。ＥＬ累次体にばれちゃ困るからでしょう。それだけ眼鏡が大事な物だったんです」

「眼鏡？」

「はい。黒縁眼鏡のテンプルの付け根、ヨロイと呼ばれる部位に、ナノメモリーカードが入ってました。二学期初日の騒動により、大臣の支持を上げる計画は承知済みでした」

無表情だった亜樹凪がわずかに目を瞠った。片方の頬筋《きょうきん》に痙攣《けいれん》が生じている。

瑠那が淡々とつづけた。「ネズミ駆除業者を装って爆薬を仕掛ける手段も。その業者が訪問予定の学校すべてが標的だったんです」

蓮實が渋い顔になった。「うちの学校の名もあったのか？」

「いえ。日暮里高校には体育祭の最中、隙を突いて工事がおこなわれたようです。わたしも気づきませんでした。どうりで制服泥棒が校外まで逃げまわったりしたわけです」

亜樹凪が押し殺すような声で問いかけた。「ほかにＥＬ累次体の名簿も持ってるのよね」

「ええ」瑠那が亜樹凪を見かえした。「手のうちは読めます」

「名簿なんて破棄したほうがいい。きっと身を滅ぼすから」亜樹凪は捨て台詞《ぜりふ》のようにそういうと、踵《きびす》をかえし階段を駆け上っていった。

蓮實が亜樹凪の背をじっと見送る。複雑な面持ちだった。無理もないと凛香は思った。ひとところは色香に惑わされ、恋仲だと強く信じたものの、操られていただけだとわかり、血で血を洗う殺し合いになった。凛香と同じく蓮實も内心では、亜樹凪の死を望んでいただろう。それがいまになって復学した。事情を知らない教員や生徒に囲まれ、固く口を閉ざしつつ、ともに二学期を送らねばならない。

亜樹凪に生存を許した張本人は、さばさばした態度で制服の埃を払いつづけた。瑠那は胸もとのリボンを直し、上り階段へと向かいかけた。「先生。これからスピーチですよね。堂々とクールにお願いします」

「スピーチ？」蓮實が妙な顔になった。「始業式は中止だよ。みんな避難してるし、警察や消防も駆けつける」

「だから報道陣に囲まれるでしょう。学校を救った元自衛官の先生、マスコミデビューおめでとうございます。しばらくは蓮實先生の名前で持ちきりですよ」

そういうことかと凛香は笑った。「きょうSNSのホットワードに〝ハスミン〟がランクインするね。賭《か》けてもいい」

蓮實がさも嫌そうに片手を振った。「やめろ。そんなものは……」

凜香は瑠那と笑い合った。三人は階段を上りだした。まだ瑠那の横顔に笑みが留《とど》まっている。凜香も同じ表情を浮かべている自覚があった。それでもなんとなく不穏なものを感じざるをえない。

妹に問いただしたかった。瑠那。なぜ亜樹凪を生かしておいた……?

3

日暮里高校には警察や自衛隊が詰めかけ、爆薬除去と処理作業を進めているようだ。マスコミは現地取材を禁じられたせいで、かなり離れた荒川《あらかわ》区役所に殺到している。

始業式は中止になったものの、教員や生徒の一部には、きょうじゅうに学校で済まさねばならない雑務があった。重大事件があったからといって、夏休み明けにまた何日も休校にはできないらしい。PTAからも、ショックが大きい生徒は休ませるべきとの意見はあったが、総じて反対はなかったときく。二学期を円滑に開始するためにも、学校関係者が区役所内の部屋を借り、生徒も数十名が足を運んだ。内容は部活の都大会の日程打ち合わせや、教員によるテスト作成、防災訓練の段取りの検討など、それぞれ異なっている。

蓮實はそんな教員らに紛れ、区役所まで逃げたのだが、たちまち記者らに取り囲まれてしまった。

瑠那は凜香とともに、区役所の三階会議室の窓から、屋外駐車場の混乱を見下ろしていた。池辺校長や芦田教頭が必死に報道陣を退ける一方、蓮實が区役所の玄関に逃げこんでくる。凜香の予想どおり、元幹部自衛官の教師という変わり種は、すっかり時の人と化していた。

じきに蓮實はここに来るだろう。瑠那は時間を有意義に使いたかった。ふと思いついた、究極の武器になりそうなものをスマホで検索する。

ミュゼ・パラノイザＤＶ67。ウルバレラ毒素菌に基づく細菌兵器、旧ソ連が一九七〇年代に開発。恒星天球教もいちどテロに用いたことがある。ＥＬ累次体への強力な対抗策となりうる。しかしウルバレラ毒素菌をどこで入手できるだろう。開発のためには専門家の知識も必要だ。

ひとしきり考えたあげく嫌気がさしてきた。スマホの画面を消す。ミュゼ・パラノイザＤＶ67は大量殺戮《さつりく》兵器だった。こんな卑怯《ひきょう》で悪魔的な発想が、頭に浮かぶこと自体が嘆かわしい。優莉匡太の血筋ゆえの思考だろうか。

まだ蓮實は来ない。エレベーターホールあたりで記者に捕まったのかもしれない。

瑠那は小さなアクリルケースをとりだした。なかには直径三センチほどの円盤、アップルのエアタグがおさまっている。忘れ物の位置を知るためのアイテムだが、むろん別の使い方があった。眼鏡用の小さなドライバーで背面の蓋《ふた》を開け、極小の基板をいじる。

凜香が瑠那の手もとをのぞきこんだ。「エアタグの改造？」

「はい。音が鳴らないようにしてます」

「基本だよな。発信器として使えるし。でも優等生で通ってる瑠那が、こんなことやってるのがバレたら一大事だけど。蓮實には見つからないようにしねえと……」

靴音がせわしなく近づいてくる。凜香が目でうながした。瑠那は急いでアクリルケースをしまいこんだ。

会議室のドアが開き、巨漢の蓮實が息を切らしつつ現れた。がらんとした会議室のなかで、窓際に立つ瑠那と凜香に目をとめ、最後にもうひとりに視線を向けた。円卓に着席しているのは亜樹凪だった。

生活指導として三人の女子生徒に話がある、蓮實はそう校長に伝えたらしい。おかげでひと部屋を分けあたえられた。亜樹凪に帰宅を許さず、ここへ引っぱってきた蓮實の判断は、ほかの教職員にくらべれば頼もしい。ただし私情が絡んでいるのだとすれば、さして褒められたものではなくなる。蓮實がどうでるか、まだ瑠那にも予想がつかなかった。

しばし沈黙があった。蓮實は椅子に腰かけず、亜樹凪をじっと見つめた。「なぜ復学した?」

亜樹凪は項垂《うなだ》れることなく蓮實を見かえした。「嫌なら殺せばよかったでしょう」

蓮實が瑠那に視線を移してきた。凜香も無言のまま瑠那に目で問いかけてくる。ふたりとも事情を知りたがっているようだ。なぜ瑠那が亜樹凪を殺さなかったのか。

あの夜、瑠那はスプリングフィールド・アーモリー社のヘルキャットに、血糊《ちのり》弾だけを詰めていった。最初から無駄な殺生など望んでいなかった。

血糊弾は銃所持が許可されている国において、実銃でサバイバルゲームか演習をおこなうために用いる、いわゆるペイント弾の一種だった。弾頭が潰《つぶ》れると赤い液体が飛び散る。ただし命中すればそれなりに痛い。サバゲーや演習でも防弾ベストが必須《ひっす》とされる。

沈みかけたクルーザーの上で、瑠那は亜樹凪を撃った。怪我をさせるためではない。

亜樹凪を海に転落させればそれでよかった。

蓮實ひとりをクルーザーの甲板に残し、瑠那は海に飛びこんだ。亜樹凪は失神したまま近くに沈んでいた。瑠那は立ち泳ぎで亜樹凪を助けた。海面に浮かぶ大きめの木板に、亜樹凪を横たわらせ、瑠那は泳ぎ去った。

凜香の声が耳に届いた。「なんで殺《や》らなかったんだよ」

ふと我にかえった。区役所の会議室、凜香が瑠那を見つめていた。蓮實もずっと目を逸《そ》らさない。

ただひとり円卓についている亜樹凪がつぶやいた。「同情したんでしょ」

「あん?」凜香が亜樹凪を睨《にら》んだ。「めでてえな。考えが甘いんだよ、お嬢育ちは」

「事実でしょ」亜樹凪が瑠那と凜香をかわるがわる見た。「わたしは世のなかがまちがいだらけで、現行法を守る必要はないと思ってる。優莉家も同じじゃなくて?」

蓮實が嚙《か》みついた。「少なくともこの姉妹は、日本を滅ぼそうとはしてない」

亜樹凪は醒《さ》めた顔を蓮實に向けた。「原宿にサリンを撒《ま》きかけた中学生が? 父親はテロ三昧《ざんまい》だったでしょう。子供のうち数人が、いまはおとなしくしてるからって、世間が向けるまなざしは変わらない。わたしの本質も同じ」

瑠那は亜樹凪に疑問を呈した。「やたら同じって主張しますけど、だから対立すべきではないとか？」

「そう」亜樹凪がうなずいた。「わたしたちは法の呪縛から解き放たれる生き方を選んでる。無頼どうし、相互不可侵でいいんじゃない？」

蓮實がぴしゃりといった。「論外だ。ＥＬ累次体に身を寄せて、将来的に国家転覆を企てるつもりの未成年を、野放しにできるはずがあるか」

亜樹凪が語気を強めた。「あのね、先生。わたしは生活指導も進路指導も望んでない。司法や行政を尊重しないといってるのに、なぜ学校の先生にしたがうと思うの？」

「きみが復学したからだ」

「先生。裸で抱きあったぐらいで、人のすべてがわかった気になってる？　瑠那も凜香も学校に通ってるでしょ。先生を含め、夏休み期間中だけでもなにをしたか、暴かれちゃ困る人ばかり。だから提案してるの。どう生きようが自由。お互いにいっさい干渉を控えること」

「教師として生徒のそんな発言を許せるはずが……」

「なにが教師よ！」亜樹凪は声を荒らげた。「欲望に走って自分を見失っておいて、いまになってなにを教えるつもりでいるの？　元婚約者とヨリを戻せたのは、ベッドでの正しい女の扱い方を、わたしから習ったからでしょ。蓮實先生はへたくそすぎた」

「やめろ！」蓮實が憤然と怒鳴った。「先生のことはいい。詩乃《しの》には触れるな。雲英。学校に通いだすのなら、まず表向きだけでも生徒に徹しろ。授業を受ける日々を通じ、少しずつでも真実を学んでいくことを望む」

亜樹凪が鼻を鳴らした。「恋人気取りで亜樹凪と呼ばなくなったことだけは歓迎できる」

瑠那は亜樹凪にきいた。「わたしや凜香お姉ちゃんが、ＥＬ累次体の計画を潰すときにも、邪魔をしないでもらえますか」

「そうはいかない。相互不可侵の原則なんだから、あなたたちがＥＬ累次体に関わってこないでよ」

「ＥＬ累次体が日常を脅かそうとするのが元凶だと思いますけど」

ため息まじりに亜樹凪がつぶやいた。「瑠那。もともと学校なんて、ただの中立地帯。成績の振るわない子もいじめられっ子も、三年経てば解放されると信じている。卒業まで我慢の日々でしかない。生徒どうしは親密なようで相互不可侵、職場じゃないからなんの責任もなし」

凛香が低い声で警告した。「気にくわねえ不良がいたら叩《たた》きのめすけどね。テロに加わろうとする馬鹿女ならなおさら」

亜樹凪が髪を撫《な》でつけながらいった。「どうあってもほっといてくれないの？　凛香。わたしには感謝してくれてもいいはずだけど」

「どういう意味だよ」

「刀伊御成《かずなり》は父親の権威を借りて、日暮里高校に戻ってくる気満々だった。でもそうならなかったのは、わたしが復学するにあたって、彼の放校を条件として校長に突きつけたから」

「……へえ。そりゃどうもご親切に」

「わたしの通う学校に下品な乱暴者は要らない」

「あのスケベ校長のことだから、そりゃ刀伊より亜樹凪に帰ってきてほしいと願うだろうよ。どうせなら刀伊の取り巻きども追い払ってくれりゃよかったのに」

「なんのために？」

「お互いにツラ突き合わせて謝り合うっていう、虫唾《むしず》の走る行事をやらずに済めば、わたしが幸せになれる」

「あなたの幸せには興味がない。それこそ相互不可侵に該当することでしょ。凛香。

あなたは理不尽な理由で学校を追い払われたくないと思ってる。そう望むなら他者の意思も尊重して」

蓮實が横槍《よこやり》をいれた。「法を著しく破る前提での尊重など……」

「先生は黙ってて！」亜樹凪は声を張った。「瑠那、凜香。世の大人たち、特に中高年男性は、女子高生を軽んじてる。社会への理解度が浅く、知性も自分たちほどでないとみなしながら、性欲の捌《は》け口にだけはふさわしいと勝手に見下す。でも現実はちがう」

凜香が口もとを歪《ゆが》めた。「そりゃ慧修学院高校の頭のよさは、高校生クイズの出場者を観るぐらいでしか、大人は知る機会がねえし。オリンピックにでる十五か十六歳を認めときながら、それ以外は取るに足らねえと一笑に付しやがる。ほんとは大人たちのほうが、なんの取り柄もなく十代を終えただけのクズのくせに」

亜樹凪はしらけた顔のままいった。「ようやく気が合ったみたい」

蓮實は両手を円卓につき身を乗りだした。「俺は認めん。きみに殺されかけた以上、干渉せずにいられるはずがない」

「わたしだって瑠那に殺されかけた！」亜樹凪は露骨な仏頂面に転じた。「信用できないのは同じでしょ」

なおも蓮實は亜樹凪を責めた。「きみはEL累次体に身を寄せてる。法と治安を無視する殺戮《さつりく》集団に」

「優莉家こそ法と治安を無視する殺戮集団でしょ！　架禱斗《かいと》の妹たちと、それに与《くみ》する教師を信用できて？」

ふいに沈黙が戻った。亜樹凪の語尾が静寂にこだました。堂々めぐりだった。相互不可侵という主張は一方的だが、ある意味すでに実現している。傷を持つ者どうし、敵対者を告発できないまま、奇妙な均衡が保たれている。

亜樹凪が腰を浮かせた。「もうわかったでしょ。揚げ足を取り合わない、相手の裏をかいて告発もしない」

ドアに向かいかけた亜樹凪を瑠那は呼びとめた。「雲英さん」

静止した亜樹凪は振りかえらず、ただ小さく鼻で笑った。「さすが杠葉さんは理解が早い。亜樹凪だなんて呼び捨ては過干渉。上級生に対しても失礼」

「なぜ日暮里高校に復学したんですか」

「……制服が気にいってる。特に冬服」

「それだけですか」

「ええ」亜樹凪がまた動きだした。ドアに手をかけると亜樹凪はささやいた。「それだけ」

開け放ったドアの向こうに亜樹凪の姿が消えていく。自然にドアが閉じた。室内は瑠那と凜香、蓮實の三人だけになった。

凜香が苛立《いらだ》たしげに吐き捨てた。「ほっとくのかよ。蓮實先生。亜樹凪が毎日通う学校に勤めて、ずっと安泰でいられる？」

蓮實は苦虫を嚙み潰《つぶ》したような顔になった。辛抱するしかないのだろうと瑠那は思った。捜査一課の坂東《ばんどう》あたりに期待し、亜樹凪を告発しようにも、芋づる式に自分の罪も暴かれる。

相互不可侵という提言は一見もっともらしい。しかし無差別大量殺戮の企てが連続した以上、ＥＬ累次体の一員を放任できるはずがない。

しばらくして蓮實が円卓から身体を起こした。まるで部活終わりのような物言いで蓮實がうながした。「いいからもう帰るぞ」

「おい⁉」凜香が目を丸くしたものの、あきらめに似た表情に変わった。「そっか。いまは帰るしかないよな」

凜香がのぞかせるジレンマを、瑠那も理解できる気がした。亜樹凪の目標は忌まわしくとも明確だ。一方で瑠那や凜香にはなにがあるのだろう。ただふつうの女子高生のように生きたいと願いながら、どんどんそこから遠ざかるばかりだ。始業式の日に爆弾の解体など、まともな高一のやることではない。

三人は黙々と動きだした。このところ世間は事件にも慣れてきている。シビック政変ののちは特にそうだ。爆弾騒ぎがあっても長々と休校になったりはしない。間もなく学力試験に防災訓練。日常は無理やり戻ってくる。たとえ数人の女子高生がどう生きようとも。

4

陽が傾くのが少しずつ早くなっている。瑠那が区役所のロビーから外にでたとき、外の景色はわずかに黄みがかっていた。玄関を中心にし、左右へひろがる立派な建物の前に、老舗《しにせ》ホテルのような車寄せとロータリーがある。

区役所の業務時間を過ぎたからか、報道陣は綺麗《きれい》に追い払われていた。あるいは取材の舞台を荒川署へ移したのかもしれない。敷地外を眺め渡すと、並木通りや低層マンションが目につく。二十三区内ではあっても、ここには地方都市のような静寂とゆとりがある。

外壁には区内の行事に関するポスターが連なる。〝九月下旬まで隅田川《すみだがわ》の屋形船は運航を休止します〟と大書されていた。夏休み明けの残暑が厳しい折、営業してもさして儲《もう》からないのかもしれない。たった一文の告知を見ただけでも、区民の平凡な日常に触れられた気がする。瑠那の学校生活はそこからかけ離れていた。余命を延ばしたとたん、かつていた中東の戦地のように生きるばかりになった。

エントランスをでてすぐ、瑠那のクラスメイト三人が立っていた。童顔でおとなしい性格の鈴山耕貴《すずやまこうき》とは、ふだんから仲良く友達づきあいしている。ほかに鈴山と同じぐらい内気な有沢兼人《ありさわけんと》、女子の寺園夏美《てらそのなつみ》とも、夏休み前から一緒にいることが多かった。瑠那を含む四人は、クラス内で成績はわりといいほうだが、あまりめだたない没個性的な存在とみなされている。

蓮實が鈴山ら三人にきいた。「なんだ？　まさか杠葉をまっていたのか？」

鈴山と有沢が困惑ぎみに顔を見合わせる。夏美がおずおずといった。「心配だったので」

「そうか」三人の素朴さに触れ、蓮實もようやく緊張が解けたらしい。穏やかな面持ちでうなずいた。「べつになんともない。叱ったわけでも説教したわけでもないんだ」

ほっとしたようすの鈴山が笑顔になった。「よかった。杠葉さんは優莉さんと仲がいいから、もしかしてその関係で事情をきかれてるのかと……」

凜香が苦言を呈した。「そりゃどういう意味だよ。わたしが爆弾騒ぎに関わってたって？」

「いや、そういうわけじゃ……。でも、あのう」

「わかってるよ」凜香はからかいぎみに指摘した。「わたしみたいに評判の悪いのと、しょっちゅう一緒にいる瑠那の身を案じてるんだよな？」

「身を案じるというか……その」

有沢が口を挟んだ。「友達なので」

鈴山の表情はいっそう当惑を深めた。うわずった声で鈴山が告げてきた。「そ、そう。友達だから……」

「ふーん」凜香がにやにやした。「教えてやった護身術は練習したかよ。瑠那がいじめっ子に絡まれても助けてやれるか？」

「こ」鈴山は右足を強く踏み、左肘《ひだりひじ》でバックエルボーを繰りだす動きをした。「こうですよね？」

蓮實が呆《あき》れ顔になった。「いじめっ子に絡まれた杠葉を助けるというより、いまのは鈴山が羽交い締めにされたときの反撃法だろう？　優莉」

凛香は悪びれたようすもなくうなずいた。「まずは自分の身を守らなきゃ、カノジョも守れないじゃんか。だよな、鈴山」

「は……はい」

瑠那はきいた。「カノジョって誰のことですか？」

鈴山がなぜ耳もとまで真っ赤になっているか、瑠那にはぴんとこなかった。しかし鈴山はあわてたように申し開きをした。「たとえ話だよ。あくまでたとえ話……。だよね、優莉さん？」

凛香が瑠那に向き直った。「だとさ」

「そうですか」瑠那は納得した。

「なんだよおい。天才に生まれたくせに鈍感だな」

夏美がくすりと笑った。瑠那はようやくぼんやりと理解しだした。ああ。ひょっとして鈴山は瑠那に好意を……。

複雑な思いがこみあげてくる。申しわけなさすら感じざるをえない。学校にいるあいだ、瑠那はずっと猫を被《かぶ》っている。いろいろアンバランスなところを露呈している自覚があるし、きっと不気味な存在だろう。そんな瑠那を嫌いにならずにいてくれるだけで、すなおに嬉《うれ》しい。その先はどうしたらいいか、自分がどうしたいのか、まるで見当もつかないのだが。

ふいにクラクションが短く鳴った。一同は車寄せに目を向けた。

ミニバンが徐行してくる。ホンダのフリードだった。運転席からのぞく小顔は、蓮實の元婚約者、いやまた婚約者になったと噂される桜宮《さくらみや》詩乃だった。

詩乃は落ち着いた大人の女性というより、だいぶ若がえったうえ、活発になった印象を受ける。長めの巻き髪をナチュラルボブに改めたからだろうか。蓮實よりいくらか年下、二十代後半のはずだが、新卒のOLといっても通用しそうなルックスを誇る。

明るい笑みを絶やさない詩乃が、パートナーの蓮實に目配せをする。どうやら迎えに来ることになっていたらしい。けれども生徒たちの前だからか、蓮實は戸惑いがちな反応をしめした。

「まってろ」蓮實は瑠那たちにそういうと、小走りにミニバンへと駆け寄り、詩乃にぼそぼそと話し始めた。学校の教職員用玄関に迎えに来るのはいいが、ここは少々まずい、教え子の目がある。たぶんそんなことを告げているのだろう。

凜香がささやいた。「瑠那がうらやましく思えてきた」

「なんの話ですか」

鈴山たちを横目に眺めつつ、凜香がため息をついた。「クラスメイトと親しくしてるじゃん。ほんとの女子高生みたい」

瑠那は苦笑した。「わたしたちはほんとの女子高生ですよ」

「名目上はね。わたしはまだまだ実感できねえ……。暴力女なのが校内に知れ渡ったせいかも」

「友達がほしいと思ってたんですか？」

「いや、そうでもないけど……。ま、肩肘《かたひじ》張らずにつきあえるクラスメイトがいてくれたらって、そんなふうに思うときもある」

「へえ。意外です」

「なにが？」

「ひとりが気楽でいいとかいってたから」

「あー……。中坊のころや入学当初からは、ちょっとずつ変わってきた。なんでかな」

たしかに凜香は前とちがう。一学期の半ばまでは、クラスメイトを徹底的に見下げ、人づきあいなんか煩わしいと主張していた。独立精神が旺盛《おうせい》な凜香でも、孤独にさいなまれることがあるのだろうか。

案外寂しがり屋な一面をのぞかせることもある、瑠那は凜香についてそう思っていた。共感できる性格ともいえる。瑠那にもまさしくそんなところがあるからだ。

ふいにミニバンの運転席から、詩乃が笑顔で手を振ってきた。「優莉さん！　おひさしぶり。三浦《みうら》半島以来よね」

「あ……はい」凜香が面食らったようすでおじぎをした。「どうも」

瑠那は呆気《あっけ》にとられた。三浦半島。亜樹凪の率いる元NPAに、詩乃が囚《とら》われていた修羅場のことだ。瑠那と凜香が奇襲をかけ、詩乃を救出した際には、元NPAのフィリピン人らを皆殺しにした。詩乃は猿ぐつわをされ、銃声に怯《おび》えてすくみあがっていた。それがいまやけろりとしている。

詩乃の視線は瑠那に移った。喜びに目が丸く見開かれる。はしゃいだ声を詩乃は発した。「杠葉さんもいるじゃないの！　よかった。あのときのお礼がいいたくて……」

運転席のドアが半開きになった。詩乃が降車しかけると、蓮實があわてたように押しとどめた。

「まってくれ」蓮實が焦燥のいろとともに制した。「いまはちょっと……」

「なに？」詩乃は不満顔になった。「いいでしょ。命の恩人なんだし」

三人のクラスメイトがぽかんとしている。夏美が問いかけてきた。「恩人って？」

瑠那は発言を迷った。嘘をつくのはさほど苦ではない。死と隣り合わせの日常に育ったせいで、虚言は生き延びるための知恵として定着し、特に後ろめたさを感じない。けれどもいまは友達を欺きたくなかった。

凜香がすかさず夏美に弁明した。「おおげさなんだよ、あの人。三浦海岸《みうらかいがん》駅で電車賃が足らなかったのを、偶然会った瑠那に借りたぐれえで」

でたらめな話だったが、幸いにも詩乃の耳には届いていないようだ。詩乃は蓮實との押し問答に忙しかった。

「なんでよ」詩乃が顔をしかめた。「ちゃんとお礼をいいたいってのが、そんなにおかしい？　筋はきちんと通さなきゃ。心から感謝してるんだし」

瑠那は凜香に小声で問いかけた。「詩乃さんってどこの生まれでしたっけ」

「さあ。でも浅草《あさくさ》に長いこと住んでたってきいたよ」

どうりで……。さばさば系というより、ずいぶん適応力がある一方、短気で軽率な気性の持ち主に思える。古来の言い方ならチャキチャキの江戸《えど》っ子気質か。蓮實とのカップルは詩乃がリードしているようだ。三浦半島で詩乃を救出したときには、もっと控えめで怖がりな性格に見えたが、人質になっていたのだから仕方がない。あるいは本来かなりの強心臓ゆえ、死の恐怖を耐え抜いたうえ、いまもＰＴＳＤと無縁でいられるのかもしれない。

凜香が呆れぎみにつぶやいた。「特殊作戦群に選ばれるぐれえの幹部自衛官とつきあう女は、やっぱひと味ちがうな」

はっきりとものをいう詩乃と、巨漢のマッチョながらじつは繊細な蓮實。それなりにバランスのとれたカップルにも思えてくる。それにしても……。

瑠那はふと妙な感覚にとらわれた。凜香をちらと見てから、また詩乃に目を戻す。なるほどと瑠那は思った。詩乃にどうも既視感があると思ったら、そういうことか。詩乃は見た目といい性格といい、凜香の大人版のようだ。目鼻立ちがうりふたつというわけではないが、どことなく似通った印象がある。より正確にいえば、凜香から毒気と粗暴さと凶悪さを取り除き、年齢を重ねて社会人経験を積んだ感じだ。女性のタイプ別としては同一カテゴリーに属するのではと感じる。

凜香が探るような目を向けてきた。「なにきょろきょろしてる？」

「いえ」瑠那は口ごもった。「べつに」

蓮實が特殊作戦群の一員だったころ、農業高校のサリンプラントに突入したとき、まだワル全開だった凜香と鉢合わせしたときく。その後、蓮實は自衛隊を辞め、教師を志した。ホンジュラスでの悲劇や、凜香の姉である結衣《ゆい》の素性を知ったことが、転身の大きな理由だった。特に凜香のように、親の影響で犯罪の道から抜けだせない生徒を立ち直らせる、それを新たな人生の目標に掲げた。

けれども蓮實の好きな女性のタイプが詩乃だとすれば、あるていど本心が見えてきたように思える。蓮實が教師を志し、日暮里高校に赴任してきたのは、なんといっても凜香が気になったからではないか。更生させたいという気持ちに嘘偽りはなく、恋愛感情とまではいかなかったのだろうが、凜香の行く末を案じたのはそれが理由かもしれない。

瑠那はいった。「蓮實先生が女子高生好きってのはあきらかですよね」

凜香が苦笑した。「まあ高校の男性教師ってのはみんなそうだろうけどさ。それがなに？」

笑ってごまかすしかない。瑠那は黙って凜香を眺めた。凜香が訝《いぶか》しそうに見かえした。

いつしか蓮實と詩乃は深刻な面持ちになり、なにやら声をひそめ会話していた。唇の動きから、どんなことを喋《しゃべ》っているのかは見てとれる。ふたりとも雲英亜樹凪の名を繰りかえし口にした。

会議室での亜樹凪の主張を、蓮實は詩乃に伝えているらしい。いま蓮實は〝相互不可侵〟とささやいた。詩乃は心外だという表情でいいかえした。しかし蓮實は片手をあげ反論を制し、諭すような口調で語りかけた。〝法が頼りにならない世のなかだし、双方ともに秘密を抱えているし……〟

相互不可侵の提言を受けいれたわけではないが、雲英亜樹凪の通学する学校に、蓮實は今後も勤めざるをえない。そこについて蓮實は詩乃の理解を求めたがっている。

しばらく時間が過ぎた。蓮實は生徒らを待たせているのを思いだしたのか、こちらを振りかえると神妙に告げてきた。「みんな、悪かった。送ってあげたいが、クルマの乗員数に限りがある。気をつけて帰ってくれ。そこのバス停から駅へ行ける」

凜香が高慢な口調でいった。「先生こそ気をつけなよ」

「優莉。おまえ一学期は遅刻が多かったぞ」

「わたしだけじゃねえよ」

「おまえはだらしない理由の遅刻ばかりだ。反省文に〝前夜の深酒〟とか書くな」

「ほかの生徒はみんな安直な言い訳が通用してるんだよ。仮病、交通の遅延、身内の事情。なにより〝お巡りさんに足止めされた〟ってのを、先生が真に受けやがる」

「それが本当なら、おまえもそういえばいいだろ。〝お巡りさんに足止めされた〟

「わたしの場合はかえって目くじら立てられちまうんだよ。また悪さしてたんじゃねえかとか、自己責任だとか」

「いいから、ちゃんと施設の門限を守って帰れ。〝お巡りさんに足止めされた〟はなしだぞ」

詩乃はまだ未練をのぞかせたものの、そこはさっぱりした性格だけに、すぐに吹っ切れた態度をしめした。運転席から手を振りつつ詩乃が呼びかけた。「さよなら、杠葉さん、優莉さん。よかったら日曜にでも新居に来て。西日暮里駅徒歩四分のパークレジデンス濱川《はまかわ》８０７」

瑠那は思わず凜香と顔を見合わせた。堂々と周りにきこえる声で住所を口にした。蓮實も苦い表情で助手席側にまわりこんだ。乗車するや不満げにドアを叩《たた》きつける。車内で蓮實が愚痴をこぼしたのが見える。詩乃がいかえしながらクルマを発進させる。荒い運転だった。ミニバンはたちまちロータリーを駆け抜け、路上へと消えていった。

油断すべきではない。瑠那は辺りに視線を向けた。区役所の玄関前にはほかにひとけがなかった。立ち聞きする者の存在はなく、集音マイクが向けられている気配も感じない。詩乃に猜疑心《さいぎしん》を抱いたりするのは、きっと考えすぎだろう。彼女はただ天然とみるべきだ。凜香に似ているものの、詩乃の場合は表裏がなさそうだった。しかし蓮實も、亜樹凪とつきあっていたときとは別の意味で、詩乃には苦労するにちがいない。ふたりが幸せなら、外野がどうこういうことではないが。

凜香が歩きだした。瑠那は歩調を合わせた。

「そうですね」瑠那はいった。「そろそろ行こ」

クラスメイト三人がついてくる。鈴山が緊張ぎみに話しかけてきた。「杠葉さん。駅から神田《かんだ》方面なら、僕も……」

区役所の玄関から小走りに駆けだす靴音があった。中年男性の声が呼びとめた。「おおい、杠葉さん。ここにいたか」

瑠那は足をとめ振りかえった。五十代前半、丸々と太った米熊亮平《よねぐまりようへい》教諭が、眼鏡を曇らせながら駆けてきた。

用件なら見当がつく。瑠那は戸惑いがちに挨拶《あいさつ》した。「どうも。米熊先生……」

「こんな日に済まない。入部の件、考えてくれたかな」

「いえ……。きょうはいろいろ慌ただしかったので」

凜香がきいた。「米熊先生って演劇部の顧問だろ?」

米熊は大きくうなずいた。「そうだよ。文化祭まで間もない。杠葉さんは華があって舞台映えする。巫女《みこ》として神楽《かぐら》を舞ってる動画も観た。今後の劇で主役を張れる逸材だと思う」

すると凜香がしらけた顔になり、鈴山ら三人をうながし、ぞろぞろとバス停へと立ち去りだした。瑠那はひとり米熊に捕まってしまった。学校あるあるかもしれないが、友達から孤立したくはなかった。

「あのう」瑠那は米熊にささやいた。「前にも申しあげましたが、わたしに務まるとは思えなくて……」

「そんなことない！」米熊は鼻息を荒くした。「いいかね。先生はこう見えて、二十代のころはずっと劇団にいた。座長を務めたこともあるんだよ。その先生の経験からしても、きみの存在感は捨てがたい。一見おとなしそうだが、内に秘めるパワーというか……」

バスが徐行してきた。瑠那は駆けだしながら米熊にいった。「すみません、部活の時間ですので」

「部活？」米熊が途方に暮れたようすで立ち尽くした。「でもきみは……」

「いまこそまさしく帰宅部の本領発揮です。さようなら、先生。文化祭頑張ってください」

瑠那は凛香やクラスメイトらとバスに乗りこんだ。米熊が追ってくるのが見えたため、一瞬ひやりとしたが、バスの自動ドアはさっさと閉じた。米熊をその場に残し、バスはロータリーをぐるりと回りだした。

鈴山たちは笑ったが、凛香は不満顔だった。腹立たしそうに凛香がこぼした。「演劇部への誘い？　わたしには目もくれねえ。むかつく」

ひょっとしたら、この他愛のなさこそ、女子高生の日常というものかもしれない。そう思いながら瑠那はつぶやいた。「凛香お姉ちゃんのほうがお姫様役向いてますよね」

「姫だ？　なんだよ。冗談じゃねえ」

「正確にはかぐや姫。劇は『竹取物語』です」

「適任じゃねえか」凛香は吐き捨てた。「迎えにきた月の使者を竹槍《たけやり》でひと突きにしてやる」

5

藤蔭覚造《ふじかげかくぞう》は日大法学部政経学科卒業後、二十九歳で衆院議員の事務所で私設秘書を務めた。三十六歳で大臣秘書官。与党公認で衆院選に出馬、比例代表で当選を果たした。

今年はもう五十二歳になる。だが独身のせいもあって若々しい気分を自覚している。組閣の時期でもないのに、思わぬ好機から文科大臣に就任できたばかりではない。EL累次体の極秘総会において、いままで壁際の席に甘んじていたのが、主要メンバーの顔が並ぶ最前列へ繰りだせたからだ。

和洋折衷の大広間は明治大正《めいじたいしょう》の趣だった。贅《ぜい》を尽くした絢爛《けんらん》豪華な内装は、檜《ひのき》や松などの高級建材のほか、黒御影石《みかげいし》や大理石にも彩られている。吹き抜けの天井には、四千近いクリスタル製パーツで構成された、直径三メートルもの派手なシャンデリアが下がる。窓がなく陽射しの入らない、本来なら暗がりに覆われた空間を、シャンデリアの放つ薄紫の明かりがおぼろに照らす。

百五十坪はあると思われる大広間の中央は、これまた巨大な多角形の会議卓が占める。藤蔭は会議卓に両手を乗せられる席についた。御影石の手触りは想像した以上に滑らかだった。

梅沢《うめざわ》内閣の閣僚全員がEL累次体のメンバーではない。藤蔭は栄えある改革者の一員として、特別に選出され登用されたことになる。

会議卓の上席には梅沢和哉《かずや》総理の姿があった。岡山出身の六十五歳、額の生え際がやや後退ぎみだが、髪を黒く染めオールバックにしている。髭《ひげ》のない面長と相俟《あいま》って、実年齢よりは若く見える。隣の席の男は三十三歳、梅沢総理の若手議員時代の写真にそっくりだった。名は梅沢佐都史《さとし》。先日の不祥事で秘書官を辞職した。

四方の壁を背に、雛壇《ひなだん》状に連なる席はすべて埋まっている。総勢千百二十六人。政界や経済界、宗教界などを代表する重鎮が多く顔を揃える。壮観だと藤蔭は思った。ここは新たな日本現代史の出発点だ。

最前列の面々にのみ卓上マイクが用意されている。とはいえ任意の発言が許されるわけではない。大広間はしんと静まりかえっていた。国会の衆議院本会議場でさえ、咳《せき》がきこえるのと比較すれば、ここがいかに緊張に包まれているかが実感できる。

梅沢総理が前かがみになり、口をマイクに近づけた。「日本の明日を心より憂える諸君。定例総会を開始する。まず前二期における改革諸計画の進捗《しんちょく》および成果であるが……」

耳に馴染《なじ》みのある男性の声が低く告げた。「その前に」

列席者らが居住まいを正した。みな一様に吹き抜けの天井に埋めこまれたスピーカーを仰ぎ見る。国会で何度となく耳にした、矢幡嘉寿郎《やはたかずお》前総理の声だった。愚民向けの芝居じみた明るさを纏《まと》わず、率直《そっちょく》な物言いのせいか、まるで別人のようなトーンに感じられる。

矢幡の声が響き渡った。「尾原輝男《てるお》前文科大臣に謹んで黙禱《もくとう》を捧《ささ》げよう」

一同が起立し頭《こうべ》を垂れる。律儀に目を閉じる者も少なからずいた。宗教関係者は手を合わせている。梅沢親子はただ醒《さ》めた顔で沈黙するのみだった。藤蔭も特に前任者を悼む気にはなれなかった。尾原は反体制派の捜査員らに逮捕されそうになった男だ。取り調べを受ければ、EL累次体の機密は深刻な漏洩《ろうえい》の危機に晒《さら》される。よってスナイパーが尾原を射殺した。

尾原は藤蔭より年下だったが、晩節を汚すとはこのことだろう。誇り高きEL累次体の一員ならばこそ、計画が頓挫《とんざ》した際には、みずから命を絶つべきだった。

梅沢総理が顔をあげた。列席者らに着席をうながす。全員がまた椅子に座った。

スピーカーから矢幡元総理の声が淡々と告げた。「故人に哀悼の意を表した。では忌憚《きたん》のない意見をきこう。金食い虫たる特別支援学校群は、生徒児童もろとも消滅するはずが、いまも存続している。一方で瞰野《みるの》古墳の広大なケシ畑が摘発を受け、ヘロイン密輸出による巨額の外貨獲得が不可能になった。これらをどうとらえるか」

六十一歳の廣橋傘次《ひろはしさんじ》厚生労働大臣が身を乗りだした。「尾原君は若く、経験も足りなかった。ふたつの計画の頓挫は彼の油断が原因でしょう。粛清も無理からぬご判断かと」

閣僚からの出席者がそれぞれにうなずく。五十七歳の隅藻長輔《すみもちょうすけ》法務大臣がいった。「由々しきことに、われわれ全員の氏名一覧が、優莉匡太の四女と六女の手に渡るという、まさしく大失態を演じたそうだが」

一同がざわついた。杢子《もくし》神宮の宮司、五十五歳の箕迫冬至《みのさことうじ》が、ばつの悪そうな顔で弁明した。「日廻《ひまわり》神宮所管の巫女学校との連携が、うまくとれていなかったとの話をききます」

隅藻法務大臣が箕迫宮司をじろりと睨《にら》んだ。「計画の番狂わせの大きな要因となった、松崎真里沙《まつざきまりさ》なる十六歳の同性愛者は、杢子神宮の巫女《みこ》だったときいているが」

「はい……。しかし計画における人選は、尾原前大臣の指名した立案者らによるものです。神社本庁の維天急進派《いてんきゅうしん》は誰ひとり、計画の詳細を伝えられておらず……」

「もういい」梅沢総理が制した。「問題は今後の対処だ」

和装で出席する白髪頭の老紳士は、雲英グループ名誉会長、雲英秀玄《しゅうげん》だった。厳《いか》めしい表情で雲英がつぶやいた。「優莉架禱斗の妹たちを脅威として過剰に意識しすぎた。たしかにシビックの創始者を兄に持つ者たちだが、まだ高一の小娘どもだ」

政治学者で国立大学総長の七十一歳、樫枝忠広《かしえだただひろ》が鼻を鳴らした。「雲英グループはこれまでに、シビックに傾倒する過ちを犯したあげく、架禱斗の妹結衣により完膚なきまでに叩《たた》きのめされたと思ったが？」

雲英がむっとした。「息子の愚行については、ご出席の諸氏に詫《わ》びたはずだ。私はその罪滅ぼしのためにもEL累次体に絶対の忠誠を誓っている」

「たしかに」樫枝が皮肉っぽい物言いに転じた。「よくできたお孫さんをお持ちですね。実の父親たる雲英健太郎《けんたろう》氏を射殺するとは」

「亜樹凪はホンジュラスで苛酷《かこく》な経験をした。だが信念を見失ったりはしていない」

「どうだか。父親ではなくあなた寄りだとどうしていえますか？　雲英健太郎氏が優莉架禱斗のシビックに魅せられたのと同様、亜樹凪さんも優莉家に同調する可能性が……」

「侮辱する気か」雲英は額に血管を浮きあがらせた。「亜樹凪がどれだけ健太郎を憎んでいたか、きみには想像もつかんだろう」

「なるほど。あなたは息子たる健太郎氏への愛情など皆無だったわけか。孫である亜樹凪さんによる、健太郎氏殺害を容認するどころか、むしろ賞賛していると」

「私はＥＬ累次体を崇拝している。亜樹凪もだ。それで充分ではないのか」

矢幡元総理の低い声が議論を遮った。「猪留《いのとめ》君。意見を」

シンクタンク所長の四十六歳、神経質そうな面立ちの猪留が卓上マイクに口を寄せた。「私たちの名簿が記録されたＵＳＢメモリーを、杠葉瑠那らが現状どのように管理しているかは不明です。優莉匡太の子を無罪と信じる人権擁護団体が、いまも弁護士を世話しているがゆえ、凜香に丸めこまれている可能性も」

隅藻法務大臣が猪留にきいた。「どういう意味かね？」

猪留が応じた。「杠葉瑠那や優莉凜香からの連絡が途絶えただけでも、弁護士がＵＳＢメモリーの中身をネット上に公開する、そんな手筈《てはず》が整っているかもしれません」

「弁護士を始末すればどうなる？」

「人権擁護団体の派遣する弁護士は毎年変わり、しかも複数いるので……。彼らに危険が及んだときに備え、杠葉瑠那がなんらかの対処法をとっていれば、やはりわれわれにとって致命的です」

「迂闊《うかつ》に手だしできんというわけか」

「名簿自体は本物ですが、ＥＬ累次体の存在は世間に知られていないため、現状では公開されたところで、なんの証拠もなく陰謀論と片付けられるとは思います。しかし警視庁捜査一課はわれわれに与《くみ》しておらず、今後もマークしつづけるでしょうし、動きにくくなるのは避けられません」

「諸君」矢幡前総理の声がこだました。「優莉の子供がまたも妨害を図った場合、すみやかに抹殺せねばならないが、最重要とされるのは改革のための諸計画だ。梅沢」

梅沢総理がスピーカーを仰いだ。「総じて順調だ。いま息子に報告させる」

元秘書官の梅沢佐都史が手もとの書類に目を落とした。「こども家庭庁の発足にともない、税源確保の名目で、年金など社会保障制度の大幅削減に成功しました。と同時に、マスコミ向けに〝異次元の少子化対策〟のワードを別の意味で用い、万が一情報が漏洩した際にもことなきを得るよう、万全の対策を整えています」

シンクタンクの猪留所長があとをひきとった。「中国対象のウイルス水際措置を緩和し、陰性証明の提出義務を撤廃することで国内感染者を増やし、ワクチンの接種を継続させます。従来に対し二割強の増税が正当化されます」

梅沢佐都史元秘書官がふたたび順調な事例を挙げた。「電力不足を過剰に煽《あお》り、原発反対派の主張を封じるとともに、水素発電の商用化を加速させています。物流の二〇二四年問題もさかんに喧伝《けんでん》し、地方自治体に安価での鉄道整備を承諾させました」

大学総長の樫枝が苦言を呈した。「地味なアフターフォローか下準備ばかりだ。計画の本流とはいいがたい」

「さよう」梅沢総理がうなずいた。「地道で実直な計画については、成果が具体的な数値となっている。しかし文部科学省を有効活用する第十七計画の前では、どれもこれもいろ褪《あ》せる。新任の藤蔭文科大臣にきこう。藤蔭君、計画の概要を」

きた。前任の文科大臣が多大な損害をあたえたぶん、藤蔭の責任は重い。計画自体は尾原の代から進行中だったが、それを引き継いだ以上、万難を排し成功に導かねばならない。

だが藤蔭は自信に満ちていた。卓上マイクを通じ、藤蔭は落ち着いた声を響かせた。「文科省職員は、JAXAが実施する国産ロケットの開発にも、立場上ほぼフリーパスで関与できる。われわれはこれを利用し、今年三月のH3ロケットに破壊工作をおこない、打ち上げを失敗させた」

樫枝が首を横に振った。「私には賛成しかねる計画だった。技術大国日本の権威を貶《おとし》めるものだ」

「一時的にはやむをえないことだ」藤蔭は語気を強めた。「より大きな目標のための計画でもある。打ち上げ失敗は中国の潜入工作員の仕業だったと、のちに証明される」

「事実ではないんだろう？」

「もちろんだ。ＪＡＸＡのみならず、民間のロケット開発企業には、中国系産業スパイが多く入りこんでいるが、彼らの目的はあくまで企業秘密の奪取であって、妨害工作ではない。しかし妨害工作のように見せかけることで、彼らを堂々と逮捕できるようになる」

「中国政府が日本人のビジネスマン相手によくやる手だが、その意趣返しか？」

隅藻法務大臣が咳《せき》ばらいをした。「樫枝君。そう先を急《せ》かすな。まず藤蔭君の話に耳を傾けようじゃないか」

沈黙が生じた。藤蔭はため息まじりにいった。「ご承知のとおり、文科省はロケット開発の民間移管を進めている。莫大《ばくだい》な経費を企業に負担してもらうためだが、むろん文科省は監督官庁として大きく関わる。現在、蒼穹《そうきゅう》テクノロジズ株式会社が、民間ロケットの打ち上げ実験を進めている」

蒼穹テクノロジズは、国内有数の大企業が共同出資し設立した宇宙ベンチャーで、規模はＪＡＸＡに匹敵する。二〇〇八年に液体燃料ロケットエンジンを独自開発、二〇一六年には国内の民間ロケットとして初めて宇宙空間に到達。近いうち千葉の南房《みなみぼう》総《そう》市から、新たなロケット〝富士《ふじ》七号〟の発射実験をおこなう。

同社は多くの外国人エンジニアを雇用していることでも知られる。シンガポールや台湾から六百人以上の技術職を迎えているが、ここに中国のフュアウルァイ社の産業スパイが紛れこんだことが、公安により確認済みだった。

フュアウルァイ社は中国の宇宙開発企業で、中央人民政府との結びつきが非常に強い。産業スパイとして日本に送りこまれたエンジニアも、実際にフュアウルァイ社で研究開発に携わっていた技術者ばかりで、専門知識を有するため素性を見抜きにくい。多くは人民政府による強制であり、やむをえず産業スパイを働いているとされるが、日本にとってはどちらでも同じことだ。蒼穹テクノロジズの技術が流出すること自体が、大きな痛手となる。

問題は誰が産業スパイか不明なことだ。現状では突きとめるのが非常に厄介であり、警察に捜査させようにも、その緊急性が乏しい。

EL累次体は現状、まだ警察組織すべてを意のままに動かせるレベルには、到底達していない。とりわけ警視庁の公安部や刑事部は掌握が困難だった。警察には犯罪捜査規範というものがあり、なんらかの事件に対しては、相応の規模でしか捜査をおこなわないとする取り決めが存在する。被害が具体的でない産業スパイの暗躍については、警察も捜査にたいして人員を割かない。

「そこで」藤蔭はいった。「警察が本腰をいれざるをえない一大事を引き起こす。具体的には、蒼穹テクノロジズの発射実験において、富士七号が何者かの妨害工作により軌道を外れ、都内のどこかに落下、多くの死傷者がでる大惨事となる」

列席者らは真顔になった。大勢の日本人が犠牲になると知っても、誰ひとり異論を口にしない。崇高な目的のため、あるていどの人身御供《ひとみごくう》は許容範囲内となる。EL累次体にはそんな基本理念がある。

「面白い」樫枝がつぶやいた。「ロケットが落ちるのは歌舞伎町《かぶきちょう》がいいだろう。再開発の機会につながる」

猪留も納得したようすで提言した。「千葉県内なら墜落現場は船橋《ふなばし》が好ましいでしょう。道路の構造が致命的欠陥だらけで、慢性的な渋滞を引き起こしています」

震災のように甚大な被害は、経済面にマイナスばかりを生むわけではない。建設業が活性化するのを筆頭に、新たな投資対象が無数に生じ、結果としてプラスに転ずることも多い。ロケットの墜落被害を受ける地域をうまく定めれば、かえって国益につながる。しかも義憤に駆られた警察は、蒼穹テクノロジズを徹底的に調べ、産業スパイらを潜入工作員として摘発するだろう。中国政府の断固たる否定が予想されるが、いっこうにかまわない。日本の核武装論や、自衛隊の軍隊としての再編論にも弾みがつく。ＥＬ累次体としてはおおいに歓迎できる事態だ。

廣橋厚労大臣が渋い顔で腕組みをした。「民間ロケット企業に潜りこんだ中国人産業スパイの摘発のために、街ひとつを犠牲にするのか？　どうも割に合わん気がする」

梅沢総理が鼻で笑った。「計画の最終目的はほかにある」

藤蔭は大きくうなずいてみせた。「まさしく。そのときこそわれわれは強大な力を得るに至る」

猪留が片手をあげた。「少々おまちを……。ロケットが軌道を外れた原因が、蒼穹テクノロジズの失態でなく妨害工作のためだったと、誰の目にもあきらかにならねばなりません」

隅藻法務大臣が同感だという態度をしめした。「妨害工作の物的証拠をでっちあげるのはもちろんだが、発射実験も多くの人の目に触れさせ、問題がなかったことを既成事実にせねばならん」

藤蔭は隅藻を見つめた。「文科省だけに人集めは簡単だ。報道関係だけでなく、全国の学校から見学者を招く。一校につき生徒か児童を一名ずつ、発射実験の現場に招待しよう」

樫枝がてのひらで会議卓を叩《たた》いた。「それは素晴らしい思いつきだ！　教育の名のもとに実験の健全さがアピールできる。しかも子供たちが発射を見守った直後だけに、墜落地点で起きる悲劇を、より深刻なものとして印象づけられる」

廣橋厚労大臣もにやりとした。「生徒児童を集めておけば、まさか文科大臣による陰謀だとは、誰にも想像できんだろうしな」

雲英秀玄が厳《いか》めしい顔になった。「全国の学校からひとりずつ招くというが、すなおで好ましい証言をする生徒児童に限るべきだ。まちがっても優莉家の子供を現地に呼んだりせぬよう、充分な注意を求めたい」

当たり前だろうと藤蔭は思った。「生徒児童の選出は学校まかせにせず、EL累次体にとって最も都合のよい者を吟味する」

矢幡前総理の声が響き渡った。「諸君。この質問には全員の発言を許す。ロケット富士七号が墜落すべき、最も好ましい場所は？」

背後の雛壇《ひなだん》から回答の声が飛んだ。「秋田県内の市街地に絞ってはどうでしょうか。同県は高齢化率全国一位、人口減少率一位、死亡率一位。その一方、県民ひとりあたりの所得は、都道府県別で四十三位。大量に始末するにはうってつけです」

別の声が反響した。「京都にすべきです。財政破綻《はたん》寸前にもかかわらず、行政から市民まで是正しようとする心意気を感じません」

藤蔭は思わず苦笑した。「実験用ロケットだ、そんなに遠くまでは飛ばない。都内に限定して考えていただきたい」

続々と意見があがった。「池袋《いけぶくろ》です！　街並みが汚く、喧嘩《けんか》が絶えず、違法風俗店もひしめいています」

「ロケットは小岩《こいわ》に落としましょう。住民の大半は生きていても仕方のない高齢者ばかりです。ここが壊滅するだけでわが国のGDPは向上します。江戸川《えどがわ》沿いの貧しくみすぼらしい家屋が一掃されれば、河川域に高台を整備し、堤防を築くなど、効率的な再開発が望めます」

「蒲田《かまた》こそ壊滅させるべきです！　大田《おおた》区内で最も治安が悪く、駅前も消費者金融やパチンコ店の看板だらけです」

「北千住《きたせんじゅ》です。自転車窃盗犯や万引き犯が多くいるため、まとめて抹殺するのに好都合です」

「それをいうなら赤羽《あかばね》です！　北区《きた》で治安が最悪、アルコール依存症の住民も多く……」

「いっそのこと六本木《ろっぽんぎ》に墜落させては？　外国人犯罪が多発しているうえ、ゴミが散乱して不衛生で、じつはネズミも多く発生しています」

「竹《たけ》の塚《つか》です！　酔っ払いやホームレスだらけで、生活保護受給世帯も最多です。中国人や韓国人、フィリピン人も目につきます」

「日暮里は？　日暮里高校が壊滅すれば御の字ではないですか」

ふいに静寂が包んだ。いまの発言があったほうに、誰もが視線を向けている。どの顔にも腑《ふ》に落ちたような表情があった。

「諸君」梅沢総理が厳かにいった。「われわれは当然のごとく最善の判断を下せると、常に自負するものの、やはり人間には欠陥があるようだ。どう考えてもそれしかないという答に、即座に行き当たらなかったのだからな。指摘のとおり富士七号が日暮里高校に墜落すれば、それ以上喜ばしい結果はない」

隅藻法務大臣が慎重な姿勢をしめした。「だが杠葉瑠那の死は、弁護士などを通じ名簿公開につながる危険があると……」

「いや」樫枝が首を横に振った。「日暮里高校ごと吹き飛んでしまえば、犠牲者の確認には手間取るはずだ。弁護士であれ、なんらかの協力者であれ、しばらく判断を迷うだろう。そのあいだにわれわれが杠葉瑠那の身辺調査を進め、先手を打つ機会も訪れる」

廣橋厚労大臣もうなずいた。「賛成だ。杠葉瑠那を葬り去れば妨害も受けずに済む。なんといっても高校ひとつが消滅する悲劇だ。ただ単に杠葉を殺した場合とちがい、社会全体が混乱しているうちに、こちらが流れを変えうる」

ただひとり雲英秀玄が異議を唱えた。「ありえん。亜樹凪が在学しているというのに……」

藤蔭は冷静にマイクに告げた。「雲英亜樹凪さんは日暮里高校の代表として、南房総市の発射実験現場に招けばいいでしょう。学校でいちばんの有名人ですし、なんら怪しい点はありません」

納得の空気がひろがる。雲英秀玄も口を固く結び、無言のままうなずいた。

矢幡元総理の声が悠然と響き渡った。「きまりだな。藤蔭君。これはあくまで計画の第一段階にすぎない。落ち度がないよう最善を尽くせ」

梅沢総理も椅子の背もたれに身をあずけた。「失敗は許されん。文科大臣として名誉挽回《ばんかい》に期待する。前任者のようなへまをするな」

「おまかせを」藤蔭は微笑してみせた。

充分すぎるほどに勝算はある。いかに杠葉瑠那といえども、母校に落ちてくるロケットを見上げたとき、なんら打つ手などあるまい。

6

校舎の安全が確認されて数日、日暮里高校の授業が再開した日の放課後、凜香は瑠那とともに居残りを言い渡された。事前の予告どおり特別教室で、例の忌々《いまいま》しい〝相互謝り会〟が本当に開かれるという。

もちろん相互謝り会というのは正式名称ではない。だが蓮實が宣言したとおり、退院した刀伊の取り巻きどもと保護者、校長と教頭に一B担任の江田《えだ》、一C担任の蓮實が一堂に会することになった。双方が反省し、互いに非を認めて謝罪し、わだかまりを捨て去ったうえで、気持ちよく二学期をスタートさせること。そんな歯の浮くような理想を押しつけられた。退学を免れるためには、うわべだけでもつきあわねばならない。

廊下で凜香と瑠那は待機中だった。一緒に立つ蓮實がささやいた。「いいか。みんなもう特別教室のなかにいる。頭をさげてから入室しろ。着席する前にも、もういちど礼をして……」

凜香は吐き捨てた。「納得いかねえ」

「おい。いまさらなんだ。ここへ来てごねるんじゃない」

「謝るのはあいつらだろ。入学式の日から瑠那をいじめやがって。わたしにやられただけで済んだのは、むしろめっけもんだぜ。瑠那が本気だしてりゃ体毛一本残っちゃいねえ」

「しっ。声が大きい」蓮實がじれったそうに歯ぎしりした。「向こうは当然謝る。おまえも、先生も謝る。暴力はいけない、その基本理念でわかりあう。きょうはそういう趣旨だ」

「笑わせんなよハスミン。雲英亜樹凪なんか体育祭の日、衆人環視のもとフィリピン野郎の息の根をとめただろうが。わたしは人命まで奪っちゃいねえんだよ。亜樹凪の復学が大歓迎されてんのに、なんでわたしだけ罰せられなきゃいけねえ」

「わからない奴だな。みんなそれぞれに功罪がある。世間は雲英がホンジュラスで心を痛めたぶん、必死に尾原大臣を救おうとするあまり、暗殺者を死なせてしまったと解釈してる。おまえも優莉匡太の子として偏見を持たれる一方、いじめっ子をやっつけたことを英雄視されてたりするだろ」

「褒美をくれよ。差し当たって学力試験に全教科十点ずつの加点でいい」

「話を最後まできけ。先生も行き過ぎた指導について詫《わ》びる。それぞれが頭をさげれば丸くおさまる」

「先生は謝る必要なんかねえよ。いじめをする奴は死刑でいい」

「おまえ、先生が阻止しなかったら、刀伊を殺してたよな」

「あと数発の殴打で心肺停止に至らしめられてた。おっさんがフェイスブックでやりたがる筋トレ報告並みに残念」

蓮實はしかめっ面で瑠那に視線を移した。「杠葉。きみからもいってやれ。きょうは辛抱のしどころだと」

瑠那が潤みがちな目を向けてきた。「凜香お姉ちゃん。本当にごめんなさい。もとはといえばわたしのせい」

「んなことねえよ」凜香は頭を掻《か》いた。「そりゃ瑠那が猫かぶってるだけだとわかってりゃ、刀伊たちをあそこまでボコらなかったけどさ」

「わたしが大嘘つきだったのを……。凜香お姉ちゃんは軽蔑《けいべつ》してますよね」

「軽蔑？　するわけない」

「……ほんとに？」

「ああ」凜香は笑ってみせた。「息をするように嘘をつくのは、わたしにとってお家芸だったけどさ、じつはここんとこ罪の意識にさいなまれてた。本当は正直に生きなきゃいけねえんじゃねえかって。でも身を守るために必要な嘘は否定されねえよな。瑠那はそれを教えてくれた」

瑠那は申しわけなさそうな顔になった。「わたしは凜香お姉ちゃんに嘘をついたことが、ずっと心苦しくて……。罪深さを自覚してます」

「だからそんなの気に病むことねえって。わたしよりうまく嘘を使いこなしてる瑠那を、むしろ尊敬するよ。もともと悪いことだと思っちゃいねえからさ。むしろほっとしてる」

「……戦場で生きていくにあたって、本心を偽ることは必要な知恵でした」

「わたしもそうだよ。糞親父《くそおやじ》どもの地獄の教育を生き延びるのに不可欠だった」

「お互い真心をさらけだすのは難しい幼少期を送ってきたんですね」

「だな」凜香はあきらめの気分に浸りきった。「そっか。いまも嘘つきは嘘つきらしく、反省したふりをすりゃいいんだよな」

蓮實が目くじらを立てた。「こら。そんな考え方はいかん。本気で反省しなきゃ意味がない」

凜香は苛立《いらだ》ちをおぼえた。「先生。防衛大はよっぽど馬鹿正直な連中の集まりだったんだな。高校生に本気の反省なんてねえんだよ。あるとすれば後悔。運が悪かったな、やっちまったなって思うだけ。説教もめんどくせえなと思いながらきいてるふりをする、当たり前のアオハル時代を送らなかったのかよ」

「いかさまな青春時代は先生と無縁だ。優莉。せめていまだけでもすなおになれ。その心がけが自分を成長させる」

よく教師はこんなふうに諭したがるが、いまもってまったく響かない。また始まったとうんざりさせられるだけだ。蓮實がどれだけ立派なことを口にしても、亜樹凪とヤッていたという事実が頭から離れない以上、真剣には耳を傾けられない。あるいはこれが生徒と教師の普遍的な関係かもしれない。

引き戸の向こうから池辺校長の声がきこえた。「蓮實先生。そろそろお願いします」

「あ、はい」蓮實は返事したのち、声をひそめ凜香に念を押してきた。「いいな？くれぐれも威圧したりするなよ。ただでさえ向こうは怯《おび》えきってるだろうから」

やれやれと凜香は思った。「さっさと済ませようぜ」

蓮實がしっかりと胸を張り、深呼吸したのち、引き戸を横滑りに開けた。失礼します、そう声を張り、深々とおじぎをする。まず蓮實が入室した。次いで瑠那が戸口に立ち頭をさげる。巫女《みこ》の瑠那は礼儀正しい素振りに長《た》けていた。ここまでは厳粛な雰囲気が保たれている。

問題は自分だと凜香は思った。とにかく頭をさげるのに慣れていない。おじぎなど屈辱以外のなにものでもなかった。どうしてもやらなければならないのなら、舌打ちとセットと相場がきまっている。いまはそれも許されないのだろう。始末の悪い状況だった。

凜香は腸《はらわた》の煮えくりかえる思いで、なんとか一礼しながら特別教室に入った。室内はしんと静まりかえっている。まるで面接のようにふたつの椅子が並べてあった。一脚の前には瑠那が立っている。凜香はその隣に立った。瑠那とともにもういちど頭をさげる。

池辺校長が告げた。「座ってください」

凜香と瑠那は着席した。向かい合う椅子は十数脚。池辺校長と芦田教頭、一B担任の江田。男女の制服は、瑠那のクラスメイトたちだが、始業式以来ご無沙汰《ぶさた》の顔ぶれだった。どいつもこいつも名前を知らない。デブの男子生徒はよくおぼえている。凜香が真っ先に窓の外へ蹴《け》り飛ばしてやった奴だ。ほかにヒョロ男で雰囲気イケメンの男子生徒が三人。性悪そうな女子生徒が三人。意外にも凜香に怯えるようすはなく、わりとふてぶてしい態度をとっている。それに保護者たち。誰が誰の親なのか一目瞭《いちもくりよう》然《ぜん》なほど目鼻立ちが似通っている。悪びれるようすがないのも子供と同じだった。

校長が声を張った。「えー。怪我をして一学期に出席できなかったみなさんが、こうしてめでたく復学したところで、きょうはお互いの行きちがいを解消するため、きちんと謝り合うということで……」

デブ男子生徒の母親とおぼしき女性が片手をあげた。「すみません。謝り合うとは？　わたしは優莉さんがうちの子に、誠心誠意詫びてくれるときいて来たんですけど」

「うちもです」性悪の女子生徒ひとりにそっくりの中年女がうなずいた。「もともと優莉さんが在学すること自体、強い抵抗があったんですが、心配ないと先生がたがおっしゃるので、うちの子を入学させたんです。そこのところ学校の責任も問われると思いますけど」

さらに別の親が抗議の意をしめした。「まず優莉さんがお詫びをして、それから先生がたの申し開きをきいて、わたしたちの考えをしめしたいと思います」

保護者たちから続々と同意の声があがった。強気な親どもの態度に後押しされてか、いじめっ子どもは椅子にふんぞりかえりだした。さっさと詫びろ、デブが目でそうったえてきた。

芦田教頭があわてぎみに腰を浮かせた。「どうかみなさん、ご静粛に。あのぅ、今回のことは、お互いの問題でして……。そこにいる一Bの杠葉瑠那さんに対し、つまり、いじめがあったのもですね、ことの発端であるわけで」

保護者のひとりが声を荒らげた。「刀伊さんの息子さんに脅されただけです！　ナイフを持ってる暴れん坊がクラスにいて、うちの子に無茶な行動を強制したんですよ」

一B担任の江田がおずおずといった。「あのですね、そうはおっしゃっても、杠葉さんにバケツの水を浴びせたり、土下座を強いたりしたのは明確な事実で……」

「誰がそんなことをいってるんですか⁉　クラスのほかの子の証言だというのなら、その子も同罪のはずです。でもみんな静観せざるをえなかったんですよ。ほかの子に暴力を振るわせるのは忍びなくて、うちの子が代わっておこなったんです」

蓮實が硬い顔できいた。「おこなったというのは、なにをですか」

「そのぅ、あの……。刀伊さんの息子さんにいわれたとおりに」

「いわれたとおりになにをしたんですか」

池辺校長が咎《とが》めるように声をかけた。「蓮實先生」

保護者のひとりが食ってかかった。「元自衛官だそうですが、蓮實先生のご指導には少々、行き過ぎた面があるときいています」

「同感です」別の保護者がうなずいた。「先日の爆弾騒ぎでのご活躍はお見事でしたが、あれも自作自演を疑う声すらあるのはご存じですか。どうも日暮里高校はトラブルつづきで、どこかきな臭い雰囲気が感じられるのですが」

校長や教頭が焦りぎみに弁明する。蓮實が自分の教育方針について説明しようとすると、保護者たちがこぞって話の腰を折る。まずは優莉凜香と学校側が謝れ。その合唱の繰りかえしだった。

おやおやと凜香は思った。蓮實の掲げる理想どおりにはいかないようだ。現実はこんなものだろう。凜香にとってはむしろ腑《ふ》に落ちる状況だった。あのいじめっ子どもと保護者たちが、すなおに相互謝り会に出席を望むとは考えにくかった。目の敵にされるほうが道理に合っている。

蓮實の語気はしだいに強まりだした。「ではみなさんは、この杠葉瑠那さんについて、どう考えているのですか。杠葉さんに可哀想なことをしたとか、気の毒だったとか、そんなお言葉はいまのところ、ひとこともないのですが」

気まずそうな沈黙がひろがる。保護者らはしばし発言を譲りあった。そのうちデブ男子生徒の母親がいった。「そちらの杠葉さんが入学式の最中、勝手に着席するなど、礼を失した行為があったときいています。刀伊さんの息子さんはそれを咎めたそうですが、きちんと返事がなかったので、同級生としての指導がエスカレートしたと」

蓮實が苦々しげに首を横に振った。「彼女には持病があり貧血ぎみで、ずっと立っているわけにいかなかったんです」

「あら」保護者のひとりが小馬鹿にしたような声を発した。「体育祭ではずいぶん元気に、短距離走で独走なさったそうですけど」

ほかの保護者らも追随するように苦言を呈してきた。蓮實はすっかり参ったようすで下を向いた。

池辺校長が厄介そうにいった。「みなさん。杠葉さんに辛《つら》い思いをさせたのは事実なんですから、まずはそこから謝ってみてはどうでしょう」

また沈黙が降りてきた。謝罪など断固として拒否する、そんな集団の意思の表れだった。

そのうちデブ男子生徒が口をきいた。「優莉さんがまず謝るべきだと思います」

ほかのいじめっ子どもも無言のうちに同調をしめす。うりふたつの保護者らも、子供にそっくりの生意気な目つきで、凜香を睨《にら》みつけてきた。

凜香の心は寒々と冷え切っていた。とりあえずこの場にいるいじめっ子と親ども、全員を叩《たた》きのめしたくなったが、すかさず蓮實が妨害するにちがいない。すると凜香は蓮實と一騎打ちを余儀なくされる。それでは逃げおおせた保護者どもが、どんな勝手な言いぶんを世間に吹聴するかわかったものではない。

ここはひとつ大人になって、うわべだけでも謝ってみるべきか。考えただけでも反吐《へど》がでるが、瑠那のためだった。いじめっ子どもはみな一Bの生徒であり、瑠那のクラスメイトだ。一Cの凜香にとっては反目し合ったままで構わなくとも、瑠那は肩身の狭い思いを強いられてしまう。だがそもそも理不尽ではないか。こんなクズどもに詫《わ》びをいれる必要が本当にあるのだろうか……。

瑠那が立ちあがり一礼した。「申しわけありません。まずはわたしから、クラスメイトのみなさんに謝らせていただきたいと思います。でも先生がたや、保護者の皆様がたにご迷惑をおかけするのではなく、同じ一Bの友達どうしで……」

また沈黙があった。池辺校長が納得のいろを浮かべた。「それはいい提案だ。大人が介入しない状況で、まず生徒どうしで誠意を分かち合う。なによりも理想的でしょう」

保護者のひとりが不安げにささやいた。「優莉さんがいる場から、わたしたち親が目を離すわけには……」

「いえ」一B担任の江田がいった。「優莉凜香さんは一Cの生徒です。あくまで一Bのクラスメイトどうしの話ですよ」

それなら、と保護者らが受容する態度をしめした。いじめっ子どもにとっても、瑠那は脅威でないからだろう、異存はないとばかりに一様にうなずいた。

芦田教頭がうながした。「諸君、杠葉さんが謝ったら、諸君もちゃんと謝るようにね。それが分かり合うための第一歩だ」

瑠那は引き戸に向かいだした。「では廊下で……」

いじめっ子どもはそれぞれに立ちあがった。みな仏頂面で凜香を一瞥《いちべつ》してから、ぞろぞろと瑠那につづく。デブ男子生徒は露骨に顔をしかめたのち、特別教室をあとにした。

室内に残された大人たちがざわめきだす。凜香は蓮實に小声できいた。「先生。雲英亜樹凪とはその後、なんの問題もない？」

蓮實がささやいた。「ああ。そんなこと気にするな」

「曲がりなりにも人を死なせたわけだから、亜樹凪こそ周りから敬遠されてるんじゃね？」

「全然そういう雰囲気じゃないな。おまえ以上の英雄扱いだよ。忌まわしいことだが、十代が標的になる事件が多発してるせいで、みんな暴力沙汰《ざた》に慣れてきてる」

「今度またなにかあったら、高校事変も十六回目ぐらいだよな。亜樹凪がまたなにかしでかすんじゃね？」

「いちおう目は光らせてる。だがいまのところ問題はない。文科省が民間ロケット富士七号の発射実験に、全国の小中高校からひとりずつ招くにあたり、本校からは雲英が選ばれた」

「へえ。ＥＬ累次体の後ろ盾があったりする？」

「そうとは限らん。もともと雲英は有名人だし、本校の代表として選出されるのも、特に不自然なことじゃない。疑うのは時期尚早だろう」

芦田教頭が妙な顔を向けてきた。「蓮實先生。なにか？」

「いえ」蓮實は当惑ぎみに目を伏せた。「なんでもありません」

引き戸が開いた。保護者らがいっせいにそちらを向く。どの顔にも驚きのいろが浮かんだ。

いじめっ子らがまたぞろぞろと室内に戻ってくる。みな目を真っ赤に泣き腫《は》らしていた。女子生徒三人はいずれも顔面を紅潮させ、両頰に大粒の涙を滴らせる。嗚咽《おえつ》がとまらない生徒は男女ともにいた。

最後に瑠那が姿を現した。瑠那も涙ぐみながらクラスメイトらとともに立った。生徒らは横一列に並び、教師や保護者らに深々と頭をさげた。デブ男子生徒が震える声でいった。「先生、お母さん、ごめんなさい。ご迷惑をおかけしました。杠葉瑠那さんとはちゃんと謝り合い、分かり合うことができました。これからは問題を起こさないと誓いますから許してください」

まるで卒業式の送辞と答辞のように、ほかのいじめっ子たちも声を揃えて復唱した。「許してください。ごめんなさい」

また全員がおじぎをする。大人たちは一様にぽかんとしていたが、やがて江田教諭が拍手しだした。すると芦田教頭が同調し、池辺校長もそれに倣った。保護者らは狐につままれたような顔をしていたが、ほどなく感涙にむせびながら手を叩きだした。

池辺校長が感極まったように立ちあがった。「素晴らしい！　生徒どうしが手に手を取り合って理解し合う。これこそ青春の理想像だ。教育者としてこんなに喜ばしいことはありません。冥利《みょうり》に尽きる」

男子生徒の親がハンカチで目もとを拭《ぬぐ》いつつ、わが子に呼びかけた。「隆俊《たかとし》ちゃん！　よくそんなにすなおに……。お母さんは嬉《うれ》しい」

むせび泣く女子生徒のひとりの背を、瑠那も涙ながらにさすっている。雨降って地固まる。わだかまりを捨て、友情が深まった瞬間……そう見える。

だが凛香はだまされなかった。瑠那は完璧《かんぺき》に心を偽れる才能の持ち主だ。大人たちの夢を叶《かな》えるようなこの光景が、現実であるはずがない。蓮實も事情を悟ったらしく、複雑な面持ちをしている。

瑠那が凛香の隣の席に帰ってきた。まだ他者の庇護《ひご》欲を掻《か》き立てる、か弱そうな泣き顔を維持している。

凛香は小さな声で瑠那に問いかけた。「なにをしてきた？」

「一生に味わう以上の苦しみを全員にあたえてやりました」瑠那は無垢《むく》な少女そのものに見える面持ちのまま、凛香の耳にのみ届く声量でささやいた。「死より辛い拷問です。きっと今後は、みんなやさしくしてくれるでしょう」

7

晴れた日の午前中、二時限目以降は授業が取りやめになり、全員が体育館に集まることになった。瑠那は一Bのクラスメイトらとともに、体育館の入場をまつため、わきの外通路に待機させられた。

肥満体の男子生徒以下、かつての刀伊の取り巻きたちが、ときどき怯《おび》えきった顔でこちらを振りかえる。瑠那と目が合うや、びくっとしたようすでまた前に向き直る、その繰りかえしだった。七人とも恐怖に震えあがっている。絶えず瑠那の居場所をたしかめておかないと、命の危険を感じて仕方がないようだ。

おかげで静かに過ごせる。瑠那は体育館と校舎のあいだ、コンクリート敷の中庭に目を向けた。トラックが備品搬入のため乗りいれられるスペースだった。いまは軽トラが停まっている。業者が荷台から重そうに段ボール箱を下ろし、台車に載せる。段ボール箱のサイズは縦横一メートル、高さ五十センチほど。ソニーの4Kプロジェクター、VPL－XW7000ESとある。近くにもうひとつ、同じ段ボール箱が置かれているが、そちらは開封済みで空になっていた。

中年の男性教師が荷台に近づいた。「これは？　プロジェクターはもう運びこんだでしょう」

業者が応じた。「学校向けのレンタルは予備用と二台セットなんですよ。よく使ってる機材だと、画面が暗くなったりするんで、すぐ取り替えられるように」

「ああ。電球が切れかかったりとか？」

「電球っていうか……。ええ、まあそうですね」

教師への説明をめんどうくさがったのがわかる。ソニーの4Kプロジェクターの最新機種なら、光源は電球でなくレーザーダイオードになる。二万時間の上映に耐えられるが、業務用レンタル品なら、通算それ以上の使用もありうるのだろう。

この業者によるプロジェクター一台あたりの稼働率を、いつしか脳内で計算し始めている自分に気づき、瑠那はうんざりした。なぜいちいち細かい分析に明け暮れねばならないのか。ふだんも活字中毒だし、しかも新たな知識を求めてやまない。読むものがなければ基礎体力づくりに励みだす。とにかくのんびりするときがない。いまも計算をやめたとたん、今度は周囲に聞き耳を立て、警戒心を募らせている。

そういうふうに育ってきた。これが自分だとあきらめるしかない。呑気《のんき》に談笑するクラスメイトらとちがい、絶えず気を張るばかりの異常さも、ただ個性と割りきり受容する以外になかった。それでもおっとりしたフリをしつづけることに慣れてもいる。人とのちがいはマイナス面もあるが、プラス面の恩恵も生じうる。校舎がC4の爆発とともに消し飛ばずに済んだ、それだけでもこの煩わしい思考に価値はある。

列が進みだした。上級生はとっくに体育館内にいる。ようやく一年生がなかに足を踏みいれた。

天井の白色灯は薄明かりに転じていた。入学式と同じくパイプ椅子が縦横に並ぶ。二年生と三年生の席は埋まっている。後方に4Kプロジェクターが設置され、舞台上のスクリーンに投映中だった。映像はNHKの中継のようだ。

晴天の下、草原が果てしなくひろがるなか、場違いに思えるロケット発射台が設営されている。いかにも民間ロケット然とした節約ぶりだった。細身の無人ロケットが垂直に立ち、クレーン車のゴンドラがわきに接近、作業員による最終チェックが進んでいる。ロケットの高さは十メートルほどか。同じぐらいの高さの鉄骨製の櫓《やぐら》が、ロケットの傍らに建つほかには、周りに数台の車両が点在するにすぎない。

望遠レンズでとらえたロケットから、カメラがズームアウトすると、かなり離れた場所に集う小中高生の群れが映った。生徒児童ばかり約三万人が緑地の斜面に座り、遠目にロケットの発射をまっている。NHKの女性アナウンサーがマイク片手に現地の情報を伝えていた。どーもくんや、こぐまゴローの着ぐるみが一緒にいるところをみると、子供向けの催しとして放送しているようだ。

映画館とちがい、体育館ではプロジェクターの設置場所が低い。よって男子生徒らが手を上に伸ばしたり、立ちあがったりしてスクリーンに影を映す悪ふざけに興じる。もちろん全員がやるわけではないが、なぜこの幼稚な振る舞いをする衝動に駆られるのか、いまだよくわからない。瑠那にとって同世代の群集心理は不可解だった。

一年生もクラスごとに着席した。例によって出席番号順のため、瑠那の席はかなり後ろだった。斜め後ろを振りかえると、一Cの凜香と目が合った。凜香はいつもどおり皮肉な表情で、斜に構えた姿勢で座っている。

女性アナウンサーの声はスピーカーからきこえていた。「富士七号の発射地点から約二・五キロ離れた覚井山《かくいさん》の麓《ふもと》に来ています。こちらには全国の小中高校から一名ずつ招待された児童や生徒のみなさんが詰めかけています」

双眼鏡を発射地点に向けていた生徒児童らが、みないっせいにカメラ目線で歓声を発した。いかにも現地ディレクターから指示があったとしか思えないわざとらしさに、体育館内に失笑がひろがる。

カメラが生徒児童らをパンしたのち、ふたたび女性アナウンサーに戻った。「では児童や生徒のみなさんの代表として、東京都の日暮里高校三年、雲英亜樹凪さんにお越し願っています。雲英さん、よろしくお願いします」

わずかに引いたフレーム内、女性アナウンサーの隣に立つ亜樹凪が映った。日暮里高校の夏服を着ている。お決まりの清楚《せいそ》そのものの立ち姿で、礼儀正しく会釈をする。スクリーンに亜樹凪が大写しになると、体育館を埋め尽くす生徒らがおおいに沸いた。

瑠那はまた凜香を振りかえった。凜香が鼻を鳴らす素振りをし、うんざり顔で視線を逸《そ》らした。

スクリーンでは女性アナウンサーが亜樹凪にマイクを向けていた。「雲英さんは今回の発射実験、どのようにご覧になっていますか?」

「はい」亜樹凪は上品な微笑とともに、控えめな口調で応じた。「民間ロケットでは初めて宇宙空間に達した、蒼穹テクノロジズさんの発射実験をまのあたりにできるので、とても興奮しています」

興奮。いちいちそんな単語を反復したがるのも男子生徒に多い。スクリーンの映像の下端には、番組に寄せられるツイートが常時表示されている。亜樹凪の登場とともに新規ツイートのスクロールが速くなった。〝雲英亜樹凪さんだ!〟〝雲英家のお嬢様お変わりなくお美しい〟〝亜樹凪さんかわいい〟〝現代の英雄こと雲英亜樹凪さんいつもお綺麗《きれい》で素晴らしい〟……。

もう振りかえらずとも、凜香がどんな顔をしているか想像がつく。悲劇から立ち直ったヒロイン、雲英亜樹凪の名はいまや世界じゅうに轟《とどろ》いていた。と同時に裏社会でも、キラー・キナが存在感を増しつつある。なぜ実弾でなく血糊《ちのり》弾を食らわせたのかと、凜香は瑠那を問い詰めたい心境だろう。瑠那は明確な回答を避けていた。おそらく現時点では、凜香と蓮實先生の理解は得られない。

女性アナウンサーと亜樹凪の当たり障りのないやりとりが終わった。亜樹凪が一礼してフレームアウトすると、新たに五十代男性のスーツが立った。ふさふさの髪をきちんと七三に分けている。ネクタイにいささかの歪《ゆが》みもなく、襟には国会議員の金バッジが光る。女性アナウンサーが紹介した。「つづきまして藤蔭覚造文部科学大臣にお話をうかがいます」

瑠那はスクリーンを注視した。この人物が新たな文科大臣か。尾原より年上なぶん、威厳と貫禄《かんろく》が感じられる。ただし表情はぎこちない。民間ロケット発射実験であっても、文科省が後援している以上、藤蔭大臣に緊張のいろが見えるのは不自然ではない。

藤蔭大臣も女性アナウンサーの要請に応じ、無難なコメントを口にした。「国として今回の発射実験に期待を寄せるとともに、こうして大勢の児童および生徒のみなさんと一緒に、打ち上げの瞬間を見守ることができるのを、心より嬉《うれ》しく思っております」

雲英亜樹凪とちがい、大臣の顔では画《え》が長く持たないと思ったのか、映像が発射現場に切り替わった。女性アナウンサーと藤蔭大臣のやりとりは音声でつづいているものの、中継のカットが次々に変移した。発射台のようす、近くに待機するパラボラアンテナ付の車両、その荷台内部でコンソールに向き合うオペレーターたち。JAXAのように規模の大きな指令センターは持たず、移動可能な車両内に、すべての制御を集約させているらしい。

　女性アナウンサーの声がいった。「今回の発射実験では、宇宙空間といわれる高度百キロメートル以上をめざし、四分間の微小重力環境を実現、海面に落下します。機体とエンジンの飛翔《ひしょう》環境、姿勢制御、通信、ペイロード搭載について実証がおこなわれます」

　映像はまだコンソール内をとらえている。カメラがモニターのひとつ、放物線状のグラフにズームしたのは、女性アナウンサーの説明に呼応するためかもしれない。たしかにモニターに映っているのは、発射後のロケットの軌道予定だった。高度四十キロまでが加速期間、その後に燃焼終了、二百四十秒間に高度百キロの最高高度到達から、微少重力状態での落下に至る。四百秒後、海面に着水……。

　体育館内の生徒らの目には、複雑で専門的な表示としか映らないだろう。多くの視聴者にとってもそうにちがいない。だが瑠那はちがった。わずか四分間の実験のわりには、推進剤タンクが大きすぎるのではないか。隣のモニターに映った姿勢制御用スラスタや、エタノールメインバルブの数値も変に思える。垂直打ち上げではなく水平飛行に重きを置いていないか。

　スクリーンの端に一瞬だけメモ用紙が映りこんだ。数列は方位と座標だろうか。オペレーターがあわてたようにメモ用紙をつかみとった。フレームアウトするまでわずか一秒足らず。だが記載内容は瑠那の脳裏に刻みこまれた。

　じわりと警戒心がこみあげた。数字は偶然の一致か。いや。こんな状況下ではとても考えにくい。

　中継の音声がフェードアウトした。スクリーンにはミュート状態で番組が投映されつづけている。わきの演壇に池辺校長が立った。池辺は満足げに声を響かせた。「いまも三年生の雲英亜樹凪さんが、わが校を代表してインタビューに登場したばかりですが、みなさんもこの価値ある発射実験を視聴することにより……」

　生徒がざわつく。スクリーンに映った中継画面の隅に、もう秒読みが表示されているからだ。残り時間は五分。いまさらスピーチを始める校長の空気の読めなさに、みな眉《まゆ》をひそめていた。芦田教頭もひやひやしたようすで、いつ校長に制止を呼びかけようかと、壇上に駆けだすタイミングをうかがっている。

　発射まで四分五十三秒、五十二秒、五十一秒……。こうしてはいられなかった。瑠那は席を立ち、椅子のあいだの通路を後方に向かおうとした。とたんにそこに立つ担任の江田と鉢合わせした。

「先生」瑠那は貧血を装った。「気分が悪いので保健室へ行きたいんですけど」

江田は渋い表情になった。校長のスピーチといえば女子生徒の貧血、なぜいつもそうなるんだと不満顔だった。けれどもこういう場合、嘘ときめつけて退出させまいとするのは、教師として責任を問われる事態になりうる。江田は浮かない面持ちながら、後方の出入口へと顎《あご》をしゃくった。

瑠那は駆けだした。一Cの凜香がこちらを見るのを視界の端にとらえたが、いまはアイコンタクトの暇さえない。目を合わさずとも意思は通じ合えただろう。そう思いながら出入口へ走った。瑠那の体調不良を咎《とが》めるクラスメイトはもういない。

体育館をでるや瑠那は外通路を全力疾走した。さっきのコンクリート敷の中庭に近づく。軽トラは駐車したままだが、業者はどこかに離れているようだ。特に怪しい存在ではない。この場にいないのは幸いだった。台車に載った段ボール箱が、体育館の出入口付近に放置してある。瑠那は台車を押しながら中庭を横切り、緩やかなスロープを上ると、校舎一階の掃きだし口に飛びこんだ。

誰もいない廊下を騒々しく突進していく。階段の上り口に到達するや、瑠那は台車をとめた。段ボール箱を開梱《かいこん》にかかる。緩衝材の発泡スチロールを次々に取り除いた。

プロジェクターといっても二百万円近い高級品だけに、サイズがかなり大きかった。幅も奥行きも五十センチ前後、高さは二十センチ以上。レンズの直径も約十五センチで、まるで砲口のようだった。本体を抱えあげたがずしりと重い。十五キロはありそうだ。

駆けてくる靴音があった。凜香の声が呼びかけた。「瑠那！　いまさら家電泥棒じゃねえよな。なんの真似だよ」

「手伝ってください。三階の技術室まで持ってあがります。急いで！」

凜香は面食らった顔になったものの、いちいち理由をたずねたりはしなかった。プロジェクターの片側に両手をかけ、力をこめ持ちあげる。瑠那と凜香はふたりがかりで、プロジェクターを床から浮かすと、急ぎ階段を駆け上った。

踊り場をまわり二階。さらに階段を上昇し、また踊り場、そして三階の廊下を疾走していく。家庭科室のさらに奥、引き戸を開け放ち技術室に踏みこんだ。

室内にはむろん誰もいない。授業中、生徒らがグループで座れる大きめの机に、プロジェクターをそっと載せる。瑠那は教卓わきの棚に向かい、下から順に引き出しを開けていった。用意するのはドライバーと半田ごて、銅線、ペンチ、ビニールテープ。コンデンサーも十数個をわしづかみにした。道具を掻《か》き集めつつ瑠那はいった。「凜香お姉ちゃん、テレビ点《つ》けてください。NHK」

「ロケットの中継か？　わかった」凜香がテレビに駆け寄り、リモコンを操作した。

ひと揃いの道具を抱え、瑠那はプロジェクターへと引きかえした。テレビの画面には、発射実験の中継番組が映っている。残り時間は三分二十七秒、二十六秒、二十五秒……。

瑠那は力ずくでプロジェクターをひっくりかえした。ドライバーで背面のビスを外していく。

凜香もドライバーを手にし、ほかのビスを外しにかかった。「またこんな解体作業かよ」

あわただしい靴音が廊下を接近してくる。巨漢が戸口に姿を現した。蓮實が血相を変え怒鳴った。「杠葉、優莉！　いったいなにをしてる。学校のレンタル備品なら、先生がしっかり安全をたしかめた。そこに爆弾なんかないぞ」

片時も手を休めず瑠那は応じた。「ロケットの方位は3－4－8、目標は北緯35度43分44秒、東経139度46分39秒です」

「なに？　その座標って……」

「ここです」瑠那はプロジェクターをふたたび上下逆にし、カバーを外した。「ロケットは日暮里高校めがけて飛んできます」

「そんな馬鹿な」蓮實が目を瞠《みは》った。「あれはミサイルじゃないだろ。直撃した場合の被害は……?」

「エタノールと液体酸素が充分に残った状態で地表に激突します。弾頭は空っぽでも、タンクが大爆発を起こし、ナパーム弾のように一帯を焼き尽くします」

「……じつは先生は個人的に、この近くに安アパートを借りてな。家具もなにも置いてないが、生徒に危険が迫ったとき、数人だけでもそこに駆けこめるようにしておいた。しかし……」

ロケットの墜落で一瞬に広範囲が焼失する以上、近所のアパートはなんの意味もない。瑠那はレーザーダイオードに直結する基板を引き抜いた。「いまさら避難は無理です」

凜香が問いかけた。「天才だけにやってることはまともだと思うけどさ、凡人のわたしにもわかるように説明してくんねえかな。いまはなんの最中?」

瑠那は半田ごてで銅線を基板に貼りつけた。「このプロジェクターの光出力は三千二百ルーメン、消費電力は四百二十ワットです。ごく一般的なレーザーポインターは〇・〇〇五ワットなので、すでに約八万四千倍ですが、大幅に増幅可能です」

ってのか」

「おい」蓮實が瑠那の手もとをのぞきこんできた。「まさかレーザー砲に改造しようってのか」

「そのまさかです」

「駄目だぞ！　レーザーは国際法上、非人道的兵器として軍での装備が禁じられてる」

凜香が声を張った。「先生！　民間ロケットを日暮里高校に飛ばすのは適法なのかよ」

「そういうわけじゃないが、違法に違法で対抗してばかりじゃ……」蓮實はテレビを振りかえるや、いっそう顔をひきつらせた。「いかん。もう二分を切った！」

消費電力を大幅に軽減する集積回路、そこを迂回《うかい》するバイパスを、半田ごてと銅線で築いていく。けっして推奨されなくとも、ぎりぎり適合するコンデンサーを見つけだしては接続する。レーザーダイオードの発光のプロセスは、LEDと変わりがない。p－n接合の順方向に電流を流せば光を放つ。活性層となる半導体の、価電子帯の最上部と伝導帯の最下部とのエネルギー差が、プロジェクターの設計上、大きく抑制されていた。これを魔改造により最大値にまで解放する。

「できた」瑠那は基板を元の場所に挿入した。カバーをかぶせる。「ビスを留めてる暇はありません。ビニールテープを使ってください。わたしは延長コードを探します」

蓮實がプロジェクターを裏返しながらきいた。「延長コード？」

「これを屋上で使うには、階段塔のコンセントから電源を拾わないと」瑠那はふたたび棚に駆け寄った。引き出しのなかを探ると、絡みあった延長コードが何本も見つかった。しかしそれらはほぐすまでもなかった。瑠那は唸《うな》った。「どれも三百ワットまで。千五百ワットのが必要なのに」

いつの間にか姿を消していた凜香が、ふたたび室内に駆け戻ってきた。延長コードを手に凜香は声を弾ませた。「千五百ワットといえば家庭科室だろ！　電子レンジから外してきた」

蓮實が大声で告げてきた。「できたぞ！」

瑠那は早口にいった。「先生、それを屋上に運んでください。凜香お姉ちゃん、このテレビの音量を最大にして」

「わかった。瑠那、先に行け」凜香がリモコンをテレビに向けた。

廊下に飛びだすや、瑠那は蓮實を追い、猛然と廊下を走った。蓮實は重いプロジェクターを軽々と抱え、すでに階段を駆け上っている。

開け放たれたままの引き戸から、テレビの音声が廊下を通じ、階段まで響いてくる。女性アナウンサーの声がこだました。「間もなく発射です！　小中高生のみなさん、一緒に秒読みをしましょう。十、九、八、七……」

瑠那が階段を上るうち、凜香が後方から追いあげてきた。忌々《いまいま》しげな口調で凜香が吐き捨てた。「無邪気なガキどもが声を合わせて秒読みしてやがる。いっそ南房総で吹っ飛びゃいいのに」

「四、三、二、一」女性アナウンサーの声はかなり遠ざかったが、それでもまだ瑠那の耳に届く。「点火！　富士七号、いま発射されました。大きな歓声が児童と生徒のみなさんからあがりました。ロケットが矢のようにみるみる……。あれ？　いまロケットがなぜか横に傾きました。水平方向へ飛んでいきます。まるで飛行機のように……」

まだ呑気《のんき》さをひきずっている。瑠那は最後の階段を駆け上り、階段塔のなかに達した。行く手で蓮實が片膝《かたひざ》をついている。

蓮實が緊張のまなざしで瑠那を見つめた。「コンセントはここでいいのか？」

「はい。延長コードをつないだうえで本体に接続してください」

てきぱきと作業しながら蓮實がきいた。「出力は？」

「キロワットには達するはずです。理論上は」

「弱くないか？　冷戦時のＳＤＩで衛星に積むレーザー兵器は、たしかメガワット……」

「飛翔体《ひしよう》の迎撃用兵器としては充分です。でもできるだけ引きつけて撃ちます。熱ブルーミングによる威力の低下が懸念されるので」

「ああ。光線を吸収した空気が高温になるし、エネルギーが拡散しちまうんだろ。そのへんだいじょうぶなのか」

「イエメン紛争で試しました」

「ほんとか？　特殊作戦群でも俺がいたころには、まだ試作器のブリーフィングも始まらなかった」

凜香が階段を駆け上ってきた。「うちの糞親父《くそおやじ》の時代じゃ考えもしなかったテクノロジーだな。結衣姉でも思いつかねえだろうよ」

女性アナウンサーの声は半ば悲鳴と化していた。「実験が失敗とのことで、いま遠隔操作による爆破が……。ああっ、電波が届かない距離のため、もう爆破ができないそうです！　あっちは都内方向じゃないでしょうか。し、渋谷《しぶや》ＮＨＫスタジオの斉藤《さいとう》さん。そちらはいかがですか」

蓮實の顔は汗だくになっていた。「杠葉！　ミサイルは低空を飛んでくるんだろ？　撃墜できたところで、タンクの爆発は回避できん。大量の炎が地上に降り注ぐぞ！」

「方位からするとロケットは南南東、スカイツリーと浅草寺《せんそうじ》方面から飛んできます。隅田川上空に差しかかった瞬間に撃墜し、破片をすべて川面《かわも》に落とします」

「む、無茶いうな！　光学照準器もないのに……」

「ソニーのプロジェクターでロケットに立ち向かうのはわたしも初めてです！　不可能と断じる経験もありません。やるしかないんです！」

女性アナウンサーの金切り声が反響した。「富士七号は江東《こうとう》区から荒川区あたりに向け、高度を下げているようです！　逃げてください！　身を守ることを第一に考えてください！」

凜香が苦々しげにつぶやいた。「地震から津波まで、NHKも最後は絶叫なのな」

蓮實がプロジェクターを抱え、すっくと立ちあがった。「畜生。やるしかないのか」

瑠那は階段塔のドアを開け放った。外気が吹きこんでくる。無人の屋上へと駆けだした。

あとにつづく凜香が南の空に目を向けた。「来やがった……」

同じ方角を瑠那も眺めた。思わず鳥肌が立った。空に浮かぶ銀いろの物体。まぎれもなくロケット富士七号だった。視野のなかでぐんぐん大きくなる。高度五百メートルていどを水平飛行で急速接近してくる。

蓮實はプロジェクターを持て余していた。とりあえず縦にし、バズーカのように右肩に掲げ、大口径レンズをロケットに向ける。「これでいいのか……？　途方もなく馬鹿なことをしてるように思えるが」

「だいじょうぶです」瑠那は蓮實の横にぴたりと身を這《は》わせた。一緒にプロジェクターを両手で抱える。「凜香お姉ちゃん、反対側を支えてください。電源ボタンはわたしにまかせて」

三人が直立姿勢で身を寄せ合い、肩の高さにプロジェクターを掲げた。凜香が皮肉っぽくいった。「戦隊物の最後のやつみたいだな。やっつけた敵が巨大化したらアウトだぜ？」

瑠那はプロジェクターの上下角を微調整した。たしかに照準もなしに狙いを合わせるのは至難のわざだ。あるていどは勘で推し量るしかない。射程も問題になってくる。目視を頼るよりほかに方法がなかった。

なにより高エネルギーレーザーの放出は一秒が限度だ。すぐにレンズも内部機器も溶解してしまうだろう。砲弾にたとえればたった一発しか撃てない。

本体のコントロールパネルを指で操作する。レンズのフォーカスを最も遠くに合わせた。ただしプロジェクターの正規使用での投映距離とは、もう比較にならない。これで理論上は、三キロ遠方まで赤外線ビームが届く。

蓮實が震える声で問いかけた。「そろそろじゃないのか」

「まだです」瑠那は慎重に標的を見据えた。「いま南砂《みなみすな》上空あたりでしょう」

凜香の声も緊迫の響きを帯びていた。「瑠那。ビッグエコーの個室にあるプロジェクターってさ、電源いれてから点灯するまで、ちょっとタイムラグがあっただろ。それ関係ある？」

「三秒半とみてます」瑠那はいった。「うまくタイミングを合わせ、本所吾妻橋《ほんじょあづまばし》近くの区役所通り上空で迎撃します」

「本所吾妻橋？　隅田川より向こうじゃね？」

「ロケットの速度を考慮すれば、それで川に残骸《ざんがい》が落ちるんです。もう来ました。発射準備。揺らさないでください。この角度。もう気持ち右」

蓮實と凜香が固唾《かたず》を呑《の》み、全身を凍りつかせている。飛来してくる弾頭の正円がどんどん大きくなる。あと一秒。〇・五秒。〇・一秒。瑠那は電源ボタンをトリガーのごとく押しこんだ。

　赤外線ビームは目に見えない。砲弾とちがい発射の反動もない。だがブザーのようにけたたましい雑音が鳴り響いた。大口径レンズから極太の光線、高エネルギーレーザーが放射された。ロケットを真正面から直撃したのがわかる。瞬時に弾頭が赤く染まり、いきなり弾《はじ》けるように破裂、ロケットが空中分解した。爆発物を搭載したミサイルとはちがう。破片が四散したのち、ぶちまけた燃料が引火すると、巨大な炎の帯が地上に降り注いだ。

　校舎の屋上からでも状況が見てとれる。無数の部品も横倒しの火柱も、浅草花やしきのぴょんぴょん塔より向こう、スカイツリーより手前の位置に落下していく。市街地の建物群に隠れているせいで、隅田川は視認できないが、残骸が谷間に消えたとたん、水飛沫《みずしぶき》が盛大にあがった。黒煙が勢いよく噴きあげられる。火災は発生していない。

　ただし惨事は完全に回避できたわけではなかった。民家の瓦《かわら》屋根が遠方から順に、波状にめくれあがってくる。衝撃波とともに音が到達するまであと五秒。まだ静寂が保たれている校舎内で、かすかにノイズが響き、金属の焦げるにおいがした。テレビの音声が途絶えた。体育館でもざわめきが起きている。学校のブレーカーが落ちたせいだった。

蓮實の掲げるプロジェクターも煙を噴いている。たった一秒以下の高エネルギーレーザー放射でも、異常なレベルの負荷がかかったはずだ。

そう思ったとき、鼓膜を突き破るレベルの轟音《ごうおん》が耳をつんざいた。音圧だけで身体が押し潰《つぶ》されそうになる。瑠那は両手で耳を塞《ふさ》いだ。凜香と蓮實もそうしていた。校舎を強烈な縦揺れが突きあげる。三人は屋上に転がった。体育館から生徒らの悲鳴がきこえた。

衝撃波はグラウンドの砂を突風のごとく巻きあげ、日暮里高校を通過し、さらに北北西へと遠ざかっていく。煙が高圧電線に差しかかったとき、青白いスパークが走った。付近の民家が停電したらしく、窓明かりがいっせいに消えた。遠雷に似た轟音がおさまっていき、地鳴りだけが長く尾を引いた。

徐々に静寂が戻ってきた。あるいは耳が遠くなっているのだろうか。屋上に寝そべる三人は砂まみれになっていた。瑠那は身体を起こした。

隅田川方面に黒煙が残る。火の手はあがっていない。籠《こ》もりぎみにサイレンがきこえる。聴覚が復活しつつあるのを自覚する。瑠那はゆっくりと立ちあがり、制服に付着した砂を払い落とした。

凜香も腰を浮かせた。遠目に黒煙を眺めつつ凜香はいった。「こんなことばかり起きてちゃ、日暮里高校の入学希望者は激減だよな」

投げだされたプロジェクターのわきに、蓮實がへたりこんでいた。半ば放心状態の蓮實がつぶやきを漏らした。「まさか隅田川に屋形船とかいなかったよな？　杠葉。そこまでは考えてなかったんだろ？」

「いえ」瑠那はため息を漏らした。「区役所でポスターを見ました。九月下旬まで休業中です」

8

亜樹凪は南房総市の覚井山、広大で緑豊か、緩やかな斜面に立っていた。草原を生徒児童らが列をなし、黙々と避難していく。拡声器で誘導する大人たちの姿がそこかしこにあった。NHKの女性アナウンサーもカメラを前に、興奮ぎみにスタジオとやりとりしている。

近くにはきょうのために設営された大型ビジョンが建つ。いま中継は発射現場ではなく、台東《たいとう》区の上空を飛ぶヘリからの空撮に切り替わっていた。隅田川の水面に黒焦げの破片が点々と浮かぶ。河川敷に警察と消防が群れをなす。

ときおり中継は定点カメラの録画映像に切り替わる。空中爆発したロケットの残骸が、飛行時の勢いのまま帯状にひろがり、計算されたように河川へと落下した。運航中の船舶はなく、人的被害は生じなかったとみられる、NHKはそう伝えていた。

スタジオではキャスターの隣に、JAXAの専門家が並び、事故の状況についてコメントした。ロケットが水平飛行へ暴走した理由として、何者かの防害工作により、配管が溶解し高温ガスが側面に噴出した可能性があるという。隅田川上空での爆発は、発令車が無線起動させた自爆スイッチが、遅れて働いたのではと憶測を述べた。

見当ちがいも甚だしい。亜樹凪は醒《さ》めきっていた。どんな手を使ったかは知らないが、ロケットを撃墜したのは杠葉瑠那だ。計画のついでに彼女の抹殺を謀るなど、やはり希望的観測が過ぎた。EL累次体は依然として瑠那を軽視している。

双眼鏡がなくとも、二・五キロ先の発射現場での混乱ぶりは見てとれた。ここ覚井山の見学会場も騒然としている。右往左往する関係者らは亜樹凪に目もくれない。幸いだと亜樹凪は思った。いまは誰とも話したくない。

スーツ姿の痩《や》せた三十代男性が近づいてきた。「文科省職員の曽鍋《そなべ》です」

挨拶《あいさつ》がそれだけなら答える必要もない。亜樹凪はなにもいわず発射現場を眺めつづけた。

するると曽鍋が落ち着いた声で付け加えた。「EL累次体の連絡員でもあります」

まだ亜樹凪は曽鍋を見かえさず、ため息だけをついてみせた。「漁夫の利や一石二鳥を狙ってばかりの計画は、いつも杜撰《ずさん》極まりなく頼りない」

曽鍋は淡々と告げてきた。「日暮里高校のほうは残念ですが、発射現場周辺ではすでに、中国系の正社員エンジニアらが身柄を拘束されています」

発射現場からわずかに離れた場所に、打ち上げ時に退避した車両が集結している。そこに赤色灯がいくつも明滅していた。パトカーが数十台も駆けつけたようだ。亜樹凪が目を凝らしていると、曽鍋が双眼鏡を手渡してきた。

双眼鏡で状況を観察する。私服と制服の警官らが、社員を次々と逮捕するのが確認できた。激しい抵抗ぶりから日本人でなく中国人とわかる。

曽鍋がつづけた。「本社でも産業スパイとみられる中国人の正社員は、ひとり残らず取り調べを受けるでしょう。フュアウルァイ社で宇宙技術開発に携わっていた事実も、ほどなくあきらかになるはずです」

亜樹凪は双眼鏡を曽鍋にかえした。「これぐらいはできて当然でしょう」

「そうでもないんです。警察組織を操ろうにも限度がありましてね。しかしロケットの暴走が起きた以上は事情がちがいます。都内への着弾は免れましたが、司法がこれを非常事態ととらえるには充分な成果です。現場検証で破壊工作もあきらかになります」

「具体的にどんな証拠が？」

「誘導システムのプログラム改竄《かいざん》です」

「現場にいた中国人社員たちは、単に無関係を主張するでしょう」

「方位の変更と、日暮里高校の座標を記したメモが、発令車から発見されます。内部の者の仕業だと断定されます」

蒼穹テクノロジズに中国からの産業スパイが多く送りこまれているのは、周知の事実だ。しかし宇宙開発の技術面に関わるアジア系社員のうち、誰が産業スパイなのかはあきらかでなかった。いま重大事件の発生により強権が発動され、怪しい中国系社員をまとめて取り調べられるようになった。産業スパイらを一網打尽にできる公算が大きくなった。その意味では計画が功を奏したのだろう。まだ究極の目標に至るまでの第一段階でしかないのだが。

亜樹凪は思いのままをささやいた。「わたし、漫画というものを読んだことがなかったんです。父の教育が厳しくて」

「そうですか」曽鍋は話につきあう素振りをしめした。「最近はお読みに？」

「不良少年少女を描く漫画は衝撃的でした」

「どんなふうに？」

「十代が無知蒙昧《むちもうまい》と決めつける大人の感性を許しがたく思います。法に背く未成年は頭が弱く、粗暴なばかりで常識知らず、振り込め詐欺か押し込み強盗しかできないととらえてる」

「事実はちがいますね」曽鍋がいった。「単純に考えても、東大や京大の合格者は当然、大半が高校生です。体力のピークも十代半ばから後半。そもそも原始人の寿命は三十歳前後ですから」

「そう。ただし三十代になっても筋肉量は維持されるから、それ以降にアスリートがキャリアを極めたりする。そのせいで大人たちは、歳を重ねたほうが上と勘ちがいする。学力についても、知識だけじゃなく経験が必要だとか、問題をすり替えてくる。本当は衰えるばかりなのに」

「よろしければ、なにに不満をぶつけておられるのか、具体的にご説明願えますか」

「けさ早く、ここに来る前に、渋谷のNHK放送センターでも番組に呼ばれて」

「ええ。出演なさってましたよね。ほとんど発言なさっていませんでしたが」

亜樹凪は小さく鼻を鳴らした。「専門家のかたがたの討論がメインだったので」

「ロケット打ち上げ実験の見学に絡めて、子供の情緒をどう育てるかというテーマでしたね。幼少期からあらゆることに関心を持ち、感動することが大事だとか」

「スタジオで教育評論家が熱弁を振るってました。〝子供ってのは思いっきり笑ったり泣いたりすればいいんですよ、それが青春じゃないですか〟とかいいだして、自分でうっすら涙を浮かべて」亜樹凪はしらけた気分でつぶやいた。「上から目線、自己陶酔、ひとりよがり、近視眼的理想主義。愚劣な大人の典型」

「もういちどおたずねしたいんですが」曽鍋は冷静な口調を保っていた。「どんなご不満が？」

老害という言葉は漫画を通じて知った。ＥＬ累次体でも高齢者が幅をきかせている。せっかく崇高な理念を掲げても、このままでは国家に未来がない。

年功序列の仕組みのせいで、年齢に比例し地位が向上する。しかし人間の能力面とは反比例している。実際には十代の思考こそが緻密《ちみつ》で正確だ。世の大人たちから押しつけられる先入観を、未成年者が受容してはならない。常識や慣例を覆しうる力も、十代にこそ宿っている。

しかし連絡員に愚痴をこぼしたところで、なにが変わるわけでもない。亜樹凪は黙ったま立ち去りかけた。

ふと気になることがあった。自然に足がとまる。亜樹凪は曽鍋にたずねた。「逮捕される中国人正社員たちは、破壊工作の疑いをかけられるけど、本当は産業スパイでしかないんでしょ？」

「そのとおりです」

「産業スパイって、企業秘密を盗んでは、本国の雇い主に情報伝達するだけですよね。ふだんは特に危険なこともなく、正社員の平凡な日常を演じつづけてる」

「ええ。もちろんそうです」

「なら日本へは単身赴任じゃなく、家族を連れてきていたりしますか」

「そんな社員も少なからずいるでしょうね」

「家族はどうなりますか」

しばし沈黙があった。曽鍋がたずねかえした。「なぜそんな心配をなさるんです？」

「……べつに」亜樹凪は踵《きびす》をかえし、曽鍋のもとから立ち去った。

行く手を小学生の列がぞろぞろと避難していく。その歳ではまだ事態の大きさが呑《の》みこめないのか、なおも遠足気分ではしゃぐ子が目につく。

歩きながら亜樹凪はぼんやりと思った。産業スパイ摘発にあたり、親の巻き添えになる子がいるかどうか。それだけは知りたかった。どうしてそう思ったのか、知ったところでどうなるのか、なにを求めているのか。自分でもまったくわからないのだが。

9

日曜の昼下がりは薄曇りだった。瑠那は巫女《みこ》装束を身につけ、境内の掃き掃除をしていた。この季節は蒸し暑いものの、落ち葉が少ないのがありがたい。秋から冬にかけては、こんなに悠然と箒《ほうき》を動かしてはいられない。

休日であっても、住宅街の小さな神社だけに、参拝客はほとんど訪れない。社殿のわきの短い石段に、凜香がひとり腰かける以外、来訪者は誰もいなかった。

凜香は無言でスマホに目を落としている。利き手は右なのに、スマホをいじるのは左手だった。右手は膝《ひざ》の上のカバンに突っこんでいた。たぶん違和感なくカバンを持ち歩くために、日曜でも制服を着ているのだろう。なぜカバンが必要かといえば、ブラウスの下に隠しきれないサイズの拳銃《けんじゅう》を収めるためだ。凜香の右手はカバンのなかで、ずっとデザートイーグルのグリップを握り締めている。

瑠那は苦笑した。「そんなに警戒しなくてもだいじょうぶですよ」

凜香が顔をあげた。楽観的すぎないかと咎《とが》めるようなまなざしを向けてくる。なおも右手をカバンからださず、凜香が問いただしてきた。「高校にロケット飛ばしてくるような奴らだぜ?」

「大規模破壊なら社会にも混乱がひろがり、わたしたちの死後に名簿が流出する恐れが減ると予想したんでしょう。協力者がいたとしても、秩序そのものが崩壊すれば、それどころじゃなくなりますし」

「ならこの神社を周囲の家屋ごと吹っ飛ばそうとするかもな」

「ロケットの暴走に次いで、阿宗《あそう》神社が爆発に巻きこまれれば、わたしが狙われてるのが明白になります。捜査一課の坂東さんが黙ってないと思います」

「あのおっさんがそんなに頼りになるかなぁ」

「EL累次体は手をこまねいてるところです。わたしたちを殺したうえで、名簿の公開も防げれば御の字と考える一方、世間にメンバーの素性があきらかになったら致命的なので、やはり二の足を踏む。堂々めぐりでしょう」

凜香がため息を漏らした。「瑠那はずいぶん達観してやがる。わたしや結衣姉ならこういう場合、ひたすら周りを警戒して、注意力を研ぎ澄ますだけ」

「それで五十口径の大型オートマチックを持ちだしたんですか」

「そう。ロケットを撃ち落とせるほどじゃなくても、いちばん威力の強い拳銃だし。なにが襲ってくるかわからねえから」

「デザートイーグルって命中します？　大きくてわたしの手には合わなくて」

「女子供が撃ったら肩が外れるとか、いまだに都市伝説が吹聴されてるよな。高一のわたしが問題なく撃てるんだから平気なのに」

「トリガーを引くときの姿勢しだいですよね」

「とはいえ」凜香は大ぶりな拳銃のスライド部分をカバンからのぞかせた。「映画みてえにクルマのエンジンを撃ち抜けるわけじゃねえしなぁ。やっぱアサルトライフル抱えてくりゃよかった」

「カバンに入りませんけど」

「バットケースならちょうど収まりがいいんだけどよ。でもうちの学校、女子野球部がねえから……」

鳥居をくぐってきた小さな人影が、まっすぐこちらに向かってくることに、瑠那は気づいていた。頭をさげながら社殿の前から引き下がる。凜香もあわてぎみに石段から駆け下りた。

白い膝丈《ひざたけ》のワンピースに、麦わら帽子をかぶった少女だった。小学四年生か五年生ぐらいか。手水舎《ちょうずや》にも寄らず、やや困惑したような態度で、ふらふらと歩いてくる。帽子の鍔《つば》の下からのぞく丸顔に、素朴でつぶらな瞳《ひとみ》があった。両頰は球のように膨らんでいて、小さいが厚みのある唇と相俟《あいま》って、幼児のような可愛げを醸しだす。

少女がつぶやいた。「どうしよう……《ゼンムエアバンア》」

中国語だった。北方語の西南方言の響きが感じられる。瑠那もおじぎをしながら、その言語に倣って話しかけた。「ようこそご参拝くださいました《ファンインニンチイエンライッアンバイ》」

すると少女の目は正円に近くなった。「言葉がわかるんですか《ニーフウィシュオヂョンウエンマー》」

凜香がたどたどしくいった。「わたしは少しだけ。読み書きはダメ。瑠那は何語で《ウオヂーフウィシュオイーディエンブーシーズーリィウナーターシエンムエアユードゥ》も喋れる《フウィシュオ》」

少女は瑠那を見つめてきた。訛《なま》りの強い日本語で少女がたずねた。「杠葉瑠那さんですか」

思わず凜香と顔を見合わせる。少女の発音からすると、日本での生活はおそらく数年だろう。水準の高い教育を受けているとも感じる。

瑠那は少女に日本語できいた。「わたしになにかご用ですか」

「あの……ええと」少女は緊張の面持ちで見上げてきた。「初めまして。わたしはリー・ランレイといいます。小学五年生です。四川《しせん》省の成都《せいと》市から来ました。シンガポールに一年いて、いまは品川《しながわ》区に住んでいます」

品川のどのあたりだろう。ここへは電車を乗り継いで来るとしても、あまりわかりやすい目的地ではなかったはずだ。小五は十歳か十一歳になる。ひとりで足を運ぶからには、相応の理由があるにちがいない。

ランレイがいった。「うちのお父さんは、蒼穹テクノロジズっていう会社で働いています」

凜香が真顔になった。「蒼穹……。富士七号の?」

シンガポールに一年いたというのが気になる。瑠那はランレイを見つめた。「なにがあったの?」

「お父さんが……。少し前に、うちに怖い顔をした日本人がいっぱい来て、部屋にある物をぜんぶひっくりかえしていきました。ひとりの日本人がお父さんに、紙に書いた名前を突きつけて、知ってるかどうかたずねました」

「……そこにわたしの名前が書いてあった? 杠葉瑠那って」

ランレイがうなずいた。「忘れないように頭のなかで何度も繰りかえしました。日本人たちが帰ったあと、急いで検索したら、踊ってる動画がでてきて」

巫女として神楽《かぐら》を舞ったときの記録だろう。リンクをクリックすれば阿宗神社の地図がでてくる。瑠那はたずねた。「怖い顔の日本人が見せたのは、わたしの名前だけ？」

「いいえ。優莉凜香って名前もありました。検索でわかったんですけど、凶悪犯の娘で、暴力を振るったり汚い言葉を使ったりする人らしくて、会いに行くのは遠慮しました」

凜香が大仰に顔をしかめた。「またずいぶんないわれようだこと」

「えっ」ランレイが絶句する反応をしめした。「じゃ、あなたが……。ご、ごめんなさい」

瑠那は凜香に軽く片手をあげたのち、ランレイにやさしく語りかけた。「だいじょうぶ。世間がいうことはまちがってるの。凜香さんも友達だから。それでお父さんになにがあったの？」

ランレイはまだ凜香に怖々とする態度をのぞかせていたが、ほどなく悲嘆に暮れだした。「お父さんは連れて行かれました……。怖い顔の日本人たちに」

「いつどうやって連れて行かれたの？」

「朝早くクルマに乗せられて……。黒くて四角いクルマです」

「怖い顔の日本人たちはどんな服装だった？」

「みんなスーツで」

「髪は長かった？」

「いいえ。みんな短かったです」

私服の捜査員だろう。反社なら早朝ではなく真夜中に来る。ランレイの父親が正規の就労ビザではなく、シンガポール経由で出身を偽っていたとすれば、逮捕も納得がいく。瑠那は問いかけた。「お父さんはなにか悪いことを……」

「してません」ランレイは切実にうったえてきた。「とても頭がよくて、やさしくて、いつもわたしのことを想ってくれるお父さんなんです」

「お母さんは？」

「品川のおうちにいます。お父さんが帰ってこないのを、とても心配してます」

「じゃあきょうはお母さんに黙ってここに来た？」

ランレイはいいにくそうにささやいた。「お父さんは悪くありません。怖い日本人のほうがたぶん悪い。その悪い日本人が、お父さんに会わせたがらない人として、瑠那さんたちの名前があったから……。きっと瑠那さんはいい人」

凜香が軽口を叩《たた》いた。「わたしは札付きのワルだけど。ほんとは瑠那も」

話がややこしくなる。瑠那は凜香を咎《とが》めた。「お姉ちゃん」

するとランレイが当惑のいろを深めた。「お姉ちゃん?」

「いえ」瑠那はランレイに向き直った。「お父さんのことを、わたしに相談するために来たの?」

「はい。悪い日本人たちが、なんていうか、怖がってるような名前の人だったから。お巡りさんに電話するのは意味ないってお母さんがいうし、ほかにどうしようもなくて……」

凜香が苦笑した。「怖がってるってのは当たりだろな。いい勘してる」

ランレイにとって、父の身柄を拘束した私服の捜査員らは、単純に敵対者という認識だろう。敵の敵である杠葉瑠那は味方になりうる。そう思って助けを求めたにちがいない。見ず知らずの巫女《みこ》を頼らねばならないほど、ランレイの心は追い詰められている。母親は夫が警察に連行されたと知ればこそ、通報は無駄だとランレイを諭した。打つ手がなく悩んだ末、ランレイはひとりここまで来たのだろう。

凜香が耳打ちしてきた。「瑠那。家のなかの物をひっくりかえしていったってことは、つまりガサいれだぜ? 令状がでるぐらい、はっきりした容疑があったんだろ。このあいだのロケットと関係あるかも」

ありうる話だった。瑠那はランレイにたずねた。「怖い日本人がおうちのなかを調べたとき、なにか見つかった？」

「本棚の後ろに、わたしも知らない小部屋があって……」

「ほら」凜香が我が意を得たりといわんばかりにつぶやいた。「おいでなすった」

瑠那は質問をつづけた。「その小部屋のなかは？　なにがあったの？」

「フィギュアがいっぱい」ランレイが即答した。「ガンダムとか鬼滅《きめつ》とか」

凜香が拍子抜けした顔になった。「ほんとにただの趣味の小部屋だったかもな」

実際にたしかめてみるまではなんともいえない。背後にどんな事情があったかも気になる。瑠那はランレイに微笑みかけた。「おうちに行ってもいい？」

ランレイが目を輝かせた。「来てくれるんですか⁉」

「ちょ」凜香が瑠那の袖《そで》を引っぱった。「マジで首を突っこむのかよ」

瑠那は声をひそめ凜香に告げた。「蒼穹テクノロジズですよ？　無視はできないじゃないですか。わたしたちの学校にロケットが飛んできたんです。捜査員もわたしたちを警戒対象とみなしてるようですし」

「またなし崩しに騒動の渦中に飛びこむ気かよ」凜香がやれやれといいたげに頭を掻《か》きむしった。「ふつうの女子高生になりたいだけの不良姉妹が、なんでいつも命を削って、魂をすり減らして生きなきゃいけねえのかね」

「ふつうの女子高生になりたいからかも……。日暮里高校に平穏が訪れてほしいです。嵐を巻き起こす先輩が、ロケット発射当日はひとり学校を離れてたわけだし」

「亜樹凪か」凜香が深くため息をついた。「そうだよな。裏にはなにかあるだろうよ。でもさ、瑠那」

「なんですか」

「ときどき自分を客観視したりしねえの？　このあいだの誕生日でわたしは十六。瑠那は十五だけどもうすぐ十六。なのに命の獲《と》り合いばっか」

「八十年前に学徒動員があった国ですよ。男子生徒は特攻、女子生徒も戦場に送りだされて玉砕。たった八十年でそんなに変わるわけがない」

凜香が目を丸くした。「びっくり。おばあさんみたいな考え方しやがる。戦場育ちだから？」

日本がそういう国だと、物心ついたときに教わったせいだろう。幼少時に刷りこまれた価値観はほぼそのまま持続する。

ランレイを一瞥《いちべつ》した凜香が瑠那にささやいた。「罠《わな》じゃなきゃいいけどな」

「この子は信用できると思います」瑠那は前かがみになり、ランレイと目の高さを合わせた。「きょうの助務が終わったら案内してね。お父さんのフィギュアコレクションに」

10

九月の午後四時はまだ真昼のように明るい。日曜ながら瑠那は凜香に合わせ、日暮里高校の夏服に着替えた。電車を乗り継ぎ、リー・ランレイとともに品川に向かった。

武蔵小山《むさしこやま》の低層マンション、503号室がランレイの自宅だった。社員寮ではなくファミリータイプの賃貸だが、多少年季が入っているうえ、部屋も手狭に感じられた。間取りは2DKでも、無理やり仕切られただけの印象がある。都心ではめずらしくない生活環境ではある。部屋の隅々まで生活雑貨が溢《あふ》れていた。

隠し部屋とはようするに、クローゼットのひとつでしかなかった。引き戸の前にキャスター付きの本棚を据え、存在を隠していたようだ。数年しか暮らしていないランレイが、引っ越し時に室内を初めて目にしたとき、もうそのようにしてあったらしい。小学校低学年から住み始めたランレイにとって、わずか二畳ていどの空間の有無は、特に疑問に思うこともなかったのだろう。

瑠那はまだ隠し部屋のなかを一瞥しただけだった。ガラスケースにフィギュアが整然と並ぶばかりの、小さなコレクションルームにすぎない。いまはそちらに凜香とランレイがいる。フィギュアのキャラクターがでてくるアニメの話で盛りあがっていた。

ダイニングテーブルで瑠那はランレイの母親と向き合っていた。目の前の中国人女性は、痩《や》せ細った身体を地味なカットソーに包み、やつれた顔で虚空を眺めている。黒髪も乱れがちだった。三十代後半からせいぜい四十歳ぐらいなのに、もっと老けて見える。ノーメイクに近いせいかもしれない。名はリー・ミンユー。十二年前に成都市で夫のリー・ズームォと結婚。ズームォは当時からフュアウルァイ社のエンジニアだったという。

娘のランレイが連れてきた瑠那と凜香に、母親のミンユーは警戒心をのぞかせたものの、部屋にあがることを拒絶しなかった。ランレイは母親に申し開きをした。〝悪い日本人たち〟が杠葉瑠那の名を取り沙汰《ざた》していたから、本人に会ったと。

優莉凜香について、ランレイは氏名を母に紹介しなかった。ランレイなりに母を心配させたくなかったのだろう。凜香はミンユーから名をきかれ、特に気分を害したようすもなく、苗字を伏せたまま凜香とだけ答えた。本当は瑠那も凜香と同じ、優莉匡太の娘なのだが。

ミンユーがぽつぽつと打ち明けたところによれば、夫ズームォの容疑は産業スパイだったという。捜索差押許可状をしめした品川署員のほか、公安を名乗る男たちが同行していたらしい。ミンユーにとっては寝耳に水の話で、ズームォも必死に潔白を主張したが、ききいれられず連行されてしまった。以後は面会を要請しても、取調中との理由で断わられるばかりなんです、ミンユーはそういった。

瑠那は頭の片隅で考えた。阿宗神社でランレイは、〝怖い日本人〟らがスーツを着ていたといった。クルマは黒く四角かった。制服警官の同行がないうえ、パトカーではなく黒塗りのワンボックスカーを乗りつけた。品川署の刑事らは立ち会っただけで、公安警察が捜査の陣頭指揮をとっていたと思われる。

ミンユーは訛《なま》りの強い日本語でささやいた。「刑事さんたちの話では、夫が中国でフュアウルァイ社に勤務していたことが、蒼穹テクノロジズに伝わってなかったというんです。それで産業スパイの疑いをかけられるなんて心外です……」

なおも瑠那は熟考しようとしたが、もう状況は明確になりつつある。事実を問いただすのは気がひける。だがきかないわけにいかなかった。物憂げな気分で瑠那は切りだした。「ミンユーさん」

「はい？」

「ズームォさんが産業スパイだというのは本当ですよね？」

ミンユーは驚愕《きょうがく》に目を瞠《みは》ったのち、動揺とともに憤りのいろを漂わせた。「なんてことを。高校生だからって、他人《ひと》のうちの事情に勝手な憶測を……」

ランレイに母親との口論をきかれたくない。瑠那は声をひそめていった。「リヤドのキング・アブドルアジーズ科学技術都市にも、衛星通信機構アラブサットの企業秘密を盗もうとして、中国人の産業スパイが送りこまれました。取り調べでフュアウルァイ社のエンジニアだとあきらかになったんです」

「な……」ミンユーが真顔になった。「リヤドってサウジアラビアの話ですか。どこでそんな噂を……？」

噂もなにも、幼少期に参加したゲリラ活動で、アラブサットは常に重要な情報戦の舞台だった。瑠那は静かにつづけた。「フュアウルァイ社は中国の国有企業です。宇宙開発事業の産業スパイは、貴重なデータを盗むためにも専門知識が必要になります。だから中国共産党は、フュアウルァイ社の優秀なエンジニアに対し、産業スパイになるのを強いている。国有企業の一社員は党の意向に逆らえません」

フュアウルァイ社の悪名は世界に知れ渡っている。瑠那は九歳の終わりに、国王令によるサウジアラビア宇宙委員会《SSC》の設立を見届け、日本へと戻った。中国人産業スパィの暗躍は最後まで厄介だったな、ゲリラの頭領がそうこぼしていた。盗んだ企業秘密が、中国政府高官の私腹を肥やすだけならまだいいが、サウジの敵対勢力に渡る可能性も充分にあったからだ。

フュアウルァイ社の産業スパイは、たいてい香港か台湾、シンガポールに家族ごと移住し、経歴を偽って入社してくる。本当はフュアウルァイ社のエンジニアだったと知るや、どの国の宇宙開発関連企業も、たちまち門前払いにする。それぐらい忌み嫌われる社名だった。

瑠那はミンユーにささやいた。「最近ではイーロン・マスクのスペースX事業でも、三人の産業スパイが摘発されました。三人ともフュアウルァイ社の流体力学部門のエンジニアでした」

ミンユーがさかんに目を瞬かせた。「あなたは……。ただの高校生じゃないでしょう？　何者なんですか」

「産業スパイたちの告白によれば、五年間は指示どおりにしないと、中国国内でふたたび働くこともできないとか……。フュアウルァイ社に就職し、優秀なエンジニアに成長した時点で、国家犯罪への加担を余儀なくされるそうですね。拒否すれば家族が路頭に迷うことになると脅される」

しばし沈黙があった。ミンユーはため息とともにうつむいた。疲れきった表情でミンユーがつぶやいた。「こんなに訳知りな人と出会うなんて思わなかった。しかもどういう事情なのか、日本人の女子高生だなんて」

「あなたがたリーさんご一家にも、そういう経緯があったんですね」

ミンユーはためらいがちに告げてきた。「これだけはいっておきます。夫は産業スパイになる気など微塵《みじん》もありませんでした。理系分野で世の役に立ちたくて、フュアウルァイ社に就職したんです。産業スパイを強制される会社だなんて知らなかった」

「ええ。それは理解してます」

「夫は先日、富士七号の打ち上げ実験にも、エンジニアとして間接的に関わっていました。そこで妨害工作を働いたようだと警察はいうんです。中国系の社員は全員、同じ容疑で身柄を拘束されました。問題のなかった社員は無罪放免だったんですが……」

「フュアウルァイ社の産業スパイだった人たちは、いまだに帰っていないわけですね」

「でも夫はあくまで企業秘密を拝借するだけ……。それも、わたしたち家族を苦しめたくなくて、仕方なくやっていたことなんです。妨害工作だなんてとんでもない」

警察は産業スパイの摘発に慎重な姿勢をとる。証拠固めが難しく、へたをすれば国際問題になりかねず、起訴も容易ではないからだ。捜査費用に見合った成果が挙がらないため避けがちになる。しかし富士七号の暴発のような事件が起きれば事情は変わる。閣僚と警察庁長官からのトップダウンで、破壊工作員の摘発に全力を尽くすよう指示が下る。蒼穹テクノロジズに潜む産業スパイは一網打尽にできる。

とはいえ妙だと瑠那は思った。ロケット暴走のついでに瑠那を抹殺しようとするのは、いかにもEL累次体らしい効率主義だ。けれども産業スパイ摘発のためだけにしては規模が大きすぎる。なにかほかの意図が潜んでいる気がしてならない。

隠し部屋の引き戸から凜香が顔をのぞかせた。「瑠那。ちょっと」

瑠那は腰を浮かせた。少々失礼します、ミンユーにそういって頭をさげる。いつも礼儀正しいと瑠那はよくいわれる。だがじつは日本の習慣に、いまだ馴染《なじ》みきれていないため、教わったとおりきちんとこなしているにすぎなかった。失礼のない振る舞いとはどうすればいいか、義父母から習った巫女《みこ》としての作法以外、ろくに知らないというのが真実だった。

キャスター付の本棚はわきにどけてある。半開きの引き戸に瑠那は歩み寄った。なかには椅子一脚すらない。ガラス製のコレクション棚に囲まれた狭い空間に、凜香とランレイが立っていた。

凛香はスマホを手にしていた。「これらのフィギュアは全部、捜査員が押収したあと、段ボール箱で返されてきたって。お母さんとランレイで並べ直したとか。でもこれ見てよ」

差しだされたスマホを瑠那はのぞきこんだ。「クリーンチェックアプリですね」

「そう。このアプリを使えば、空中を漂う埃《ほこり》だけじゃなくて、積もった埃もくっきり見える」

スマホのカメラレンズがコレクション棚に向けられる。肉眼では識別不可能なほど、うっすらとガラスに堆積《たいせき》した埃と、なにもない部分との差が明瞭《めいりょう》に色分けされる。フィギュアが本来置かれていた場所が、それぞれの足跡となって見てとれる。

「貸してください」瑠那はスマホを受けとった。四方のコレクション棚を、上段から下段へと、隅々までつぶさに観察していく。

とはいえさほど時間はかけなかった。手早く左右にスマホを動かしていくだけで、拾った情報を逐一頭に刻みこんでいく。これぐらいの動体視力と情報処理力がなければ、戦場でとっくに死んでいた。

すべての棚をチェックし終えると、思わずため息が漏れた。さすが頼れる姉、目のつけどころがちがう。感心しながら瑠那はいった。「三体足りませんね」

「そうなんだよ。足跡のかたちからするとシャイニングガンダム、早乙女《さおとめ》アルトのスーパーメサイアバルキリー、あとひとつはちょっとわかんない」

「トランスフォーマーのTL－26ディセプティコンターンです。そこの上から二段め、左から四つめにありました」

「……やっぱ国際派女子はひと味ちがうな。トランスフォーマーとかわかんね。わたしも本当に詳しいのは呪術廻戦《じゆじゆつかいせん》とハイキューだけだし」

「三体だけ返さなかったのには、なにか意味があるんでしょうか」

「で」凜香が床の隅を指さした。「この本が気になってくるわけよ」

引き戸わきの床にハードカバー本が置いてあった。瑠那はそれを拾った。劉慈欣《りゆうじきん》著のSF小説だった。題名は『三体』。

凜香が鼻で笑った。「小説なんて読まねえけどさ。どういう話で、なにが三体？」

瑠那はぱらぱらとページを繰った。「古典力学の三体問題が語源です。この作品では三体と呼ばれる惑星があって……」

「フィギュアやバルキリーは関係なさそう？」

「ないですね。いくつか可能性が考えられます。フィギュア三体が消えた理由について、推測を攪乱《かくらん》しようとして、公安がわざわざこの小説を返却物に紛れさせたとか」

「でもランレイの話だと、怖い日本人たちがここを開けたとき、それが目にとまったって」

ランレイがうなずいた。「その本は最初からありました」

とすると本当にリー・ズームォの蔵書なのか。しかしこの本にはろくに開かれた痕《こん》跡《せき》がなかった。読み進めるどころか、ざっと目を通したとさえ思えない。ほぼ新品のままだが、天にはわずかに埃の堆積が確認できる。縦に置かれた状態で数年は放置されたようだ。ほかに本は一冊もない。わざわざ隠すような本でもないし、この室内は狭すぎて読書に向いていない。なぜここにあったのだろう。

凜香は本にすっかり関心を失ったらしく、またフィギュア棚に向き直った。「狗巻《いぬまき》棘《とげ》ねえかなぁ。孤爪研磨《こづめけんま》とかでもいいんだけど……」

唐突に女の金切り声が響き渡った。ミンユーの悲鳴だと瑠那は気づいた。はっとして振りかえったとき、目出し帽をかぶった大柄の男が、拳銃《けんじゅう》を片手に横切るのが見えた。玄関ドアからダイニングルームに向かっていく。迷彩柄のTシャツの袖《そで》から太い二の腕がのぞく。軍用ブーツのまま土足で部屋にあがりこんでいた。ダイニングテーブルに座るミンユーに詰め寄ろうとしている。ミンユーが恐怖に全身を硬直させていた。

瑠那が引き戸から飛びだすと、男は驚きをおぼえたようすで向き直った。拳銃が瑠那を狙い澄まそうとしてくる。大型リボルバーのS&W500。薬莢《やっきょう》の排出を防ぐためのリボルバーにちがいない。つまり男は発砲を辞さない。すかさず瑠那はハードカバー本を敵の顔に勢いよく投げつけた。のけぞった敵に猛然と駆け寄り、拳銃を握る腕をつかみあげる。銃口は逸《そ》れたが、男がトリガーを引き絞り、けたたましい銃声が鳴り響いた。銃火が一瞬だけ室内を真っ赤に閃《ひらめ》かせた。

落雷に等しいノイズを耳にし、冷静でいられる一般人は少ない。ミンユーは立ちあがるや、叫びながら駆けだした。玄関ドアが開け放たれている。靴を履かずミンユーは外に逃走していった。

「お母さん！」ランレイが母親を追いかけようと、隠し部屋から躍りでてきた。

瑠那は男の腕をつかんだまま離せずにいた。凜香が慌てぎみにカバンを拾い、拳銃を引き抜こうとしている。そのあいだにランレイはやはり靴下のまま、玄関の外へと姿を消してしまった。

男はあくまでリー・ズームォの家族を標的としているらしい。瑠那と争おうとせず、力ずくで手を振りほどくと、母娘《おやこ》を追うように玄関ドアを飛びだしていった。

キッチンを駆け抜けながら、瑠那は出刃包丁の一本を逆手で奪いとった。二秒のタイムラグになるのを承知で靴を履く。「凜香お姉ちゃん。ランレイとお母さんをお願い」

凜香はもう真後ろにいた。「まかせろ」

すばやく靴を履き終えた凜香が、玄関をでるや外通路をエレベーターへ向かった。瑠那は逆方向の外階段へと急いだ。男のあわただしい靴音がそちらからきこえる。母娘の足音は交ざっていない。敵はなぜミンユーやランレイを追わず、別ルートで逃走を図ったのだろうか。

ここは五階だった。三階の踊り場まで下りた男が、手すりを飛び越え、雨樋《あまどい》にしがみついた。滑り棒のように垂直降下していく。意図が読めた。母娘がエレベーターで一階に下りる前に、男は先まわりするつもりだ。

瑠那は垂直降下の手間すらかけなかった。迷いひとつなく手すりを踏み越えると、空中に身を躍らせた。隣のマンションの外壁を斜め下に蹴《け》り、反動で重力加速度を殺す。向かい合う壁にもういちど同じ動作を繰りかえすと、眼下に自転車置き場のアスファルトが迫った。身体を丸め、柔道の受け身の姿勢で肩から落ち、衝撃を逃がしながら転がる。激痛が走ろうとも、骨に影響がなかったことは一瞬で自覚できた。ただちに跳ね起き、外階段の上り口に向き直る。

雨樋を滑り下りてきた目出し帽の男が、ぎょっとした反応をしめした。フェンスを乗り越え、自転車置き場の向こう側に飛び下りると、マンション裏の生活道路へと逃走していった。

瑠那は男を追い、フェンスを飛び越えるや路上にでた。辺りは住宅街だがひとけはない。クルマの往来も途絶えていた。生活道路の行く手は小川に架かる橋だった。目出し帽の男は橋の上で振りかえり、拳銃を構えようとした。

凜香によれば、優莉匡太はナイフ投げに殺傷力はないと教えていたらしい。柄を握るからだと瑠那は思った。いま瑠那は出刃包丁のみねを、右手の人差し指と親指でつまむように保持していた。紙飛行機を飛ばすときの動作に近いが、より力をこめオーバースローで一気に投げつける。正確なリリースポイントと、手首のスナップをきかせるのがコツだった。まっすぐ飛んでいった出刃包丁が、男の胸部に深々と突き刺さった。うっと呻《うめ》き声を発した男が体勢を崩す。

橋の手すりとは逆方向に傾いたら、瑠那はすかさず駆け寄り、手すりのほうへ蹴り倒すつもりだった。だがその必要はなかった。目出し帽の男は手すりに寄りかかり、全身を回転させ逆さまになりつつ、小川へと落下した。最後まで拳銃を投げださなかった。水飛沫《みずしぶき》を高々とあげ、男は浅い川底に叩《たた》きつけられた。横たわった状態で水流に呑《の》まれる。包丁に付着した瑠那の汗も指紋も、きれいに洗われるだろう。

瑠那は油断なく辺りに視線を配った。街頭防犯カメラがないのは、すでに確認済みだったが、窓からのぞく顔も見当たらない。踵《きびす》をかえし瑠那はマンションへ戻りだした。

またひとり名も知れない大人が死んだ。赤ん坊として生まれ、泣き叫んだ日々もあっただろうに。その涙は悲劇の予兆だったのかもしれない。いまの男にとってはおそらく、人生は報われたとはいいがたい。

11

母のミンユーが悲痛な声で呼んだ。「ランレイ！」

ランレイはエレベーターに駆けこみ、ミンユーと抱き合った。扉が閉まり、エレベーターが下降を始める。途中階で停まらないことを心から祈った。母の身体の震えがランレイの肌にも伝わってくる。

一階に着いた。エレベーターの扉が開くと、ミンユーがランレイの手を引っぱった。

ふたりで走りだす。シンガポールで住んでいたマンションのように広いロビーなどはなく、狭い通路に郵便受けや宅配ボックスが並ぶのみで、その先は小さなエントランスだった。ミンユーがガラス扉を押し開ける。ふたりは路上に駆けだした。

辺りには誰もいない。瑠那や凜香を部屋に残してきてしまった。けれども母とは離れられない。いまも闇雲に逃げているわけではなかった。ひとけのない路地を右に左にと折れていく。母がどこに向かうつもりかランレイにはわかった。こちらには交番がある。お巡りさんを連れて帰れば瑠那と凜香を助けられる。

それなりに交通量の多い幹線道路沿いにでた。往来するクルマを目にしただけでもほっとする。この辺りには商業施設はほとんどなく、民家ばかりが軒を連ねている。いちばん近いコンビニでも、三分以上歩いた先だった。とはいえこの十字路の角に存在する交番が、ふだんから安心につながっていた。前を通りかかることはよくあっても、実際に訪ねるのは初めてになる。いつもなかに人影がないからだ。

コンクリート造の小さな平屋建て、正面は横開きのサッシ。交番の内部に制服警官がふたりいるのが見える。留守でないのは幸いだった。ランレイは母の走りに遅れをとるまいと必死についていった。

例の〝悪い日本人〟たちが父を連れ去ったときにも、ランレイはこの交番に駆けこむべきだと思った。けれども母が反対した。意味がないとミンユーは首を横に振った。同じ警察だから、母がそんなつぶやきを漏らした。ランレイには意味不明だった。〝悪い日本人〟たちが警察官だとはどうしても思えなかった。

交番まであと数メートル。サッシに走り寄ろうとした母が、ふいに足をとめた。ランレイも静止せざるをえなかった。

なぜミンユーが立ちどまったか、ランレイにも理由はわかった。交番のなかにいる警察官のひとりが受話器を耳に当てていた。その警察官がこちらを睨《にら》んだからだ。なにかを納得したようなまなざしだった。まるで母娘が来ることについて、先んじて何者かから連絡を受けとった、そんな気配が濃厚に漂う。

ランレイがミンユーとともにたたずんでいると、警察官は受話器を置いた。もうひとりの警察官とともに、サッシのガラス越しにこちらを凝視する。なんの用件かと訝《いぶか》しがるようすもみせない。かといってサッシを開け、母娘を迎えてくれるわけでもない。虎視眈々《こしたんたん》と待ちかまえるばかりの態度をしめす。どう考えても異様でしかなかった。

ミンユーがランレイを見下ろしてきた。ランレイは母の顔を仰いだ。不安に満ちた面持ちがそこにあった。母の強い戸惑いを感じる。警察に救いを求めたいが、奇妙な空気に躊躇《ちゅうちょ》をおぼえたらしい。

意を決したようにミンユーは踵をかえした。ランレイの手を引き、また路地へと駆け戻る。母とともに逃げながら、ランレイは交番を振りかえった。警察官たちはあわてたようにサッシを開け放ち、外に飛びだしてきた。恐怖がこみあげてくる。ランレイは前に向き直り、ミンユーと一緒に死にものぐるいで走った。

またひとけのない路地を逃げ惑わざるをえなかった。警察官たちの靴音が背後に迫ってくる。ランレイはつまずき前のめりに転んだ。手をつないでいた母も倒れてしまった。

膝《ひざ》を擦りむき、痺《しび》れるような痛みをおぼえる。しかしそれどころではない。追いついた警察官が、まずミンユーを力ずくで引き立てた。母は動揺をあらわにし、激しく身をよじり抵抗した。もうひとりの警察官もランレイを抱きあげた。

警察官が厄介そうに吐き捨てた。「どこへ行くんだよ。お巡りさんだ。なぜ逃げる」

なぜ追うのか、それをたずねかえしたくなる。しかしランレイは怖さのあまり口がきけなかった。自分の身体よりはるかに大きな大人、それもあきらかに味方でない警察官に抱きあげられ、身の危険を感じないはずがない。

十一歳のランレイは、とっくに偽警官という概念を知っていた。中国ではそんなニュースをよく耳にしたからだ。けれどもこの警察官たちは交番にいた。制服や装備を見ても偽者とは思えない。なのにふたりとも明確に敵対意識をしめしている。いまランレイとミンユーを捕らえようとするとは、まさかあろうことか目出し帽の仲間だろうか。

路地をクルマが走ってきた。黒く四角いクルマ。車体が接近すると、警察官らがそちらを見た。なんら驚くでもなく、母娘《おやこ》の身柄を確保したまま、ワンボックスカーが滑りこんでくるのを待つ。

減速したワンボックスカーの側面、スライドドアが開け放たれた。車内にスーツの男たちがひしめきあっている。ランレイはすくみあがった。あの〝悪い日本人〟たちだ。

しかしスライドドアに最も近い座席におさまっているのは、初めて見る顔だった。まさに醜悪としかいいようがない老婆だった。喪服のように真っ黒なワンピースに身を包み、とろんと垂れた目でこちらを眺める。皺《しわ》だらけの顔に笑みが浮かんだ。

「おやおや《エイヤーエイヤー》」老婆は中国語を口にした。「母親と娘が揃ってお縄をちょうだいしたの《ムーニュリィアドゥランティアオズーゲィヂュア》かい。捕り物はいいけど人に見られるのは困るよ《ラアーヂュアジウヂュアベィベィレンカンジィエンジウブータイハオラ》」

警察官のひとりが相棒に怒鳴った。「さっさと乗せろ。通行人が現れる前に」

母ミンユーは必死に警察官の手を振りほどき、振り向きざま突き飛ばした。不意を突かれた警察官が体勢を崩す。ミンユーがランレイを救おうと抱きついてきた。だがランレイを抱える警察官は身をよじりながら後ずさり、ミンユーの手を振り払った。

倒れたほうの警察官が立ちあがった。警棒を引き抜くとミンユーを殴りつけた。

ランレイは息を呑んだ。母の苦悶《くもん》の表情は見るに堪えなかった。両膝をついたミンユーを、警察官は容赦なく警棒で滅多打ちにした。ミンユーは両手で頭をかばっていたものの、やがて打ちのめされ、苦痛の呻きとともに路面に這《は》った。

「お母さん!」ランレイは泣きながら叫んだ。視野が涙でさかんに揺らぐ。額から血を流す母の姿が、ランレイのぼやけた目に映った。

車内の老婆が声を張った。「さっさとそいつらをクルマに乗せな《クァイバーターメンゲイウォロンダオチェアシャン》!」

その指示に応じ、ランレイを抱きかかえる警察官のほうが、まずワンボックスカーのドアへと近づいた。ランレイは必死に手足をばたつかせ抵抗した。老婆のにやにやする顔がしだいに近づいてくる……。

ふいになにかが飛んできた。ランレイの頭上で鈍重な音が響いた。仰ぎ見るとブロック塀が警察官の顔面に命中していた。のけぞった警察官がふらつき、ブロック塀が落下してくるより前に、ランレイは拘束から脱した。近くの路面でブロック塀が砕け散った。

猛然と駆けてくる人影は女子高生の制服だった。凜香が姿勢を低くしながら疾走してきた。まさしく弾丸のような勢いだった。起きあがろうとする警察官に対し、凜香は跳躍するや膝蹴《ひざげ》りを見舞った。

もうひとりの警察官が凜香の背後に迫った。警棒を水平にし、凜香の喉《のど》もとに食いこませたうえで、力ずくで羽交い締めにする。凜香は身をよじったが、体格面で勝る警察官を振り払えずにいる。

ところがそのとき、もうひとりの女子高生の制服が、上空から垂直に落下してきた。なんと近くの民家の屋根から飛び、瑠那がまっすぐにダイブしてくる。警察官の脳天めがけ、瑠那の肘《ひじ》が強烈に打ち下ろされた。悶絶《もんぜつ》した警察官が路面につんのめった。

老婆が車内で舌打ちした。「またこいつらかい！　さっさと発進させな！」

クルマは突然走りだし、幹線道路の流れに無理やり割りこむと、たちまち消えていった。路上には警察官ふたりが、さも痛そうに呻《うめ》きながら転がっている。

瑠那が警察官ひとりのホルスターから拳銃《けんじゅう》を抜いた。凜香ももうひとりの警察官に同じことをした。いずれの拳銃もランヤードがつながっている。それでも銃口を警察官それぞれの眉間《みけん》に向けるのに支障はなかった。

「ま」警察官のひとりが焦燥をあらわにした。「まて。警察官殺しは重罪……」

けたたましい銃撃音が鳴り響いた。瑠那と凜香は平然とした顔で拳銃のトリガーを引いた。銃火が赤く閃《ひらめ》き、二発の弾が警察官ふたりの頭部を、ほぼ同時に撃ち抜いた。

ランレイはあまりのショックに声もでなかった。目の前で人が射殺された。それもふたり、しかも警察官を。

ふと気づくと瑠那の顔が目の前にあった。瑠那がきいた。「立てる?」

「は……」ランレイはうなずいた。「はい」

「すぐ逃げないと」瑠那はランレイの手をとりつつ、ミンユーを振りかえった。「お母さんも走れますよね?」

へたりこんでいたミンユーが、ひきつった顔で身体を起こした。そのあいだに凜香が、庭先の立水栓につながれた散水ホースをとった。警察官ふたりの死体に水を浴びせる。

血を洗い流すのだろうか。いや、ちがう。ランレイは気づいた。指紋だとか汗だとか、とにかく遺留物を残さないようにしている。これも中国での凶悪犯罪のニュースできいた。手慣れた犯行の証《あかし》だとキャスターがいったのを思いだす。なら瑠那たちは……。

死体ふたつをずぶ濡《ぬ》れにすると、凜香が散水ホースを立水栓から引き抜き、ハンドルとホースを蛇口の水で洗った。それらを放りだすや凜香が振りかえった。「行こうか」

母ミンユーがランレイの手を引く。ランレイはまたも走るしかなかった。

路地を駆けながらミンユーが涙声でつぶやいた。「なんでこんなことに……」

並走する瑠那が視線も向けずに応じた。「あの交番に勤務する警官は全員、EL累次体のメンバーリストに名が載っていました」

「EL累次体……?」

「ええ」瑠那はひたすら走りつづけた。「どういう意味かは安全を得てから説明します」

12

警視庁公安部の刑事であると同時に、EL累次体にも名を連ねる四十四歳、鷲峰武《わしみねたけ》人《ひと》は暗い地下室にいた。コンクリート打ちっぱなしの壁に囲まれた殺風景な部屋だった。窓ひとつない空間だけに、本来の使用目的は倉庫だが、いまは取調室になっている。品川署の正式な手続きで、令状発行のうえで被疑者を逮捕しただけに、拉致《らち》監禁にはあたらない。連日の尋問にもなんの後ろめたさもない。すべては国家の明日のためだ。

天井の光源はすべて消灯しているものの、事務机の向こうに座る被疑者の顔だけは、強烈なLEDライトが白く照らしだす。リー・ズームォの顔はやつれ疲弊しきっていた。意識も朦朧《もうろう》としているようだ。ネクタイを外したワイシャツは、連行した日から着替えていない。襟もとが汗で黒々と汚れている。

事務机の上に散らばるのは三体のフィギュア。鷲峰の目からすれば、くだらない子供向け玩具《がんぐ》ばかりだった。初日には公安のなかでもオタクっぽい専門家が説明した。シャイニングガンダム、スーパーメサイアバルキリー、TL－26ディセプティコンターン。鷲峰がそれらの名前まで覚えてしまったのは、ほかになんの情報も得ていないからだ。

フィギュアはどれも身体じゅうのパーツを分解されていた。なかからナノメモリーカードが十数枚も見つかった。いま地下室に立つ公安の捜査員らのうち、AI解析班のオペレーターが、傍らのデスクにつきパソコンを操作している。最後のナノメモリーカードに記録されたファイルを開きにかかっている。

表示が切り替わったのが、暗い室内の明滅によりわかる。オペレーターが無言で振りかえり、パソコンのモニターに顎《あご》をしゃくった。見慣れた図面やデータ表が並んでいる。

この種のものはもういい。鷲峰は大げさにため息をついてみせた。「最後の一枚も蒼穹テクノロジズの社外秘データ。おまえが産業スパイの義務として盗んだ、それはわかってる。わかりきった話だ。だが俺たちはな、こんなけちな情報泥棒を問題視してるわけじゃない」

リー・ズームォは息も絶えだえに、喉に絡む声でささやいた。「産業スパイなんかしてない」

「おい」鷲峰は向かいの椅子に座った。「話を前に戻すな。おまえが産業スパイかどうかはもう議論にもなってない。確定してるからな。それより重要なのは、おまえがフュアウルァイ社のエンジニアだという事実だ」

「フュアウルァイ社だなんて……。きいたことが……」

三十五歳の捜査員、草桶彰《くさおけあきら》がこぶしで机を殴りつけた。「なんべん社員証を見せてやったと思ってる！　おまえがいかに否定しようと証明済みなんだよ」

「なありーさんよ」鷲峰は目の前のくたびれた男の顔を見つめた。「産業スパイじゃなく、じつは富士七号の制御を狂わす破壊工作に関わってたってのが、おまえの容疑だ。とはいえそんなものは、おまえを引っ張るための方便にすぎん。ききたいことはほかにある」

「……なんだ?」

「三体」

ズームォの焦点の合わない目が、なおも虚空をさまよいつづける。意識が遠のきつつあるのではない。むしろ覚醒《かくせい》しようとする思考を鈍らせ、混濁のなかに逃げこもうとしている。

そうはいくかと鷲峰は思った。「三体だ、リー・ズームォ。三体について喋《しゃべ》れ。話題がほかに逸《そ》れなければ、いくらでも時間をかけてきいてやる」

「……三体」ズームォの視線が机の上に落ちた。「これらのフィギュア、三体か……?」

神経を逆撫《さかな》でされた気になる。理性で怒りを抑えこもうとしたが、数秒しか持続しなかった。鷲峰は憤激とともに、フィギュアなるガラクタ三つを、片手で叩《たた》き飛ばした。くだらない玩具の破片は壁にぶつかり、床じゅうに散らばった。

鷲峰は思わず声を荒らげた。「三体。ガキの玩具のことでもなきゃ小説の題名でもない。俺たちが知りたいのは三体だけだ」

ズームォは呻《うめ》きさえ発しなくなった。頰筋《きょうきん》に痙攣《けいれん》が見てとれる。いまや死に損ないのくせに、意志の弱さを露呈しまいと躍起になっている。

苛立《いらだ》ちがこみあげてくる。逮捕したほかの産業スパイどもも、みな同じ態度だ。なかには蒼穹テクノロジズから内部データを盗んだ事実を認める者もいた。だが三体について問われると固く口を閉ざす。エンジニアとしての名誉を失うよりも、三体の秘密を守るほうが大事か。忠誠心のなせるわざとは少しちがう。こいつらはいずれこんな日が来るのを予期していた。三体について問い詰められるときに備えてきた。だからこそあの部屋に小説『三体』もあったのだろう。

階段を下りてくる靴音が複数響く。先頭のヒールの響きから誰なのかわかる。緊張が室内にひろがった。鷲峰は立ちあがった。ほかの捜査員らもかしこまった姿勢をとる。

鉄製のドアがきしみながら開いた。流入してきたのはタバコの煙だった。瘦身《そうしん》を喪服に似た黒のワンピースに包んだ、中国人の高齢女性。八十近いと噂されるが矍鑠《かくしゃく》としていて、いつもひっきりなしにタバコを吹かす。煙の多さは彼女の神経が昂《たか》ぶっている証《あかし》だった。

皺《しわ》の多い顔を不機嫌に歪《ゆが》ませたハン・シャウティンが、訛《なま》りの強い日本語を発した。

「なにか喋ったか」

「いえ」鷲峰は頭《こうべ》を垂れるしかなかった。「いまのところ……」

草桶がおずおずとシャウティンにきいた。「妻と娘のほうはどうでしたか」

「邪魔が入った。またいつもの高校生の小娘どもだ」シャウティンはヒールの音を響かせつつ、地下室の中央に歩を進めてきた。「だが家族は決め手になる」

鷲峰は懐疑的だった。「それで吐きますかね」

「吐くとも。妻子の命がかかればな」

「しかしこちらが喋っていることも、もはやちゃんと伝わってるか疑わしいほどでして」

「力尽きる寸前だというのか？　鷲峰。日本の公安はそのていどか」

そういうとシャウティンはズームォに向き直り、早口の中国語でまくしたてた。なにを喋っているのか鷲峰にはわからなかった。だが途中でミンユー、ランレイという名がききとれた。ズームォの妻と娘だ。さらにシャウティンは甲高い声で喋りつづけた。

おそらくズームォにとって、きくに堪えない言葉の羅列だったにちがいない。ズームォは顔面を紅潮させ、跳ね起きるように立ちあがった。血相を変えたズームォが猛然とシャウティンに怒鳴り散らす。いまにも飛びかからんほどの勢いだった。捜査員らがあわてぎみにズームォを囲み、全力で取り押さえにかかる。だがなおもズームォは暴れつづけ、大声の中国語を地下室内に響かせた。シャウティンは愉快そうにけたたましく笑った。

鷲峰は愕然《がくぜん》とした。ズームォにはまだこれだけの体力が残っていたのか。疲労困憊《こんぱい》は演技でしかなかったようだ。

シャウティンが鷲峰を振りかえった。「馬の尻《しり》を鞭打《むちう》ってやった。あとの仕事はあんたたちにまかせる。成果をだしな。ＥＬ累次体のために」

ズームォが罵声《ばせい》らしき中国語を浴びせるなか、シャウティンは悠然と背を向け、鉄扉の向こうに立ち去った。鷲峰は圧倒されながら見送った。ズームォに目を戻し睨《にら》みつける。いままで吠《ほ》えまくっていたズームォが、気まずそうに下を向き黙りこんだ。

公安に恥をかかせるとはいい度胸だ。鷲峰のなかで怒りの炎が燃えあがった。なんとしても口を割らせてやる。三体を操るすべを白日の下に引きださせる。

13

日が暮れた。日曜の午後七時すぎ、瑠那は西日暮里駅徒歩四分、パークレジデンス濱川なるマンションを訪ねた。

立派なエントランスはオートロックだったが、こういうとき女子高生の制服は重宝する。居住者が暗証番号で自動ドアを開けたとき、なにげなく一緒に入っても警戒されない。むしろ積極的に通してくれようとさえする。

そもそもエントランスからインターホンで部屋を呼びだすつもりは毛頭なかった。門前払いされるのがわかっていて、わざわざそんなことをすべきでもない。

エレベーターで八階に着いた。このマンションは内通路の両側の壁にドアが並んでいる。807号室はすぐに見つかった。インターホンのレンズに、スマホの画面をくっつけんばかりに近づけた。そのうえでスマホカメラをのぞきこみ、インターホンのボタンを押した。

「はい」聞き慣れた男の声が応じた。

瑠那は多少声を変えていった。「宅配便です」

マンション内に複数の配達がある場合、宅配業者はひと部屋の住人にオートロックを開けてもらい、ほかの配達先もついでにまわったりする。よって業者がエントランスを経由せず、いきなり部屋前に立つことがあっても不自然ではない。

解錠する音がきこえた。ドアがそろそろと開く。普段着もポロシャツ姿だった。張りだした胸板の上にクッキング用のエプロンを着用している。蓮實は瑠那を見たとたん、面食らう反応をしめした。「なんだ!? 杠葉。宅配業者は？」

瑠那はスマホを振ってみせた。顔と服装が変わるアプリで自分を映しつつ、画面をインターホンに向けておいたにすぎない。蓮實のわきを抜けながら靴脱ぎ場に足を踏みいれる。瑠那は控えめに挨拶《あいさつ》した。「お邪魔します」

「まて！」蓮實が押しとどめた。「こんなところに来てもらっちゃ困る」

料理のにおいが漂う奥から、詩乃の声がきこえてきた。「誰？　お客さん？」

靴脱ぎ場の先は短い廊下になっていた。リビングルームとおぼしきドアが開き、七分袖《しちぶそで》ブラウスを着た詩乃が現れた。詩乃はたちまち笑顔になった。「杠葉さん！　来てくれたの？　どうぞあがって」

蓮實が苦々しげに詩乃を振りかえった。「冗談いうな。きょうは日曜だし、ここは自宅だぞ」

詩乃は平然とかえした。「あら。教え子が教師を頼ってきたのに追いかえすの？」

「教え子といっても杠葉は隣のクラスだ」蓮實が瑠那に向き直った。「杠葉。相談があるなら一B担任の江田さんに電話してやる」

瑠那は首を横に振った。「蓮實先生じゃないと意味がないんです」

「……きょうは駄目だ。明日《あした》、学校できく」

「一刻も早くうかがいたいことがあります。でなきゃ夕食どきにお邪魔しません」

廊下を小走りに駆けてきた詩乃が、瑠那の手をとり引っぱった。「一緒に夕食どう？　庄司《しょうじ》さんはいっぱい食べるから多めに作ってるし」

蓮實があわてぎみに制止しようとしてきた。「よすんだ、詩乃」

「なんで？」詩乃が眉《まゆ》をひそめた。「わたしと教え子のどっちも大事でしょ？　やさしい婚約者であり先生でもあるなら、わたしたちの意思は尊重すべきじゃない？」

「意思を尊重しないとはいってないが……」

「ならかまわないでしょ。来て、杠葉さん。きょうはちょうど掃除したばかりだし」

強く手を引かれ、瑠那は戸惑いつつも、急いで靴を脱いだ。蓮實が手をこまねく前を素通りし、詩乃に力ずくでいざなわれ、ドアのひとつを入った。

そこはダイニングルームだった。ペニンシュラタイプのキッチンは調理中で、ロールキャベツやサラダはもうできあがっていた。へえと瑠那は感心した。料理は蓮實がおこなったのだろうが、丁寧で綺麗《きれい》な仕上がりだった。

蓮實も入室してきた。「スープが冷める。杠葉、用件なら早く済ませてくれ」

詩乃はいっこうに意に介さないようすで一笑に付した。「温め直せばいいでしょ？杠葉さん。このテーブル、ニトリで安かったけど、いいデザインだと思わない？　室内はモダンテイストで統一してるの」

「素敵です」瑠那は応じながらぼんやりと思った。やはり詩乃には凜香と共通するところがある。凜香の母、市村凜《いちむらりん》の顔写真は報道で見たが、どこか似通っていた。むろん詩乃の性格は市村凜と百八十度ちがうが、なんとなく人たらしな明るさと、無垢《むく》に見える童顔が同系統に思えてならない。

詩乃こそ蓮實の好きな女性のタイプであり、ゆえに凜香をほうっておけなくなり、教師に転向したと考えられる。一方で雲英亜樹凪はまったく趣の異なる女だ。それでも蓮實はひところ亜樹凪にぞっこんになってしまった。導きだされる結論は以下のとおり。蓮實は詩乃のような女が好きだが、女子高生は全般的に好きである。よって両者が重なる凜香をいつも気にかけているのだろう。

とはいえ蓮實は凜香から見返りを受けとろうとしているようには見えない。すなわち欲望に走っているわけではない。蓮實は教師として立派な人格の持ち主だった。いじめっ子に対しきつく指導する反面、たとえば運動の苦手な子には、いくらでも労を惜しまず個人レッスンにつきあったりする。体育館で見かけたことがあるが、けっして叱ったり怒鳴ったりせず、褒めて伸ばす指導法に徹していた。蓮實は本質的に真面目でやさしい大人の理想像といえる。亜樹凪に翻弄《ほんろう》されてしまったのも、その性格ゆえにちがいない。

ハスミンと呼ばれるのを嫌う蓮實だが、『悪の教典』の蓮実《はすみ》聖司《せいじ》との最大のちがいは、ずばり女子生徒からあまり人気がないことだろう。蓮實には十代女子が惹《ひ》かれがちなワルっぽさが皆無だった。教師としては褒められたことにちがいない。だが現実の女子高生はひねくれた性格が多く、アウトローを野性的な強さと勘ちがいしがちなところがある。いちいちうるさい生活指導という印象の蓮實は、まず恋愛対象としてありえない、そういう女子生徒らの陰口を、瑠那も何度か耳にした。

瑠那は蓮實を信頼が置ける大人と感じていた。蓮實は葛藤《かっとう》しながらも、守るべき秘密を守ってくれている。いま本当に頼りにできる教師は蓮實以外にない。

焦げくさいにおいが鼻を突いた。瑠那はキッチンを振りかえった。「なにか火にかけっぱなし……」

「ああっ」蓮實がうろたえながらコンロに駆け戻った。鍋《なべ》を火から浮かすと、蓮實は情けない声を発した。「やっちまった……。うっかりしてた」

瑠那は歩み寄り、鍋の中身を眺めた。「いえ。焦げてるのは具材の表面だけでしょう。芯《しん》にはまだ火が通ってませんよ」

「そうなのか？　ああ、そうかもな」

「ダシで水分をあたえて、砂糖を加えて煮ればいいと思います。醬油《しょうゆ》で濃いめの味付けにすれば、焦げはむしろいいアクセントになります」

詩乃がエプロンを身につけた。「いいアイディア。でも少々高度なテクニックだから、うちの人には無理。代わって」

蓮實が遠慮がちにたずねた。「いいのか？」

「教え子さんと大事な話があるんでしょ。いっとくけど雲英亜樹凪みたいなことは二度と……」

「ないない！　誓っていう」蓮實はあわてぎみに弁明した。

苦笑する詩乃が鍋つかみを手に嵌《は》め、料理に取り組みだす。亜樹凪の件について婚約者間のタブーにせず、あえてずけずけと話題にするところが、かえって蓮實の心の負担を軽減している。瑠那にはそう思えた。体格に似合わず内気なところがある蓮實と、小柄で控えめそうな外見に相反して歯に衣着《きぬ》せない詩乃。やはりふたりはお似合いのカップルかもしれない。

蓮實は手持ち無沙汰《ぶさた》げに瑠那を見た。瑠那は目で会話をうながした。蓮實はエプロン姿のまま、仕方なさそうにキッチンを離れた。

いったん廊下にでて向かいのドアを入る。六畳の洋室は蓮實の自室らしい。机と書棚はきちんと整理され、床にダンベルが置いてある。蓮實は瑠那に向き合った。「なにがききたいんだ」

「三体についてです」

蓮實が表情を険しくした。「三体……？」

「はい。中国の」

「小説の話か」

「いえ。それよりずっと前からあったらしいんです。特殊作戦群でなにかきいてませんか」

「なぜそんなふうに思う？」

「きょうこの人を見かけたからです」瑠那は折り畳んだ紙を蓮實に渡した。「ＥＬ累次体の名簿から、一名のデータをプリントアウトしてきました」

蓮實が紙を開いた。絵本にでてくる魔法使いの老婆を連想させる、性格のきつそうな高齢女性の顔写真が印刷されている。襟元は中国人民解放軍の制服、しかも階級は陸軍上将だった。

瑠那はいった。「名前はハン・シャウティン。成都軍区副司令員、同司令員、陸軍司令員を歴任。現在は党中央軍事委員会委員、連合参謀部参謀長です。一九七九年に始まった中越戦争に参加、女性ながら〝戦闘英雄〟の称号を授与されました」

「ああ……」蓮實の眉間《みけん》に皺《しわ》が寄った。「幹部自衛官のあいだじゃ有名人だ。皆殺しの魔女といわれた恐ろしい女だよ。軍事作戦成功のために、大勢の味方を犠牲にするのも厭《いと》わない。中国人なのにEL累次体に関わってたのか?」

「外国籍の氏名も名簿には多くあります。ハン・シャウティンは幹部待遇で招かれたようです」

「強い日本をめざす愛国同盟みたいな連中のはずなのに、中国軍の大物と手を結んでるのか? 矛盾してるな」

「もともと政府閣僚が、韓国のカルト教団と密接につながってたぐらいですから……。ハン・シャウティンは日本の公安を顎《あご》で使ってます。フュアウルァイ社から来た産業スパイを一斉逮捕したのは、なんらかの情報を得たいからでしょう。そのキーワード

「……そうか」蓮實は紙を手にしたまま椅子に腰掛けた。「三体が軍事機密だと考えればこそ、俺がなにか知ってると踏んだんだな？　まったく厄介な一年生だ。そんな勘を働かせるとは」

隠し部屋からフィギュア三つが消えた。おそらくナノメモリーカードなどの情報記録媒体が隠してあったため、公安に押収されたのだろう。それらがフィギュア〝三体〟だったのは単なる偶然だ。一方でリー・ズームォが小説『三体』を置いていたのは意図的だろう。三体という言葉を口にしたのを、何者かにきかれてしまった場合、かろうじて言い訳が成り立つよう、同じ題名の本を用意してあった。いずれも本来の意味の三体ではない。ＥＬ累次体は、中国の連合参謀部参謀長と手を結んでまで、なんらかの情報を得たがっている。それが〝三体〟。いったいなにを意味するのか。

蓮實はため息とともに椅子を回し、卓上のパソコンに向き直った。マウスを操作しながら蓮實が愚痴をこぼした。「きみと優莉凜香による連続凶悪犯罪に口を閉ざしながら、先生もみずから法を破ってばかりだ。こんな毎日を送るために教師になったんじゃない」

「先生は正しいことをなさってますよ」

のに」

「教育者として失格だ。未成年のきみたちに、ただ真っ当になってもらいたいだけな

「社会のほうが真っ当になってからでよくないですか？　少子化で十代が減少するだけでなく、わたしたちの世代そのものが抑圧され、押し潰《つぶ》されそうな昨今です。まずは国家の機能不全を正すべきです」

「いつもそれで押し通されちまう。自分の意志の弱さが嫌になるよ」蓮實は何度かマウスをクリックした。あまり有名でない防衛省のロゴマークが表示された。ＩＤとパスワードを入力しながら蓮實がいった。「このデータベースには長いことアクセスしてない。自衛官を辞めた時点で更新データは閲覧できないが、過去のものは検索可能になってる。退役後も事後処理を求められた場合に備えてのシステムだ。もちろん情報を部外者に流出させちゃいけない」

表示が切り替わった。見出しに〝三体〟とある。奇妙な形状の人工衛星、もしくは宇宙ステーションの画像が掲載されていた。

瑠那は驚いた。「これが〝三体〟ですか？」

蓮實がうなずいた。「令和九年度までに航空自衛隊から航空宇宙自衛隊への名称変更が検討中だ。漫画みたいな話だが、実際にニュースでも報じられてる」

「ええ。知ってます。宇宙作戦群も組織されてますよね」

「自衛隊がそうせざるをえなかった、その最大の理由がこれだ」

説明文に目を走らせる。瑠那はつぶやいた。「核搭載の軍事衛星……?」

「八年前に存在が発覚した。中国が極秘裏に打ち上げたとみられてる。まさに天空の脅威だよ。ミサイルの発射機構などが備わってるわけじゃなく、ただ核爆弾を積んだ人工衛星だ」

円筒を三本、縦に束ねたような風変わりな形状。データ表によれば円筒一本ずつに、TNT換算で百メガトンの水素爆弾を内蔵。それだけでも広島に投下された原爆の六千六百倍の威力になる。しかもそんな核兵器が三つ搭載されていた。一辺わずか十センチの人工衛星もあるなかで、これは全高約十メートル、全幅約八メートルと大ぶりなほうだった。国際宇宙ステーションなどと同様に、各部品を打ち上げたうえで、宇宙空間で組み立てた可能性が高い。だが存在の深刻さはサイズの比ではない。

蓮實がつづけた。「わからないことが多い。NASAの観察では、三つの核兵器を本体から切り離す構造はない。地表にばらばらに投下するのも不可能だ」

瑠那はきいた。「なんのために周回軌道上にいるんでしょうか」

「その理由があきらかでないから不気味なんだ。中国政府はむろん存在を認めていないが、現に観測されてるから、世界各国が戦々恐々としてる。WHOがコロナウイルス禍について、中国に対する責任追及を怠ったり、欧米諸国が中国による台湾への武力侵攻を懸念したりするのは、すべて〝三体衛星〟あればこそだ」

「これを大気圏突入させて、どこか狙った場所に落とすことは可能なんですか」

「そこも専門家によって意見が分かれてる。有人宇宙カプセルが着水地点をあらかじめ予定し、そこにパラシュート降下できるのだから、人工衛星の場合も十分に可能だとする説もある」

「無人の人工衛星を遠隔操作する場合は、少し事情が異なってくるでしょう。ふつう寿命を迎えた人工衛星は、大気圏への突入角を深くとることで、地表への落下までに燃え尽きさせるんですよね？」

「そうだ。破片が残った場合も海に落とすのが推奨されてる。遠隔操作でもそれぐらいはできるわけだ。しかし核爆弾を起爆しないように大気圏に突入させ、標的に命中させられるかどうかは……。どの国もやったことがないからわからないだろうな」

「ハン・シャウティンみたいな大物なら、制御方法もとっくに知ってそうですけど」

「いや。これも噂でしかないが、三体衛星は打ち上げ成功後、習近平《しゅうきんぺい》国家主席にすべてのコントロールが移管されたとか……。事実として核のボタンは大国のトップが握ってる。三体衛星もそうだとしても不思議じゃない」

習近平だけが三体衛星を操りうるのか。プーチンですら中国と反目し合うのを避けたがるわけだ。中国の対外的な圧力のみならず、共産党政府の国内における求心力にもひと役買っているだろう。あれだけの面積と人口を有する中国で、絶対的な中央集権を維持するには、地方都市や各民族を屈服させる手段が必要になる。トップの反感を買った場合、三体衛星が落ちてくるかもしれないと畏怖《いふ》すれば、地方権力者らも従属する。

瑠那は物憂げな気分でつぶやいた。「高一女子と教師が心配したところで、どうにかなるレベルじゃないですね」

「米軍はNASAと共同で、三体衛星の破壊を画策したことがある。しかし対衛星ミサイルはまだ実験段階だし、電子攻撃を加えようにも、三体衛星を制御する通信手段が不明で手がだせない。直接接近して爆弾を仕掛けるという案も、スペースシャトルの廃止後は技術的困難がつきまとうとか」

三体衛星の制御を奪えば、ハン・シャウティンは国家最高指導者の権力を横取りできるに等しい。EL累次体にとっても絶大なパワーを手中におさめる好機になる。同じ目的を有する者どうしが手を結び合った可能性が高い。

蓮實がやれやれという顔になった。「きみのいうとおり、ここで教師と女子生徒が戦慄《せんりつ》してても、MMRのキバヤシが人類絶滅とか息巻いてるのと変わらんな」

「キバヤシって?」瑠那はきいた。

「いや……。漫画の話だ。忘れてくれ」

だが事実として、こんな状況はまさしく漫画だった。瑠那はつぶやいた。「家の鍵《かぎ》を取り替えたとしても、交換作業をした鍵屋さんは、その気になれば開けられるすべを手元に残せますよね」

たとえ話がなにを意味するか、蓮實は正しく理解したようだった。「そうとも。すべての制御が習近平に移管されたにせよ、三体衛星を設計し、製造した人たちは現にいる。このデータによれば、中国政府は三体衛星をフュアウルァイ社に作らせた」

「エンジニアから情報収集するつもりですね」瑠那はいった。「三体衛星の制御を完全に奪いうるまで……」

14

阿宗神社の社務所とつながる二階建ての古い家に、瑠那の自室はあった。和室に絨《じゅう》毯《たん》を敷き、勉強机や本棚、ベッドが置いてある。高一女子の部屋としてはふつうだろう。ふだんは客を招く場所ではなかったが、きょうは例外だった。

もう夜九時近い。来客は十一歳のリー・ランレイと、母親のミンユー。中国では室内でも靴の生活だったらしい。自宅マンションでさえ、靴を脱ぐ毎日にまだ慣れていなかったとミンユーがいった。そのうえ絨毯の上に座るとなると困惑をおぼえるらしい。しかしランレイのほうはすぐに馴染《なじ》んだようすだった。凜香も交え四人で膝《ひざ》をつき合わせた。

瑠那は蓮實から得た情報を告げた。「中国政府から産業スパイを命じられるエンジニアの多くが、フュアウルァイ社で三体衛星に関わっていたようです。優秀な頭脳の持ち主であるうえに、極秘行動をとらせられる人となると、自然に限られてくるんでしょう」

ミンユーが深刻そうにうなずいた。「たしかに夫はフュアウルァイ社で、政府筋から請け負った技術開発に携わっていました。なにをしてるのか家族にも打ち明けられないといってましたが……。そんな恐ろしい人工衛星だったなんて」

凜香が人差し指で片耳を掻《か》いた。「富士七号が日暮里高校めがけて飛んだのを理由に、破壊工作の疑いでランレイのお父さんたちを逮捕。でも本当の目的は産業スパイ摘発じゃなくて、フュアウルァイ社から来た産業スパイならたぶん知ってる情報。有能なエンジニアが産業スパイやってんだから、三体衛星にも関わってたんだろって」

「だけど」ミンユーが困惑とともにきいた。「全員じゃないですよね？　夫と同じように産業スパイをしていても、三体衛星の開発とは無縁だった人もいるはずです。そういう人たちを含め、フュアウルァイ社から派遣された中国人は、みんな逮捕されてます」

瑠那は陰鬱《いんうつ》な気分でささやいた。「三体衛星に無関係と判明した時点で命はないでしょう」

「まさか、そんな」ミンユーが悲痛のいろを浮かべた。「身柄を拘束したのは日本の警察なのに」

「品川署は公安のいいなりだし、その公安の刑事はEL累次体ばかりだと思われます。きょうワンボックスカーのなかにいたハン・シャウティンが、さらにその上の指導者として君臨してるみたいです」

ランレイが不安げな面持ちできいた。「お父さん、まだ帰ってこないの……？」

ミンユーはランレイを抱き寄せた。「もう少しだけ辛抱して。きっと会える日が来るから」

凜香が耳打ちしてきた。「瑠那。もし公安の逮捕した産業スパイたちが、じつは揃いも揃って三体衛星に無関係だったら？　みんな殺しちゃ効率悪いだろうし、人質にしてフュアウルァイ社を強請《ゆす》るんじゃねえの？　三体衛星の情報を寄越《よこ》せって」

瑠那にはそう思えなかった。「中国政府とフュアウルァイ社にとって、三体衛星に関する機密は人命と釣り合いがとれないものでしょう……。たとえ優秀なエンジニアばかりだったとしても」

見殺しかよ。凜香の顔にそう書いてあった。「ほかの産業スパイの家族も、公安に捕まっちまったのかな……」

ミンユーがうつむいた。「夫の同僚の家族のなかで、日本にいる何組かと知り合いですが、きのうから連絡がつきません」

たぶんエンジニアはみな口が堅かった。よって自白させるために身内が拉致《らち》された。公安はそれら家族にまで容疑をでっちあげたり、逮捕したりする手間をかけなかった。ミンユーやランレイを襲撃したのは目出し帽の男だ。近所の交番の警察官らは、事情を知ったうえで静観する役割だったと考えられる。ただし母娘《おやこ》が交番に駆けこもうとしたため、身柄の拘束に動いた。もう法もなにもあったものではない。

「けどさ」凜香が足を崩した。「どうにもわからねえ。EL累次体が知りたがってるのは、たぶん三体衛星の制御方法だろ？　でも核爆弾を積んだ人工衛星なんて、ネットにIDとパスワードをいれてアクセスできるのかよ？　そんな単純じゃねえよな」

的を射た指摘だと瑠那は思った。「オンラインで海外のインターネットにつながってるとは、ちょっと考えにくいです。もともと中国政府はネットを規制してますけど、それ以前の問題でしょう」

「だろ？　日本からネットで接続もできねえのに、EL累次体はどんな情報を得たがってるんだよ。〝中国にある専用のデバイスでないと三体衛星は操作できません〟なんていわれちゃ元も子もねえぜ。わざわざ日本でエンジニアたちを攫《さら》った意味もなくなるし」

「推測ですけど」瑠那は思いのままを言葉にした。「夏休み中に中国の軍用輸送機が、日本海に墜落したってニュースになってましたよね」

「あー、あったたな。なにを積んでたのか全然報じられなくて、いろいろ憶測が飛び交ってた。EEZ内だったから、積み荷は日本が引き揚げたんだろうけど。海上保安庁の仕事だったとしても、EL累次体の息がかかった奴らだとしたら、当然ネコババしちまうだろ」

「輸送機が三体衛星のコントロールデバイスを運んでたなら？」

にになってんじゃね？」

「……ありうるなぁ。だけどそんなに重要な装置だったら、墜落時に自爆する仕組みになってんじゃね？」

「それが自爆せずに沈んでて、海中から回収できたからこそ、エンジニアを必要としてるんです。へたにいじると爆発するだろうから……」

「分解方法を知るエンジニアを探してるのか」

「その先の操作方法を知るエンジニアも」

「なるほどね」凛香が納得顔になった。「自爆装置の解除から始めなきゃいけねえから、第三者が解析しようにも手がだせねえわけか。設計に関わった人たちの知恵を借りねえと」

ミンユーが憔悴《しょうすい》しきった表情でささやいた。「どうすればいいんでしょう……。マンションの部屋にも戻れないし、警察も頼りにできないなんて」

ランレイが手の甲で目もとを拭《ぬぐ》い、涙声を漏らした。「帰りたい。お父さんと」

辛気くささは苦手だといわんばかりに、凛香はスマホをいじりだした。カメラを自撮りモードにして手鏡代わりにする。凛香がつぶやいた。「化粧水がよくねえのか、瞼《まぶた》全体にアイシャドウを乗せるのがちがってんのかな。腫《は》れぼったくなってきやがる。瑠那はどこのブランド使ってる？ジルスチュアート？」

瑠那は応じた。「メイクはほとんどしません……。巫女《みこ》用に推奨されてる化粧品があるので、それをうっすらと」

「そっか。バイトでも専門職やってる瑠那とは話が合わねえよな。ちょっと顔洗ってくる」

凜香が立ちあがり襖《ふすま》を開けたとき、廊下から物音がきこえてきた。玄関の引き戸が開いたようだ。瑠那は義父母が帰ったと気づいた。日曜のきょうはあちこち祈禱《きとう》に赴いて忙しかったはずだ。ほどなく廊下を足音が近づいてきた。斎服姿のふたりが襖の前を通りかかった。

義母の芳恵《よしえ》がのぞきこんだ。「あら、お客様なの？　こんばんは」

ミンユーとランレイがあわてたように立ちあがり、ぎこちなくおじぎをする。

すると義父の功治《こうじ》が頭をさげながらいった。「ようこそおいでくださいました。どうぞ客間のほうへ……」

瑠那は義父母が部屋に入ってこようとするのを押しとどめた。「こちらはリー・ミンユーさんとランレイちゃんです。旅行で何日か滞在なさるけど、宿の予約がとれなかったそうで」

功治が同情のまなざしを母娘に向けた。「それはお気の毒に。よろしければしばらくお泊まりになってください」

ミンユーが目を丸くした。「それでは悪いですし……」

「とんでもない。見てのとおり部屋が余っていますからね」

芳恵も愛想よく話しかけた。「お食事はまだですか？　ぜひご一緒してください。いまから作りますので。お嬢ちゃんもお腹減ってる？」

ランレイは当惑ぎみに母親の陰に隠れた。義父母は笑った。

目を真っ赤に泣き腫らしたランレイは、かならずしもここに泊まることを望んでいない。漫画なら少女が瑠那に心を開く局面だろうが、現実はそうもいかない。瑠那と凜香が警察官を射殺するのを、ランレイはまのあたりにした。恐怖をおぼえて当然だが、それでもランレイが逃げださないのは、〝怖い日本人〟たちに攫われるより、現状がいくらかましだと感じているからか。ごくわずかの差にちがいない。殺し合いに巻きこまれてしまったことに、ランレイは激しく動揺している。母親のミンユーも内心は同じだろう。

功治が凜香を見つめた。「優莉さんも泊まっていったら？」

凜香はさばさばした顔で即答した。「施設は門限がきまってるんで」

「ああ、そうだった。そのうち許しがでたらいつでも」功治は穏やかな面持ちのまま、芳恵とともに廊下を立ち去った。

襖を閉めると凜香が母娘に向き直った。「今夜からしばらく、ここから外にでないほうがいいよ」

ランレイが当惑を深めたように母を見上げた。「でも学校が……」

瑠那はミンユーにたずねる。「ランレイちゃんはどこの小学校に通ってるんですか」

ミンユーは疲れたようにため息をついた。「地元の公立です。インターナショナルスクールでなくとも授業についていけてるようなので……。でも明日《あした》からは通うのが難しいでしょうね」

凜香が歩み寄ってきて耳打ちした。「瑠那。この神社も安全地帯とはいいきれねえだろ。なにしろEL累次体は、ここに瑠那が住んでるのを知ってる」

「いままでもずっとそうです」瑠那は小声で応じた。「襲撃がないのは、名簿が抑止力になってるからです」

「わたしたちが死んだら名簿が公開される手筈《てはず》になってるとか、そういうのを奴らが心配してるってのか？　だけどそれだけで永遠に身を守れるかな」

無理だろうと瑠那は思った。たとえば富士七号発射実験の後援は文科省だったが、新たに文科大臣になった藤蔭は、ＥＬ累次体の一員だ。しかし彼は文科相になる前、まだ副次的な扱いだったらしく、名簿での扱いがごく小さい。そのうち名簿に記載のない新規メンバーもどんどん増えていくだろう。つまり時間の経過とともに、瑠那と凜香が知らないメンバーが続々加わり、名簿の価値は下がっていく。そのうちＥＬ累次体も強気な行動にでるにちがいない。

じつのところ名簿は他人の手に委《ゆだ》ねていない。いまだ瑠那と凜香のふたりだけで管理している。それを知ればＥＬ累次体は牙《きば》を剝《む》くだろう。だからといって良識ある大人を危険に巻きこみたくなかった。警視庁捜査一課の坂東課長に名簿のコピーを渡せば、ただちに坂東は暗殺の危機に晒《さら》される。蓮實も同じだった。名簿を見せるよう蓮實はさかんに要求してくるが、瑠那と凜香は突っぱねていた。身近な大人の手に渡っていないと知ればこそ、ＥＬ累次体も出方を迷い、かろうじて静観をつづける。現在はまだ危うい均衡が保たれている。

瑠那は凜香にささやいた。「襲撃はなくても警告は来るでしょう」

「警告って？」

「リー・ズームォ氏の奥さんと娘さんを引き渡すよう、誰かが伝えに来ます」

「その誰かって……」

玄関のチャイムが鳴った。凛香が面食らったようすで口をつぐんだ。襖の向こうをぱたぱたと足音が駆けていく。

芳恵の声がきこえた。「こんな時間に誰かしら。……まあ！　雲英亜樹凪さん。まぁおいでくださるなんて」

凛香が顔をしかめた。「マジかよ」

瑠那は襖に向かった。「ミンユーさんとランレイちゃんを頼みます」

「わかった」凛香がブラウスの下から拳銃《けんじゅう》を引き抜き、警戒態勢をとる。中国人母娘《おやこ》に小声で告げた。「座って。しばらく声もださないで」

ミンユーはランレイを抱きながら、怯《おび》えた顔で指示に従った。また人が殺されるのをまのあたりにするのか、そんな不安げなまなざしだけがある。

瑠那はなにもいわず襖を開けた。理由が恐怖だろうとなんだろうと、沈黙を守ることが母娘の命をつなぐ。

廊下を玄関へと歩いた。芳恵が背を丸め談笑している。靴脱ぎ場に立つのは雲英亜樹凪だった。微笑とともに愛想よく芳恵との会話につきあう。私服姿だった。折り襟の長袖《ながそで》シャツの上にキャミソールワンピース、同色のボウタイ。清楚《せいそ》に見える服装を自然に着こなしているが、高価なブランド品にちがいない。

芳恵がいった。「あ、いけない。フライパンを火にかけっぱなしで」

瑠那は義母に話しかけた。「わたしがお相手しますから」

「そう？　お願いね。同じ学校の先輩後輩どうし、積もる話もあるでしょうし」芳恵は喋《しゃべ》りながら廊下を遠ざかっていった。

玄関先で瑠那は亜樹凪とふたりきりになった。まだ靴脱ぎ場に立つ亜樹凪より、瑠那のほうがわずかに高い位置に立っている。亜樹凪が無表情で瑠那を見上げてきた。瑠那も亜樹凪を見下ろした。

亜樹凪がつぶやいた。「日曜なのに制服。スカートベルトに拳銃を挟んでるから？」

「丸腰です」瑠那は低く応じた。「キャミワンピは胸から下に武器を仕込めますよね」

「あなたがなにも持ってなくても、凜香は奥の部屋で拳銃を構えてるでしょ」

「雲英さん。相互不可侵でしょう。苗字で呼び合うんじゃなかったんですか。凜香だなんて」

「事情が変わった。瑠那。わたしのことは亜樹凪って呼んで。友達になりましょ。学校にありがちなうわべだけの友達に」

「どういう意味でしょうか」

「こうして現れたのは最後の誘いだと思って。部活気分でEL累次体に入ってほしい」

「あなた自身はそう思ってない。顔に書いてあります」

「わたしの意思よりEL累次体の総意が大事。未来を創っていくのはわたしたち十代だって話、前にもしたわよね。あなたを殺させないでほしい」

「こっちの台詞《せりふ》ですよ」瑠那は静かな口調を保った。「亜樹凪さん。そんな生き方でいいんですか」

「あなたは賢いのに大局を見てない。でもわかってるでしょ。このままじゃいけない」

「そういいながら女の子たちを強制妊娠させては命を奪い、特別支援学校の生徒児童を全滅させようとし、巫女《みこ》学校でわたしの殺害を謀ったのがEL累次体ですよね」

「あれだけの面積のケシ畑が灰になって損害は甚大。関係メンバーは全員粛清されてね」

「文句をいわれるのはお門ちがいです。なんでいちいち大勢殺そうとするんですか」

「地球温暖化による気候変動は急激な人口増加が原因。二酸化炭素を削減するためにも、不要な人類を急ぎ淘汰《とうた》していかないと間に合わない」

「それで大量虐殺が正当化できると思いますか」

「思う。世界的な食糧不足も間近に迫ってる。余命幾ばくもないご老体はかまわないでしょうけど、わたしたちはこれからの人生があるのよ。あなたとわたしなら道を開ける」

「世界に視野を広げる以前に、この国には未解決の課題が山積してますけど」

「貧困、資源不足、少子高齢化、人材不足、後継者不足、時間外労働、待機児童、介護問題。ぜんぶ解消するのがEL累次体の描く未来なの」

「明治期の全体主義国家に戻してでですか」

「だからそれが大局を見てないっていうの。瑠那。こうしてるあいだにも、なんの役にも立たない人たちが、酸素を二酸化炭素に変えてるのよ。早くやめさせないといけないでしょ」

「罪のない人たちを虐殺する以外の方法をとるべきです」

「虐殺ばかりのあなたがよくいうわね」

「EL累次体は罪の塊です。ひとり残らず死ねばそれだけ二酸化炭素が減ります」

「ねえ瑠那。リー・ミンユーと娘のランレイを匿《かくま》ってるわよね。引き渡してくれればこの神社に手をださない」

瑠那はまるっきり動じなかった。「亜樹凪さん。リー・ズームォ氏とほかのエンジニアたちを解放してくれれば、名簿の公開を控えます」

「そんな約束が信用できると思う？　瑠那。半径五キロ圏内を全滅させる爆弾を、この神社の真上に落としてもいいのよ？」

「名簿のコピーがここから半径六キロの円周上に、山ほど埋まってるかもしれません。へたな手だしは命とりになります」

亜樹凪が表情筋をひきつらせた。憎悪の籠《こ》もった目が睨《にら》みつけてくる。瑠那はなんら気にせず平然と見かえした。

やがて亜樹凪が世間話のような口調に転じた。「以前はマスコミの論調をよく知らなかったけど、情報を得るようになってから、女子高生がいかに馬鹿にされてるかを知った。あなたは我慢できる？」

「なにをですか」

「大人はわたしたちが中身のない三年間を送るだけの存在だと思ってる」

「あなたは四年目でしょう」

空気がぴんと張り詰めると同時に、沈黙が下りてきた。亜樹凪はいっそう硬い顔になった。

踵《きびす》をかえしながら亜樹凪がいった。「蓮實先生のおかげで基礎体力づくりができた。いまは専任のトレーナーに鍛えてもらってるの。わたしは前とちがう」

「試したらどうですか」

軽く鼻を鳴らした亜樹凪が引き戸を開け、外の暗がりに消えていく。後ろ手に引き戸を閉めた。それっきり静かになった。瑠那は施錠すると廊下を引きかえした。

義母の芳恵が小走りに近づいてきた。「雲英さんは？　食事を用意しようかと思ったのに」

「もうお腹いっぱいですって」瑠那はぶっきらぼうに応じた。「わたしも。いろんな意味で」

15

亜樹凪は真っ暗な境内を歩き、鳥居をくぐり生活道路にでた。阿宗神社をあとにし、ひとけのない住宅地に足を進めるうち、後方からヘッドライトの光が近づいてきた。

レクサスＬＣクーペが亜樹凪のわきに滑りこむように停まった。亜樹凪は助手席のドアに手をかけた。几帳面《きちょうめん》なドライバーはうっかり解錠を忘れたりはしない。ドアを開けると亜樹凪はシートに乗りこんだ。

クーペが発進した。運転席でステアリングを握る三十代男性は曽鍋。文科省職員であると同時にEL累次体の連絡員でもある。

曽鍋が運転しながらきいた。「どうでしたか」

亜樹凪は無言で首を横に振った。

ほかの産業スパイらは、家族を人質にとったことが功を奏し、徐々に秘密を打ち明け始めている。それらによって得た情報から、重要な事実があきらかになった。リー・ズームォは三体衛星のコントロールデバイス〝魔法卓〟の設計者だ。どうあっても口を割らせる必要があった。

じれったさが募る。亜樹凪はつぶやきを漏らした。「いまだに貝みたいに口を閉ざしてるのはリー・ズームォ技術主任だけ」

「いまの神社にリーの妻子がいたんでしょう？　急襲班を差し向けましょうか」

「急襲班って何人いるの？」

「精鋭ばかり十二人からなるチームです」

「神式葬儀を神葬祭っていうけど、神社ではおこなわないの。亡くなった人の家でするのが本来の仕来り」

「はて、なんの話でしょうか。ちょうどよくありませんか。あの神社の社務所裏は杠葉瑠那の家でしょう」

「死ぬのが杠葉瑠那のわけがないでしょ。仏式葬儀よりは安く済むけど、十二人もいると総額は結構かかりそう。EL累次体の経費で落ちるの？」

「急襲班が返り討ちに遭うとでも？」

「当然そうなる」亜樹凪は指さした。「あれ見える？　新中川《しんなかがわ》に架かる橋。シビック政変のとき、江戸川区方面から侵攻してきた戦車と兵員輸送車は、あの橋を渡れずに全滅したって。まだ発作に苦しんでたころの瑠那が三分以内に片をつけた」

「そういう噂もありますが、単なる俗説にすぎませんよ」

巨額の費用を要した計画が、いくつも水泡に帰したというのに、EL累次体はいつも妙に楽観的だ。問題から目を背けているようでもある。旧日本軍を敗北に至らしめた無責任主義が蔓延《まんえん》している、そんな気がしてならない。

曽鍋がいった。「リー・ミンユーとランレイ母娘《おやこ》を捕らえるためには、杠葉瑠那と優莉凜香の排除が最優先です。標的が木造家屋で呑気《のんき》に暮らしているのを知りながら、手をこまねいたまま退散ですか」

場所が悪い。攻略が簡単そうに思えても、それは見せかけだけで、実際には瑠那のテリトリーだ。自分の家の強みは、どこになにがあるのかすべて把握していることだ、蓮實がそういった。あの教師はひところ亜樹凪のどんな質問にも答えてくれた。実戦的な思考は勉強になった。阿宗神社を襲うのは現実的ではない。報復としてEL累次体メンバーの名簿が流出する事態も懸念される。

亜樹凪は嫌味を口にした。「瑠那と直接向き合ったことのない人は気楽。わたしは瑠那に撃たれた。何発も」

「血糊《ちのり》弾だったのは幸いでしたね」

いま生きているのは瑠那に情けをかけられたからだ。屈辱的なできごとだった。このままでは済ませられない。

曽鍋が遠慮するようすもなく告げてきた。「恐縮ですが、早めに具体案を提出しないと、EL累次体への忠誠義務を怠ったことに……」

耳障りな物言いだった。亜樹凪は吐き捨てた。「学校で仕留めさせる」

「日暮里高校でですか？　たしかに杠葉瑠那と優莉凜香、ふたりとも揃う場所ですが、全校がパニック状態になった場合、急襲班が標的を見つけだしにくいのがネックになります。学校はみな同じ制服姿ですので……」

「授業中や休み時間には狙わない。もうすぐ防災訓練の日が来る」

「ああ」曽鍋が腑《ふ》に落ちた顔になった。「防災訓練。それはいいかもしれません。爆弾騒ぎがあった学校には、文科省の指示で特別な防犯防災対策の専門家が派遣されます。そこに暗殺班を紛れこませるのは妙案でしょう」

「暗殺班」亜樹凪は思わず鼻で笑った。「瑠那にかすり傷でも負わせることができたら奇跡」

16

ハン・シャウティンは地下取調室の暗がりで、きょう十一本目になるタバコに火をつけた。腕組みをし部屋の片隅に立つ。公安の捜査員たちとともに、事務机を挟んだやりとりを見守る。

事務机の向こうに座るリー・ズームォは、いまやげっそり痩《や》せ細り、血の気が引き顔面蒼白《そうはく》だった。全身を震わせ両手で机の上を掻《か》きむしる。呻《うめ》き声をあげてはのけぞり、苦悶《くもん》に満ちた表情で椅子ごと倒れかける。そのたび捜査員の数人が駆け寄り、背もたれを背後から支える。

悪寒ばかりか身体じゅうの関節に激痛をおぼえているだろう。シャウティンは冷ややかな気分でズームォのありさまを眺めた。吐きだしたタバコの煙は部屋じゅうを漂い、尋問用の強烈な光源の前のみ、白くぼんやりと浮かびあがる。

事務机でズームォの向かいに座るのは、四十代半ばの鷲峰刑事だった。鷲峰がズームォにきいた。「早く楽になりたいだろう？　情報量が注射される液体の量に比例すると思え」

ヘロインの禁断症状がもたらす苦しみは想像を絶する。ふいにズームォは半狂乱と化し、動物のように叫ぶや鷲峰につかみかかろうとした。隣の机にいる白衣が注射の準備を進めている。ズームォはそこにも飛びつく気配をしめした。あえて手錠で拘束しないようシャウティンは指示しておいた。椅子から立ちあがり、注射器をはっきり見てとれる距離まで駆け寄らせ、そこで捜査員らに取り押さえさせる。また机に引き戻す。その繰りかえしがズームォの感じる苦痛を何倍にも増幅させる。

「やめろというんだ」《ニーメンガンシエンムエァ》ズームォが嗄《か》れた声をかすかに響かせた。「いっそのこと殺せ」《ニーメンガンツェイシャラウォバー》

鷲峰がちらとシャウティンを振りかえる。シャウティンは首を横に振ってみせた。意味のない中国語だと目で伝える。

またズームォに向き直った鷲峰が淡々と告げる。「質問は明確だ。もういちどいうぞ。あれについてだ」

顎《あご》をしゃくった先に、一辺五十センチほどの強化ガラス製ケースがある。なかには楕円柱《だえんちゅう》を横に寝かせた形状の機器がおさまっていた。サイズは枕と同じぐらいで、外殻はチタンだった。上部の蓋《ふた》は開放され、パソコンと同種のキーボードがのぞく。もとから半開きだった蓋をのぞき、どこも分解できないばかりか、キーのひとつすら叩《たた》けない。X線による透視により、少量の爆薬を内蔵していることがわかったからだ。本来は輸送機の墜落時に機能するはずだった自爆装置になる。なんらかのトラブルで爆発を免れたが、へたにいじればその限りではなくなる。

側面の端子は電源接続用のほか、直径一メートルほどのパラボラアンテナをつなげることが判明している。パラボラは衛星を自動捕捉《ほそく》追尾するアームを支える構造で、機内から破損した状態で見つかったが、同じ物を製造可能だった。

問題は〝魔法卓〟本体だ。衛星へのデータのアップリンクとダウンリンク、通信の暗号化を果たす機構は、X線により発見済みだった。しかし操作方法の詳細について、ハードの解析だけではあきらかにできない。ソフトの領域はエンジニアの知識を頼るしかない。

魔法卓が小ぶりなのは、習近平の側近が核のボタンとともに、スーツケースにいれ運び歩く必要があるからだ。いつも最高指導者の手に届く範囲に置かれる規則だった。ただし魔法卓は二基存在する。一基が習近平の手元にあるあいだ、もう一基がメンテナンスにだされる。メンテ中の魔法卓のほうはオフライン状態だが、回線を切り替える手段も設計者なら知っている。習近平の側近が携える魔法卓を無効化し、こちらを有効にできるすべがある。

ズームォは魔法卓を一瞥《いちべつ》するや、びくつくように鷲峰に視線を戻した。悶絶《もんぜつ》とともに机の上に突っ伏し、鷲峰の腕をつかもうとする。ズームォが叫んだ。「頼む。注射してくれ」

「魔法卓を使えるようにしてからだ」

「知らん。魔法卓なんて知らない」

「三体衛星の制御を可能にしろ。使いこなせる状態に整備すれば、永遠の快楽を褒美としてくれてやる」

堪《たま》りかねたようにズームォが腰を浮かせた。「ここからだせ！　家に帰らせてくれ」

暴れるズームォをまた捜査員らが取り押さえにかかる。ズームォの抵抗がひときわ激しくなった。瞳孔《どうこう》が開ききり、さかんに身をよじり、意味不明な言葉を果てしなくわめき散らす。

錯乱状態に限りなく近づいた。もう幻覚や妄想が現れるころだ。シャウティンはタバコの煙をくゆらせた。やはりヘロイン注射は効果的だった。中越戦争では敵の捕虜の尋問に多用した、その経験が生きた。

ＥＬ累次体は瞰野古墳のケシ畑が全焼する前に、大量のヘロインを製造しストックしていた。それらを使わない手はない、シャウティンはそう判断した。

捜査員らがズームォの腕や脚をつかみ、力ずくで椅子に引き戻した。なおも拘束の手は緩まない。身動きできないズームォの前に、シャウティンはつかつかと歩み寄った。

リー・ミンユーとランレイ母娘《おやこ》の写真をとりだし、ズームォの顔の前にかざす。茫《ぼう》然《ぜん》としたズームォの目が写真に釘付《くぎづ》けになる。

ここまでの精神状態に至れば、身近な人物の写真は動いて見える。より正確にいうなら、写真と実物の区別がつかなくなっている。ズームォは妻子と対面したかのように表情を弛《し》緩《かん》させた。笑顔までには至らずとも、なにかを伝えたがっているように呻き声を発する。

シャウティンは火のついたタバコの先を、写真のランレイの顔に押しつけた。ズームォが目を瞠《みは》った。写真にはたちまち穴が開き、めらめらと炎が燃えひろがった。ズームォは気が動転したように慌てふためいた。絶叫とともに激しく暴れだした。今度の逆上ぶりはさっきまでの比ではなかった。捜査員らが必死で押さえこむ。動けなくなったズームォが目を剝《む》き、燃える写真を凝視しつづけ、ただひたすら大声を発する。そのさまがシャウティンには愉快だった。気づけばシャウティンはけたたましい笑い声をあげていた。

燃える写真を机の上に放りだす。なおもズームォは猛獣のように吠《ほ》え、捜査員らの手のなかで猛《たけ》り狂っている。そんな喧噪《けんそう》を尻目《しりめ》に、シャウティンは事務机を離れかけた。立ち去りぎわ、鷲峰の肩に手をやり、タバコの煙とともに声をかける。「ここに妻子を連れてきていたぶらずとも、リー・ズームォの目から見れば同じことだ。人質確保失敗の挽回《ばんかい》はしてやった」

鷲峰が真顔で見かえした。「感謝します」

鼻を鳴らしシャウティンは鉄扉に向かった。戸口のわきにもうひとり中国人が立つ。五十代男性のウー・ユエン少将のスーツ姿は、白髪交じりと小太りも相俟《あいま》って、新宿《しんじゅく》駅のホームにいる通勤客と変わらない。

ウーが中国語でささやいた。「おみごとです」

シャウティンはタバコを床に落とし、靴底で踏み消しながら応じた。「この国の連中は、手持ちの切り札の有効活用手段を知らん。経済が低迷するわけだ。アジア全域を束ねる新たな指導者が必要だな」

「あなたのような？」ウーの目がシャウティンをとらえた。

新たなタバコに火をつける。口にくわえたままシャウティンはつぶやいた。「きくまでもない」

ズームォの絶叫をあとに残し、シャウティンは階段を上りだした。三体衛星はじきにこの手に落ちる。地上にある者はみなひれ伏す。歴史に刻む名は〝戦闘英雄〟の称号どころではない。

17

生徒は気安いと蓮實は思った。教師には放課後も仕事がある。きょうのように部活がない日でも、防災訓練の準備を課せられる。例年なら教職員らだけで予行演習をおこなうらしいが、今年はやや事情がちがった。

なにしろ爆弾騒ぎがあった学校だ。文科省の指示により、防犯と防災に関する専門チームが派遣され、校内の総点検がおこなわれる。と同時に防災訓練に備え、教職員への説明会が実施された。

武蔵小杉高校事変が起きなかった世界線であれば、校舎に爆弾が仕掛けられただけでも、一大事件として扱われただろう。事態は長く尾を引き、いまだに生徒らが自宅待機、リモート授業のみだったかもしれない。けれどもシビック政変を経て、大規模暴力事件が多発する現在、爆発の起きなかった学校に過剰なアフターケアはなくなった。ただ役人の自己満足のためだけの、専門チームとやらの派遣のみに止《とど》まる。

文科省から来ている三十代の男は曽鍋と名乗った。それ以外は警察庁生活安全局と刑事局、総務省消防庁が共同で後援する、教育機関救命防犯対策隊なる団体の人員だという。とはいえ警察庁や総務省直轄の行政機関ではなく、元警察官や元消防隊員からなる民間組織のようだ。

警察と消防のOBを謳《うた》うわりに顔ぶれは若く、全員三十代に見える。特に制服はないらしく、みなスーツ姿だった。校内で説明役を務めるのは餅原《へいはら》なる男だが、ほかの連中は校舎じゅうに散り、各所の点検という名目で自由に巡回している。蓮實を含む教職員は、餅原の説明に耳を傾けながら、ひとかたまりになって移動するしかない。

気に食わない状況だと蓮實は感じた。餅原が学校関係者を引きつけているあいだに、十人以上の部外者が好き勝手に校内を闊歩《かっぽ》する。だいいち文科省など信用できない。新たな文科大臣もEL累次体のメンバーだと杠葉瑠那からきいた。

それでも教師の一員としての職務は放棄できない。校長や教頭以下、全教職員が餅原とともに動いているのに、ひとりだけ離れるわけにもいかない。絶えず辺りに視線を配りつつも、蓮實は団体行動を余儀なくされた。

生徒が帰ったあとの、がらんとした校舎の一階を、餅原に導かれながら進んでいった。爆弾が発見された地階への階段付近で、餅原が足をとめた。「学校保健安全法に基づき、学校安全計画と学校危機管理マニュアルの作成が義務付けられています。ただし環境や事情により学校防災計画はさまざまです。先日、爆弾が見つかった学校には、特に厳重な対処が望まれます。よって文科省が私たちを派遣しました」

よくいう。蓮實は内心毒づいた。爆弾騒動そのものが尾原前文科大臣による自作自演、立身出世のための企《たく》みにすぎなかっただろうが。

同行する文科省職員を横目に眺める。曽鍋がかしこまって立っていた。猜疑《さいぎ》心《しん》が募ってくる。この男はどれだけの事情を知る立場なのか。

EL累次体の名簿があれば、真っ先に曽鍋の名の有無をたしかめたい。だが瑠那は名簿を託そうとしない。蓮實を信じきってはいないのかもしれない。雲英亜樹凪のことがあった以上は当然だろう。

教師が生徒に求められることでもなかった。そもそも高一女子が違法行為の連続の末、非合法な大人たちから奪取した、非合法な名簿だ。経緯を黙認してきた蓮實は、瑠那を責められる立場にない。

だがEL累次体という存在自体が公でないため、瑠那は窃盗犯として告発されたりはしない。現実にはEL累次体が闇の権力として君臨し、司法まで侵食していて、警察や検察も機能不全を起こしている。物価高が進んでから治安もベネズエラや南アフリカ並みになってきた。もはや世にルールもモラルもない。

蓮實に関していえば、瑠那や凜香に対する教師の威厳など、とっくに地に墜《お》ちている。十代を正しい道に導かねばならないのに、殺人を見逃しているうえ、蓮實自身も不祥事を起こしてしまった。もはや教育どころではない。

「先生？」餅原の声が耳に届いた。「蓮實先生」

ふと我にかえった。いつしか教職員らがみな蓮實を振りかえっている。

「はい？」蓮實はきいた。

餅原は笑顔だった。「元幹部自衛官の蓮實先生がおられる当校で、私どもが指導などおこがましいと思っております。この階段下にあった爆弾を解除なさったんですよね？　こうして蓮實先生にお会いできただけでも光栄です。防犯防災の専門家として、心から尊敬しております」

池辺校長が厳かに手を叩《たた》きだした。ほかの教職員らも拍手しないわけにいかない。半分ぐらいは本当に感謝をしめしているようでもある。蓮實は恐縮とともに会釈した。文科省職員の曽鍋も拍手していた。ひとりだけ無表情だった。この男の胸中を知りたい。実際にはいまどんな気分なのだろう。

餅原が教職員一同に問いかけた。「学校防災委員会のほうでは、教職員のみなさんの役割分担が、それぞれ明確になってるでしょうか」

芦田教頭がうなずいた。「防災安全担当は蓮實先生にお願いすることにしました。ほかに一年生と二年生の担任の先生がたにも、蓮實先生の補佐を務めていただき……」

防災安全担当。マニュアルの作成から設備の点検、保護者への情報発信や教育委員会との連絡係。消火器の使い方を教師陣にレクチャーしたりもする。雑役を押しつけられるばかりで、給料にはなんの反映もない。

餅原は歩きだした。「各教室のモニターやスピーカーがしっかり固定されてるかどうか、普段から観察を欠かさないでください。窓ガラスの飛散防止フィルムの剝《は》がれぐあいや、照明器具の緩みや破損にも注意が必要です」

廊下の端まで達した。餅原が指し棒で壁を叩き、ひび割れがどこにあるか、ふだんから把握しておいてくださいといった。教職員らはみな餅原の指し棒の先に注目している。蓮實はあえてほかへ視線を向けた。餅原がミスリードを画策しているとすれば、この瞬間にもなにかが起こりうる。

曽鍋が階段わきの突き当たりに視線を投げかけている。そこは図書室だった。いつしかスーツのひとりが現れ、引き戸のなかにぶらりと入っていく。教育機関救命防犯対策隊の一員のようだが、蓮實からすれば部外者でしかない。

餅原が階段を上っていった。「ではみなさん、二階へどうぞ。防災訓練の当日は生徒の避難後、校内を迅速に見まわっていただき、誰も居残っていないのを確認してください。どれだけ早く校内を無人化できるかが重要ですから……」

蓮實はわざと団体の最後尾につき、ひとり階段を上らず見送った。曽鍋は蓮實が立ちどまっていることに気づいたようすだったが、一行に歩調を合わせざるをえないからだろう、階上へと消えていった。

靴音を立てないよう、蓮實は慎重に引き戸に歩み寄った。半開きの戸のなかをのぞきこむ。図書室内に書架が連なる。さっき入っていったスーツがどこにいるのかは見えない。蓮實はそっと忍びいった。

物音がかすかにきこえる。本棚の谷間を順繰りに眺めていく。しだいにノイズに接近しつつある。距離が詰まると音のする場所がほぼ特定できた。蓮實は気配を殺したまま、静かに人文学と歴史の書架の狭間《はざま》に目を向ける。

スーツが四《よ》つん這《ば》いになり、本棚と床の境目あたりを、なにやらいじっている。金属音が微妙に響き渡る。

蓮實は声をかけた。「なにしてる」

びくっとしてスーツが顔をあげた。気まずそうな表情がぎこちない笑いに変わる。上半身を起こし、しゃがんだ姿勢で、手にしたスパナをもてあそぶ。「いえ……。本棚の点検です。転倒防止を徹底しようと思いまして」

ほかの人間がもうひとり引き戸を入ってきた。靴音が近づいてくる。曽鍋が顔をのぞかせた。

「なにか？」曽鍋がきいた。

蓮實は曽鍋にたずねかえした。「彼に本棚をいじる権限をあたえたんですか」

「いじるというか、点検を……」

「スパナを持ってます」

「点検に必要だからですよ。ボルトが緩んでいては困るでしょう」

蓮實はスーツに近づいた。黙って手を差し伸べる。スーツは腰が引けたようすでスパナを差しだした。

本棚の底部からは水平に半円形の金具が突きだし、六角ボルトが床に固定する。蓮實は受けとったスパナを、さっきスーツが取り組んでいたボルトにあてがった。締めていたか緩めていたか、いまの状態をたしかめればあきらかになる。

ボルトはしっかり締まっていた。たしかに全力で締め直したようだ。付近のボルトにも目を向ける。どれも緩んだようすはない。蓮實は身体を起こし、本棚に手をかけてみた。揺すってみても大きく振動はしない。問題はなかった。

なおも蓮實は油断なくスーツに目を向けた。「工具箱は？」

「はい？」スーツはしゃがんだままだった。「いえ。そんな物は持ってません」

「スパナ一本だけポケットに入れてきたのか？　よくボルトの形状とサイズがわかってたな」

曽鍋が歩み寄ってきた。「蓮實先生。それはですね、公立学校の場合、文科省に設備一覧がありまして。この図書室も仕様書がございました」

だからボルトに適合するスパナだけ用意してきた……。この種の点検に慣れていれば、ありえないともいいきれないか。蓮實はスーツに問いかけた。「仕事を始めて何年？」

「いまの職場は三年になります」

「その前は？　警察官？」

「いえ。私の場合は消防隊員でして」

曽鍋がうながした。「蓮實先生、二階で説明をきいていただかないと」

蓮實はスーツから目を離さなかった。「失礼ですがお名前は？」

スーツが応じた。「私は樫渕《かしぶち》といいます」

「樫渕さん。ほかのボルトも点検を？」

「いえ。もう終わりましたから。別の教室を見てもいいですか。時間内に終わらせないと」

どうぞ。蓮實がつぶやくと、樫渕はそそくさと立ち去った。

これで終わりにできるはずがない。蓮實は本棚に次々と手をかけ、揺すりながらまわった。曽鍋に声をかける。「先に戻っててくれませんか。私も安全を確認しておきたいので」

曽鍋はしばしその場に留《とど》まる素振りをしめしたが、やがて無言で離れていった。蓮實がこの学校の教員で、しかも防災安全担当である以上、なにも強制できないと悟ったらしい。

疑惧《ぎく》がどうも払拭《ふっしょく》できない。文科省職員の同行はいまやなんの安堵《あんど》にもつながらないばかりか、かえって懸念が強まるばかりだ。連中が帰ったら、校舎の隅々まで点検せねばならない。皮肉な話だ。あいつらはただ憂慮の種を蒔《ま》いていった。

18

晴れた日の午後、瑠那は一Bの教室で自分の席についていた。きょうは五時限目の授業がなく、代わりに防災訓練が実施される。クラスメイトらもそれぞれの席におさまっているものの、みな気怠《けだる》そうに姿勢を崩していた。

真夏のように気温が高いせいもある。担任の江田も汗だくで教壇に立ち、しかめっ面で声を張った。「もっとピリッとするように。たかが防災訓練と侮ったりせず、本当に災害が起きたと想定して行動すること。現に先日も爆弾騒ぎがあったばかりだし……」

校舎どころか周辺地域までも巻きこむ大爆発が起きる寸前だった。しかしクラスメイトたちの緊張感のなさを見るかぎり、とてもそんな事実があったとは思えない。

以前と変わらない学校生活が送れている事実について、ネット上で第三者がありえないと断じたりする。爆弾が仕掛けられたというのは狂言にすぎなかったのでは、そんなふうに憶測を展開したがる。

この国が表面上でも、いちおうの平和が保たれている証《あかし》だと瑠那は思った。戦場で市街地にミサイルが落ちたとき、炎が燃え盛る区域に慄然《りつぜん》とさせられるものの、自分の家でなくてよかったとの思いがこみあげたりする。瑠那はそんな幼少期を送った。似た記録は太平洋戦争中の市民の日記にも散見される。自分や家族に降りかかる災厄でない以上、人間はいくらでも残酷になれる。

日暮里高校の生徒たちの反応もそれと同じだった。本当に爆発が起きるはずだったときかされても、実際に起きていないからには絵空事に等しい。意識的に深刻に考えようとしても、そうはなりきれないのがヒトの心理だし、だからこそストレスを溜《た》めずにいられるのだろう。北朝鮮や中国のＩＣＢＭが日本を標的としてロックしている、その意味するところをいついかなるときも忘れられなければ、きっと恐怖に押し潰《つぶ》されてしまう。不条理であっても環境に適応していけるのもまた、人間の長所にちがいない。

瑠那はクラスメイトたちを呑気《のんき》だとは思わなかった。純粋に羨《うらや》ましいと感じた。周りはみな健全な精神状態にある。喉元《のどもと》過ぎれば熱さを忘れる、それは正常の証明といえる。ごくふつうの日常を送りたい。一般的に高校生が防災訓練に真剣に取り組まないのは、突発的事態などそうそう起きないと信じる楽観と、おおらかさがあってのことだろう。

そんなふうにありたいと瑠那は心から願った。現状は渋谷でプリクラ機のなかに入るのも無理だった。周囲が見えなくなる半密閉状態の小部屋で、安らぎや楽しみを感じるのは不可能だ。

教室のスピーカーからサイレンが鳴り響いた。どこか照れを感じさせる教師の声が告げた。「緊急地震速報です。生徒は机の下に潜ってください。教職員は規定の防災措置に努めてください」

いっせいに椅子を引く騒音と、苦笑が交ざりあってきこえてくる。やけにうるさく思えるのは、ほかのクラスも同時に同じ行動をとっていて、校舎じゅうに同じノイズが響き渡っているからだ。

瑠那だけは椅子を動かさないまま、すんなりと身体を折り曲げ、綺麗《きれい》に机の下におさまった。手足がはみださないよう、関節をしっかり曲げておくことに、なんの苦痛も伴わない。周りのクラスメイトが妙なものを見る目を向けてきた。柔軟さが異様に思えるのだろう。ただし会話はなかった。瑠那はいまだに周りから疎遠にされている。病弱だった四月と、体育祭の短距離走でぶっちぎりの一位を記録した六月。あまりの変容ぶりを奇怪に思われたらしい。仲がいいのはクラスのなかでもおとなしい数人にかぎられる。

江田が怒鳴るのが耳に届いた。「机の下に身体が入りきらなくても、頭だけは守れ。いちばん重要だからな。おい徳永《とくなが》、頭が悪くても、ちゃんと守っとけ」

舌打ちがきこえる。江田はウケを狙ったようだが、余計なお世話だぜ、男子生徒がそう毒づくに止《とど》まった。意味あんのかよこんなもん、と別の生徒の愚痴もきこえてくる。

不満もあるていどは正しい。遮蔽《しゃへい》物に身を隠すのはまちがっていないものの、この校舎は耐震補強済みで、照明も天井に埋めこまれている。落下物の心配はほとんどない。警戒すべきは校舎をでた直後に降り注ぐガラスだ。いま江田にからかわれた徳永は、柔道部の大柄な男子生徒だが、机を頭にかぶるように立ち、そのまま退避するほうが道理に合っている。

お調子者っぽい男子生徒のささやきがきこえた。「次は家庭科室から火がでたとかじゃね?」

スピーカーの声がこだました。「揺れは小さくなりましたが、火災報知器が鳴っています。家庭科室の窓から煙があがっているようです」

教室内に笑いの渦がひろがった。江田がむきになって声を張りあげた。「真剣に!さあみんな、机の下からでろ。それぞれ縦列に、廊下側から順に退避する。押さない。走らない。喋《しゃべ》らない。戻らない」

小学生かよ。誰かのぼやきがふたたび笑いを誘ったのち、みな談笑するようになった。江田の眉間《みけん》に縦皺《たてじわ》が刻まれた。瑠那はただ列が進むのにまかせ、歩調を合わせるしかなかった。

廊下にでると、ほかのクラスの生徒らが大勢列をなし、いっそう賑《にぎ》やかになった。知り合いどうしがまたふざけあったりする。後続の一Cだけは雑談も口にせず、列が崩れたりもしない。蓮實が鬼の形相でついてまわっているからだとわかった。ただし一Bが避難しないことには、一Cも前に進めない。廊下は渋滞で大混雑になりつつあった。

ほどなく群衆が雪崩を打つように、廊下から下り階段への殺到が始まった。江田は必死に、走るなとわめいているが、一Bの生徒らは聞く耳を持たない。後方では一C

の生徒が蓮實の言いつけを守り、わりと冷静に整然と階段を下りてくる。集団行動に関するかぎり、あるていど怖がられる教師のほうが、指導の効果はあがるのかもしれない。

階段が混み合う理由は、階上の二年生や三年生が、早々と下りてきているせいでもある。このあたり教師間の連携がとれているとはいいがたい。瑠那は踊り場に差しかかった。あと少しで一階廊下に達する。そう思ったとき、女子生徒が横を追い抜きざま、瑠那に封筒を押しつけてきた。面食らった瑠那は歩を緩めたが、女子生徒の背は振り向きもせず、さっさと階段を駆け下りていく。ほどなく混雑のなかに消えていった。

後ろ姿が雲英亜樹凪なのは一目瞭然《いちもくりょうぜん》だった。瑠那は後続の生徒たちを遮らないよう、階段内でわきにどいた。封筒はやけにかさばっていた。封はされていない。上下をひっくりかえすと、生徒手帳ばかり三冊が、瑠那の手のなかに転がりでた。

表紙をめくって学生証を確認する。瑠那は息を呑《の》んだ。

鈴山耕貴、有沢兼人、寺園夏美。瑠那の友達、おとなしい性格のクラスメイト三人。ほかにメモ用紙が一枚入っていた。漢字三文字が書かれただけだが、亜樹凪がなにを伝えようとしたのか、瑠那にはたちどころに理解できた。

階段は押し合いへし合いでごったがえしていた。一Cの生徒の列が瑠那を追い越していく。凜香が瑠那に目をとめ近づいてきた。「瑠那。どうかしたのかよ」

瑠那は黙って視線を落とした。凜香が生徒手帳三冊を手にとる。たちまちぎょっとする反応をしめした。

「鈴山たちか」凜香が険しい顔でささやいた。「瑠那の仲良し三人組じゃねえか」

「雲英亜樹凪が押しつけていきました」

蓮實の声が耳に届く。前後の間隔を空けろと指示していた。一Cの列がわきを通り過ぎていくが、蓮實は瑠那からみて、列を挟んだ向こう側にいる。まだこちらに気づいたようすはない。

瑠那と凜香は顔を見合わせると、目配せするまでもなく意思を通じ合った。ふたり同時に身をかがめ、蓮實の視線が届かないようにする。ぞろぞろと階段を下りてくる集団の流れに逆らい、すばやく二階へと引きかえしていった。

階段を駆け上りながら、瑠那は手のなかのメモ用紙を握《にぎ》り潰した。音楽室、ただそれだけが書いてある。三人を人質にとったのだろう。亜樹凪は階下に消えた。四階の音楽室には別の脅威が待ち構えている。

19

校舎の最上階、廊下の端にある音楽室の引き戸は閉じていた。

凜香は瑠那と別行動をとっていた。ひとり引き戸の手前に立ちどまり、壁から出っ張った柱の陰に身を潜める。鉄筋コンクリート造のラーメン工法に特有の柱は弾を通さない。よって遮蔽物に使える。ただしこの学校では鉄骨の通った柱以外に、廊下のデザインを優先し、出っ張りを等間隔にするためだけの偽柱が交ざっている。

この建築法の学校は案外多い。各教室の環境を廊下に至るまで、まったく同じにすべきという、文科省の馬鹿げた思いつきのせいだという。学校で生き死にがかかった局面に置かれがちな凜香としては、厄介なことこのうえなかった。右手を腰の後ろにまわし、スカートベルトから拳銃《けんじゅう》を引き抜きながら、左手で柱を一回ノックする。硬質な響きから、たぶん鉄骨入りの柱と思われた。

FNハイパーのグリップパネルは微調整が可能な構造だった。凜香の小さめのてのひらにもしっくりくるような形状にしてある。伝説の拳銃ブローニングハイパワーの後継との触れこみだが、十六歳の凜香はそんな売り文句に魅力を感じなかった。ポリマーフレームの拳銃に親しんだ世代からすれば、コルトガバメントと同種のレトロな金属製はただ古くさい。Z世代の女子高生はルーズソックスに興味をおぼえると、世の中年男どもが勝手にきめつけているが、奴らの脳みそこそルーズだと凜香は思った。

さっき保健室からかっぱらってきたデンタルミラーを、柱の陰からそっと伸ばす。歯科医用の道具だが、生徒が口のなかを切ったときに、保健室の先生もこれで怪我のぐあいを診る。いまは音楽室の出入口をたしかめるのに重宝する。

角《かど》からミラーをのぞかせた時点で、こちらの居場所を気づかれてしまうだろう、そんなゴミのような指摘しかできない手合いは、高校事変の発生直後に銃弾を食らって死ぬ。想像力が著しく欠如しているからだ。角《かど》の先を観察するのにミラーを使う理由は、自分の居場所を隠したいのではなく、肉眼でのぞこうとして射殺されるのを防ぐためだ。眼球よりミラーを撃たれたほうがマシにきまっている。

いま鏡に映る引き戸は閉じたままだった。音楽室に敵が潜んでいるとして、そいつが廊下をのぞけるほどの隙間も開いていない。付近にウェブカメラを仕掛けられる場所もなかった。現状はまだこちらの動きに気づいていないか。いや、そんなことはありえない。学校の窓は、特に廊下側において開放的だ。遠方からの望遠鏡による観察で、凜香の姿は充分に視認できる。仲間が外から無線連絡で……。

思いがそこに及んだとき、もっと単純なやり方が頭に浮かんだ。スナイパー。この廊下を遠方から狙う者がいる。

とっさに足を滑らせ、凜香は故意に床につんのめった。ほぼ同時に廊下の窓ガラスに、鋭い音とともに亀裂《きれつ》が走った。一秒前まで凜香が立っていた柱の陰で、壁面の石膏《せっこう》ボードが弾《はじ》け、破片がぱらぱらと頭上に降り注いだ。

凜香は唇を嚙《か》んだ。ふつうなら窓ガラスが粉々に割れ、盛大な音が響いてしまうため、敵も校外からの狙撃を避けたがる。ただちに大騒ぎになり、二発目が撃てなくなるからだ。だがいまは窓ガラスに防災用の飛散防止フィルムが貼ってあるようだ。そのせいで音もほとんどしなかった。校庭からは呑気《のんき》な校長のスピーチがきこえてくる。たぶん誰も気づいていない。

防災訓練前の視察かなにかで、窓にフィルムを貼るよう、文科省による指導があったのだろう。偶然とは思えない。きょうに的を絞った暗殺計画が立案されている。その可能性の高さを肌身に感じる。ただし標的は凜香でなく瑠那だ。三人の生徒手帳と、音楽室と書かれたメモ用紙を、亜樹凪は瑠那に押しつけた。やはり瑠那がいったん身を隠し、代わりに凜香が先陣を切る作戦は正しかった。

凜香はデンタルミラーをポケットに戻すと、迅速な動きに転じた。ほとんど床を這《は》う姿勢のまま、四足動物も同然に廊下を疾走、音楽室の引き戸へと猛進した。スナイパーのスコープは引き戸の三十センチ手前に向けられているはずだ。なぜなら凛香が引き戸を開けるため、身体を起こした瞬間、窓に姿をさらすことになるからだ。

むろんその手は食わない。凛香は胸ポケットから短い定規をとりだし、引き戸の隙間に突っこんだ。姿勢の低さを保ちつつ、定規を横方向に強く振り、戸を開け放った。

凛香は音楽室に転がりこんだ。

間近にエレクトーン、教卓を挟んだ窓側にグランドピアノ、それらの向かいに生徒らの座席が並ぶ。当然ながらいまは空席ばかりだが、室内後方に人の気配を感じた。凛香は床を前転しながらエレクトーンの陰に身を潜めた。

ところが予期しないことに、引き戸が閉まる音がきこえた。

いつの間にオートクローザーを付けやがったのか。音楽の授業などサボってばかりで知らなかった。そういえば授業中の音漏れを最小限にするため、音楽室の戸を開けっぱなしにしないよう対策をとると、生徒会だよりの〝先生へのインタビュー〟欄に載っていた気がする。阿呆《あほ》なマスコミごっこと凛香はせせら笑ったが、もっと真剣に読んでおくべきだった。

この音楽室の内壁には、小さな孔《あな》が無数に空いている。つまり吸音壁だった。窓ガラスも二重。しかもオートクローザーで引き戸が閉まった。次になにが起こるかはもう明白だった。

減音器《サプレッサー》で音圧を抑えた銃声が耳をつんざく。充分にけたたましいが、サプレッサーなしよりは、やはり音が小さくなっている。校庭まではきこえないだろう。エレクトーンが被弾し、小さな木片を無数に撒《ま》き散らす。凛香はすばやく床を転がった。あわてて頭をあげたら、窓の外から狙うスナイパーの餌食《えじき》になる。教卓のアルミは弾が突き抜ける。そこの物陰は瞬時に通り抜け、グランドピアノの下に潜りこんだ。

水平方向への遮蔽《しゃへい》物はない。けれども音楽室内にいる敵が、凛香の姿をとらえるには、身を大きく屈《かが》めねばならない。生徒用の座席が連なるため、それらの奥にいる敵には困難な姿勢になる。

逆に凛香のほうは、こっそり匍匐《ほふく》前進していけば、座席の隙間から敵の姿を仰ぎ見ることが可能に思える。音を立てないように少しずつ座席の最前列へ近づく。敵の靴音が接近してきたら、すかさず銃撃する構えだった。

いた。後方の壁を背に数人が寄り添うように立つ。だが敵の姿はろくに見えない。人質の生徒三人を盾にしているからだ。怯《おび》えた表情の鈴山と有沢、それに夏美が並んで立っていた。敵はその向こうで頭を低くしている。人質のこめかみに、拳銃一丁が順繰りに突きつけられる。敵はひとりだった。

畜生。凛香は先制攻撃をためらわざるをえなかった。物陰から飛びだし発砲したら、その姿を三人に見られてしまう。優莉匡太の娘として、数多くの疑惑に包まれていても、いちおうカタギの体裁だけは保っておきたい。凛香の凶暴さは全校に知れ渡っているが、さすがに拳銃使いの人殺しだとバレた場合、親しくしている瑠那にも迷惑がかかる。いずれ瑠那が凛香の妹だと知ったら、友達はいっそうドン引きだろう。瑠那を孤独にはさせられない。

だが凛香は熟考するタイプではなかった。思いつきを即行動に移すのが常だった。いまも衝動的にそうしていた。凛香は唐突に声を張った。「鈴山!」

びくっとしたのは鈴山だけではない、拳銃を突きつける腕が緊張したのがわかる。鈴山は凛香の声をききつけ、半ば反射的にすばやく反応した。右の踵《かかと》で敵の足を強く踏みつけ、背後に左の肘《ひじ》打ちを繰りだす。一連の動きは単純だが、事実として基本に忠実、しかも流れるように迅速だった。人体を殴打するしたたかな音、敵らしき男の呻《うめ》き声がこだまする。三人の生徒は死にものぐるいで前のめりに退避し、揃って頭から床に滑りこんだ。

敵の全身を初めて視認できた。作業着姿のヒョロ男が、鈴山のバックエルボーになおものけぞっているものの、怒りの形相で体勢を立て直した。逃げた三人をただちに銃撃しようと、拳銃《けんじゅう》を俯角《ふかく》に構える。

しかし三人とも突っ伏した状態なのは、凜香にとって幸いだった。こちらの発砲を目撃されずに済む。跳ね起きた凜香は敵めがけトリガーを引いた。銃火の閃《ひらめ》きに強い反動をてのひらに受ける。火薬のにおいを嗅《か》ぎ、宙を舞う薬莢《やっきょう》を目にした。片手での銃撃でも狙いを外す凜香ではなかった。一発の弾丸が男の眉間《みけん》を撃ち抜いた。男は白目を剝《む》き、蠟人形《ろうにんぎょう》のように固まったのち、そのまま前に倒れた。激しい音とともに拳銃が投げだされる。夏美の悲鳴がきこえたが、凜香はすでに拳銃を人差し指で回転させ、腰の後ろにおさめていた。

ブラウスの裾《すそ》を引っぱり下ろし、凜香は四《よ》つん這《ば》いになると、鈴山たちのもとへ急いだ。三人は両手で頭を抱え床に伏せていた。

凜香はうわずった声をあげてみせた。「やべえよ。誰かと誰かが撃ち合ってる。床を這ったまま廊下にでよう」

夏美が目を潤ませながらうなずき、引き戸に向き直ったとたん、またも恐怖の悲鳴を発した。凜香ははっとした。さっきと同じ作業着を着た別の顔が立っていた。また拳銃の銃口がこちらに向けられる。

だが引き戸が勢いよく開け放たれた。男がひきつった顔で振りかえる。巨漢が突進してくるや男の胸倉をつかみ、すばやく投げ技を放った。男の背が勢いよく座席に叩《たた》きつけられた。全身を異常な体勢にひねり、口から泡を吹きつつ、男は床に寝そべった。失神したようだ。

蓮實はすぐに片膝《かたひざ》をつき、窓の外から見えないよう頭を低くした。いままで蓮實が立っていられたのは、敵と距離を一瞬にして詰め、校外のスナイパーに狙撃を躊躇《ちゅうちょ》させたからにほかならない。廊下の窓ガラスの弾痕《だんこん》を見た蓮實は、すでにスナイパーの存在を察していたようだ。

息を切らしながら蓮實がきいた。「みんなだいじょうぶか。優莉のいったとおり、床を這いながら引き戸へ向かえ。廊下にでても頭をあげるなよ」

鈴山たちがうろたえながらも蓮實の指示に従う。蓮實は凜香の近くでうずくまった。

小声で蓮實が告げてきた。「こいつらは教育機関救命防犯対策隊を名乗ってた。防災訓練に際し派遣された民間団体だ」

凜香も声をひそめた。「先生。よくここに気づいたな」

「そこに伸びてる樫渕って奴が、事前に図書室で細工するふりをしてた。図書室は一階の端だろ。いちばん遠くにあるのは最上階で反対側の端、この音楽室だ」

「鈴山たちを避難させてくれよ。ここはわたしと瑠那でやる」

「杠葉もいるのか？」

「いるよ。でも友達にドンパチを見られるわけにいかねえし、まだ身を隠してる」

床の銃殺死体を蓮實が一瞥《いちべつ》した。「また殺したか。つくづく教師としての無力感にとらわれる」

「銃撃戦に参加して教職クビになるわけにもいかねえんだろ？」

「とはいえ生徒をひとりでも残しては行けん」

「生徒といっても優莉の四女と六女だぜ？　むしろ先生を助けた覚えがあるんだけどよ」

蓮實が硬い顔でささやいた。「鈴山たちを避難させたら戻ってくる。それまで無事でいろよ」

この図体のでかい担任教師はただの堅物ではない。あまりの実直さが、しばしば危うさや頼りなさにつながったりもするが、生徒のため親身になってくれる真心は本物だろう。凜香は小さくうなずいた。いまも蓮實に見捨てられたという気はしない。むしろ先生から信頼されるのはこんな気分かと喜びをおぼえる。授業や勉強から遠く離れた、暴力に満ちた違法行為の世界であっても、認められる嬉《うれ》しさがある。蓮實の気分は複雑だろうが。

鈴山ら三人を先に廊下へ逃がし、蓮實は姿勢を低くしたまま、引き戸の外へと消えていった。

凜香は拳銃を握ったまま耳をそばだてた。校外からスナイパーが狙うかぎり立ちあがれない。音楽室に潜む襲撃者が、さっきの弱っちいふたりだけとも思えない。

教室後方に連なるロッカーが怪しい。凜香は床を這いながら接近した。だし抜けにロッカーのドアが二枚開いた。悪い予感は的中した。作業着の敵ふたりが飛びだし、アサルトライフルを掃射してきた。もはやサプレッサーの装着もない。鼓膜の破れそうな銃撃音が盛大に響き渡る。これでは外にも音が筒抜けだろうが、敵ふたりはかまわず撃ちつづける。

作業着らは生徒用座席の陰に隠れた。凜香は思わず舌打ちした。目の高さが同じになった。座席は隙間だらけで、たしかに姿が見えづらくはあるが、遮蔽物としては心もとない。拳銃でふたりのアサルトライフルに対抗するのはあきらかに不利だった。せめて跳躍して片を付けられれば。だが身体を起こせばスナイパーに狙撃される。

スカートのポケットに振動を感じた。凜香はスマホをとりだした。瑠那からの着信だった。すばやく通話ボタンを押し応答する。「どこにいるんだよ。もうでてこい」

「スナイパーを発見。いま処分します」

はっとして凜香はデンタルミラーをとりだした。小さな鏡を垂直に立て、窓へと向けた。学校の敷地から百メートルほど離れた低層マンションの屋上、身を屈《かが》めたスナイパーの人影がある。瑠那が奪ったコンバットナイフを水平にひと振りし、スナイパーの首を刎《は》ねた。頭部が高々と飛ぶのが視認できた。

すかさず凜香は座席に足をかけ、天井近くまで跳躍した。座席が多く密集する向こう側、姿勢を低くするふたりの作業着が、あわてぎみにアサルトライフルを仰角に構え直す。だが重量のある銃器で狙い直すのは、わずかに時間を要する。凜香は落下体勢からトリガーを引いた。銃声一発、身体が浮きあがるような反動も一回。作業着ひとりの眉間を撃ち抜いた。凜香が着地したとき、もうひとりがこちらにアサルトライフルの銃口を向けた。

しかし凜香は向き直らなかった。窓に亀裂《きれつ》が走り、作業着は血飛沫《ちしぶき》とともに突っ伏した。瑠那が奪ったスナイパーライフルで、マンションの屋上から狙撃するのは、凜香も予想がついていた。

凜香はアサルトライフルを拾い、まだ開いていないロッカーに向けフルオート掃射した。男たちの絶叫がこだまする。弾痕ができたドアが開き、ロッカー内に潜んでいた残りの作業着らが、ばたばたと床に倒れた。

なおも四方に目を配り警戒する。脅威は去ったと確認できた。凜香はため息をつきながら、スマホを耳にあてた。「瑠那。片付いた」

無音だった。凜香はスマホの画面を見た。通話が切れている。圏外になっていた。

妙に思いながら身体を起こし、窓の外に目を向けた。瑠那の姿が見えない。

胸騒ぎがする。凜香は拳銃を腰の後ろに挿し、両手でアサルトライフルを携えると、引き戸へと駆け戻った。オートクローザー付の引き戸を横滑りに開け放つ。廊下に飛びだすや片膝をつき、アサルトライフルを水平に構えた。

誰もいない。それどころか校庭から物音ひとつきこえない。しばらく耳をすましたが、校長の長話がつづいているようすはなかった。生徒らのざわめきもない。

脈拍の速まりを実感する。凜香は駆けだした。窓の外を一瞥するが、やはりマンション屋上に瑠那はいない。いや瑠那もなんらかの変化に気づき、いったん身を潜めたのかもしれない。

グラウンドに面する窓は教室のなかだ。なにが起きているかたしかめるには、教室に入らねばならない。いまはその気になれなかった。待ち伏せの可能性を排除できないからだ。凜香は階段を駆け下りていった。この校舎の階段の窓は、明かりとりが目的の磨《す》りガラスだった。うっすら見えるグラウンドは土のいろだけのようだ。なんにせよ足をとめてはいられない。

踊り場をまわるときと、各階の廊下に降り立つ際には、アサルトライフルを水平にした。常に注意を怠らない。階段を一階まで駆け下りた。

行く手に人の気配があった。けれども鈴山の声だとわかった。嘆くような発声が、戸惑いと憂いの響きを帯びている。凜香は柱の陰にアサルトライフルを立てかけた。右手を腰の後ろにまわし、ブラウスの下で拳銃《けんじゅう》を握りながら、ゆっくりと昇降口に歩み寄った。

シューズボックスが連なる昇降口に、四人の背が茫然《ぼうぜん》とたたずみ、グラウンドに目を向けていた。凜香は声をかけた。「先生」

蓮實と三人の生徒たちだった。

生徒たちはいっせいにびくつき、怖々とした顔で振りかえった。夏美は目に涙を溜《た》めていた。

蓮實はさすがに落ち着き払った態度で凜香を見つめてきた。凜香が拳銃を隠していることに気づき、むしろほっとしたらしい。だが表情は険しいままだった。蓮實がグラウンドに顎《あご》をしゃくった。「見てみろ」

静寂ばかりが辺りを包む。凜香は信じられない気分で昇降口に歩を進めた。グラウンドは無人と化していた。誰もいない地面を風が吹き抜ける。一面を砂塵《さじん》だけが舞っていた。

20

低層マンションの屋上で、瑠那は腹這《はらば》いに横たわっていた。

屋上では首のなくなったスナイパーの死体を中心に、赤い水たまりがひろがっている。瑠那は奪った装備品とともに、血の池の縁から少し離れた場所、手すり付近に身を置いていた。

おかしいと瑠那は思った。学校からきこえてくる校長のスピーチ、生徒らのざわめき、いずれも途絶えている。身体を起こさず、スナイパーライフルのスコープをのぞいた。レンズを調整し倍率を拡大する。民家の隙間にのぞくグラウンドにひとけはなかった。

急ぎスマホをいじろうとして手がとまる。圏外になっていた。ジャミング電波が撒《ま》き散らされている。凜香との通信は不可能になった。

予期せぬ事態に緊張が高まっていく。さっき学校とは逆方向のビルに敵らしき動きが見え、そちらをしばし警戒していたが、やがて人の気配が消えた。ふたたび学校に向き直ったとき、グラウンドに生徒と教員はひとりも居残っていなかった。校舎内に戻ったとも思えない。

数分間で全校生徒が別の場所に移動しうるだろうか。ありうるとすれば……。

瑠那は頭を低めに立ちあがった。スナイパーライフルは自動給弾式のためかなり重い。血の池の縁を迂回《うかい》し、別方向の手すりに近づく。また腹這いになりスコープをのぞいた。

辺り一帯は住宅街だが、こちらの方角は幹線道路に近い。レンズを調整すると、住宅街の路地を進む、バスの車列が目に入った。まるで修学旅行、いや高校野球の応援の遠征に匹敵する規模だ。車両はいずれも大型で三十台近い。

見通しのよい場所にスコープを向け、さらにレンズを絞った。バスのサイドウィンドウはスモークフィルム張りで、車内のようすは確認できない。ただし運転席の真横だけは例外だった。運転席の横には、なんと迷彩柄に防弾ベスト、アサルトライフルを携えた武装兵が立っている。

もし軍隊がグラウンドを制圧し、生徒や教員にバスへの乗車を強制しようとも、こんなに早くは実行できない。いっさい音を立てず、声もださせずに集団を人質にするのは無理だ。

だが完全に不可能ではない、瑠那はそう思った。巧妙な手だ。だから防災訓練の日を選んだのか。

階段塔に気配を感じた。瑠那は跳ね起き、片膝《かたひざ》をついた姿勢で、スナイパーライフルを階段塔の鉄扉に向けた。

ほどなく鉄扉が開いた。ぶらりと姿を現したのは、瑠那と同じ日暮里高校の女子の制服だった。雲英亜樹凪が丸腰で悠然とたたずんだ。

瑠那はスナイパーライフルの銃口を下ろした。亜樹凪を相手に身構えたところで意味はなかった。全校生徒と全教職員が敵の人質になっている。

亜樹凪が無表情にいった。「バス一台ごとに三人ずつ傭兵《ようへい》が乗ってる」

「多すぎませんか」瑠那は油断なくきいた。「車内前後にひとりずつで充分だと思いますけど」

「巫女《みこ》学校のバスジャックはそのセオリーに従ったけど、あなたがフロントウィンドウから飛びこんできて常識を覆した。だから三人ずつ。いまなにが起きてるかわかる？」

「防災訓練の一環として、大規模な模擬テロ事件の不意打ち訓練実施を、校長先生が急に説明したんでしょう。文科省職員も校長先生と教頭先生ぐらいにしか通達していなかった。教職員にも秘密だったんですよね」

「そう。おかげで生徒たちは大喜びでバスに整然と乗車。〝テロリスト〟の指示に従い、誰も声ひとつ発しなかった。こんなに早くみんながバスに乗れるなんて、どの学校の先生にとっても驚きでしょ」

「バスが走りだしてから女子生徒が不安にとらわれてるかも」

「いいえ。みんな予想もしなかったハプニングイベントに興奮してる。さっき連絡が入ったけど、バスに乗ってる傭兵にハイタッチを求めたり、スマホカメラでツーショットを撮ったりしてる。先生たちはそんな生徒たちの行為を咎《とが》めながらも、防災訓練の延長と信じてリラックスしきってる」

よく考えられた計画だ。武蔵小杉高校事変やシビック政変を経て、こういう訓練をおこなう必然性は充分にある。ふつう人質は無力であっても、多少なりとも抵抗をしめすため、集団を支配下に置くのは容易ではない。けれども文科省のお墨付きにより、シミュレーションと信じこませれば、全員がスムーズに指示に従う。武装兵を目にしても、むしろ興味深さから前向きになる。むろん誰もアサルトライフルが本物だとは信じていない。

スナイパーを校外に配置し、瑠那をここに誘いだした。凜香は音楽室に閉じこめ、グラウンドでのスピーチや物音について、一時的にもきけないようにした。いつもながらEL累次体の用意周到さには開いた口が塞《ふさ》がらない。しかも徐々に学習しているのか、少しずつ計画の成功率が上昇しつつある。

亜樹凪が微風に揺れる長い髪を掻《か》きあげた。イヤホンとマイクからなるヘッドセットを装着しているのは、相模《さがみ》湾での瑠那に倣ったのかもしれない。平然とした面持ちで、亜樹凪が瑠那に告げてきた。「人質全員が従順で無警戒。これがどんなに重要かわかるでしょ？　みんながぴりぴりしてたり、なんとか逃げだそうとしたりしてる極限状態とはちがう。誰もが身を任せきってる。もうわたしたちのペットみたいなもの」

「ほんと呆《あき》れます」瑠那は軽蔑《けいべつ》とともにささやいた。「よくいつもこんなことばかり考えられますね。要求はなんですか」

「なにもしないでくれる？　ただ黙って事態を見過ごしてほしいだけ」

「どんな事態をですか」

「阿宗神社にいるリー・ミンユーとランレイ母娘《おやこ》を攫《さら》われたからといって、報復に名簿を公開するなんて愚行は慎んでほしい。でなきゃ日暮里高校の全員が死ぬ」

「……あの母娘を攫ったんですか」

「ええ。いまごろ別働隊が仕事を終えてる」亜樹凪の目が妖《あや》しく光った。「わたしを生かしておいて後悔した？」

「べつに。あなたが死んでたら、ほかの誰かがいまこの場に立って、その台詞《せりふ》を口にしただけでしょう。亜樹凪さんはただのチェス駒にすぎません」

亜樹凪は表情を硬くしたが、瑠那の言葉だけが理由ではなさそうだった。イヤホンに無線の声を受信したらしい。

「ああ」亜樹凪は表情を変えなかった。「全校生徒と全教員ってわけにはいかなかったみたい。音楽室で始末できるか微妙だったけど、やっぱり無理だったのね。真面目な先生とやんちゃな女子生徒が、人質三人を救いだしたうえで、とるべき行動をとってる」

とるべき行動。瑠那は空気が極度に張り詰めるのを感じた。ライフルのスコープでバスの車列をたしかめたい。けれどもいま亜樹凪に背を向ける気にはなれない。

迷いは数秒と持続しなかった。瑠那は亜樹凪を警戒しつつ、軽く跳躍し手すりを踏み越え、空中に身を躍らせた。一階低い隣のマンションの屋上に、ライフルを先に投げ落としたのち、背を丸めながら着地した。転がって衝撃を逃がす。すぐさま起きあがり、ライフルを拾うと、さらに民家の瓦屋根《かわら》に飛び移った。

仮に亜樹凪が拳銃《けんじゅう》を隠し持っていたとしても、瑠那がこの場所にいれば、ひとまず狙撃される心配はない。あらためてスコープをのぞきこむ。バスの車列が路地を進む。その後方から一台のSUVが猛然と追いあげる。日産《にっさん》エクストレイル、蓮實のクルマだった。

まだバスの最後尾と、エクストレイルのあいだには距離がある。追いつくまでにはしばらくかかる。瑠那は身を乗りだした。辺りにひとけはない。スナイパーライフルのストラップを肩にかけた。瓦屋根から一階の庇《ひさし》へと飛び下り、さらに生活道路に着地する。今度は膝《ひざ》のクッションだけで衝撃を吸収した。

狭いガレージにバイクが連なっている。ホンダNT1100にキーが挿さったままだった。大きすぎる車体だがやむをえない。瑠那はスカートの裾《すそ》をたくしあげると、NT1100にまたがり、キーをひねった。セルスターターでエンジンをかけ、アクセルをふかしつつ、シフトペダルを蹴《け》る。バイクは急発進した。

ヘルメットをかぶりたくても、ここにない以上は仕方がない。猛烈な風圧を顔に感じ、長い髪が後方になびく。瑠那は前傾姿勢でバイクを飛ばした。いま蓮實がバスの車列を追っている。凜香も一緒にいる可能性が高い。傍観できるはずがない。敵はきっと追跡への対抗策を用意している。

21

凜香は日産エクストレイルの助手席に揺られていた。住宅街の路地を猛スピードで駆け抜けていく。運転席の蓮實はアクセルをベタ踏みにしているようだ。右へ左へと角を折れるが、いっこうにバスの車列の最後尾をとらえられない。

また角を折れた。とたんに通行人の高齢女性が目の前に飛びこんできた。女性は買い物袋を提げたまま立ちすくんでいる。蓮實がわずかにステアリングを切り、間一髪で女性を避《よ》けた。

ひやりと寒気が走る。凜香は怒鳴った。「先生！　危ねえじゃねえか」

「充分に注意してる。まかせろ」

「バスから引き離されちまってる。安アパートなんかに寄るからだろが」

「鈴山たち三人を退避させる必要があった。それともおまえ、あの子たちの前で銃撃できたか」

さっき誰もいなくなったグラウンドで途方に暮れていたとき、トラックのようなエンジン音が複数、風に運ばれてきた。家屋の隙間から大型バスの車列が見えた。蓮實が大急ぎで自分のクルマをだしたものの、凜香は校内に置いてきたアサルトライフルを取りに戻れなかった。事情を知らない三人の生徒が後部座席に乗っていたからだ。

おかげで武器はFNハイパー一丁しかない。凜香は腰の後ろから拳銃を引き抜いた。

「学校の近くに避難所を用意するなら、安アパートの一室じゃなく倉庫ひと棟、丸ごと借りあげなきゃな」

「無茶いうな。先生の給料がいくらだと思ってる」

三人をアパートに駆けこませ、部屋のなかでじっとしているよう、蓮實は強く指示した。ジャマーのせいでスマホ電波は拾えないが、もしそうでなくとも警察に通報すらできない。真っ先に駆けつけるのは、EL累次体の息がかかった奴らにちがいないからだ。

「先生」凜香はきいた。「なんで生徒たちがおとなしくバスに乗ったんだろな」

「文科省の曽鍋って奴が来てた。防災訓練のつづきとして対テロ訓練を校長に持ちかけたにきまってる」

「やっぱそう？　スマホが通じないのも、みんなそれで納得するかな」

「あの能天気な校長のことだ。本格的だとかいって、むしろ感動するだろうよ」

「どこへ連れてく気だろ」

「わからん。だが遠足気分はいまのうちだけだ。行き着く先は地獄にきまってる」

わりと広めの路地にでた。まだ幹線道路ではないが、大型車どうしが難なくすれちがえる道幅がある。前方にバスの車体後部をとらえた。いた。あれが車列の最後尾だ。

蓮實がエクストレイルを加速させた。しだいに距離が詰まってくる。

凜香はサイドウィンドウを下げた。拳銃のセーフティをリリースし、半身を外に乗りだす。「先生。追いついたらタイヤを撃って……」

ふいに強い衝撃に見舞われた。エクストレイルは横方向にスリップし、脇道へ押しやられた。

十字路で待ち構えていた別のSUVが、唐突に飛びだしてきて体当たりを食らわせた。エクストレイルの車体はわずかに縦方向にひしゃげていた。それでもかろうじて横転をまぬがれた。蓮實がギアを入れ替え、すばやくステアリングを大きく切る。車体が転回した。バスが走り去った方向とはまったく異なる進路だ。しかしいまは敵のSUVから逃走するしかない。

すると前方の角からさらにSUVが出現した。蓮實は逆方向にステアリングを切り、間一髪で挟み撃ちを免れた。エクストレイルが猛スピードで路地を駆け抜け、敵を振り切ろうとする。しかし二台のSUVが追いあげてきた。身を乗りだした武装兵がアサルトライフルを掃射してくる。

凜香も上半身を車外に晒《さら》し、後方のSUVに向け発砲した。数発でフロントウィンドウが亀裂《きれつ》だらけになり、運転席側に血飛沫《ちしぶき》が飛び散った。SUVはブロック塀に激突し、そのままひっくりかえった。ただしもう一台のSUVは事故に巻きこまれず、瞬時の加速でやりすごすと、そのまま猛然と距離を詰めてきた。

そちらの助手席からも武装兵が身を乗りだしている。引き締まった身体つきの日本人だとわかる。

蓮實がサイドミラーを一瞥《いちべつ》していった。「餅原だ」

「誰？」凜香は蓮實に問いただした。

「餅原。教育機関救命防犯対策隊。説明会で中心的役割、校内の視察でも教職員を案内してた」

なら武装兵のリーダー格か。事実として餅原には隙がなかった。巧みにピラーの陰に頭部を隠し、突きだしたアサルトライフルで狙い撃ってくる。凜香は身体を車内に引っこめざるをえなかった。

隅田川沿いにでた。車道には往来がある。エクストレイルは道を外れ、土手の草地を下っていった。ところがほかにもSUVが数台並走してきた。左右からフルオート掃射を浴びた。凜香は頭をサイドウィンドウより低く下げた。

エクストレイルが河川敷に下りきった。とたんに運転席側に大型トラックがぶつかってきた。とてつもない衝撃が襲った。フロントウィンドウに蜘蛛《くも》の巣状の亀裂が走り、今度こそ車体が異常なほど変形した。蓮實とのあいだは、それなりに開いていたはずなのに、いまは著しく詰まっている。

凜香が座る助手席側を下に、エクストレイルは急速に傾いていく。あわててシートベルトを引っぱりだしたが、金具をストッパーに挿しこめない。まずい。そう思ったとき、蓮實が凜香のシートベルトをつかみ引っぱった。かちりと音がし、シートベルトが固定されたのを感じる。

蓮實と目が合った。しかしそれは一瞬にすぎず、エクストレイルは天地逆になったかと思うと、また正位置に戻り、激しく横回転した。正面と横にエアバッグが開き、凜香の顔を殴った。だがエアバッグが萎《しぼ》みだしても、まだ回転は終わらなかった。シートベルトに締めつけられていても、縮小した車内の天井やピラーに、頭を何度となく激しくぶつけた。凜香は激痛とともに嘔吐《おうと》感をおぼえた。

騒々しいノイズとともに回転がやんだ。川辺の景色が逆さまになった状態で、車体がなおも揺れていた。割れたガラスの無数の粒のなかで凜香は呻《うめ》いた。蓮實が身じろぎひとつせず、運転席で伸びているのが、ぼやけぎみの視界に映った。急速に意識が遠ざかっていく。

サイドドアがこじ開けられ、蓮實が乱暴に車外へと引きずりだされる。凜香も同じ目に遭っていた。壮絶な痛みに身体がちぎれそうだ。激痛が極限まで達したとき、神経が麻痺《まひ》し、なにも感じなくなっていった。闇に落ちていく。気絶する瞬間を凜香は悟った。目の前は真っ暗に閉ざされた。

22

瑠那はリッターバイクを疾走させ、住宅街の路地から川沿いの車道へでた。

ほかのクルマの往来は途絶えている。けれども河川敷には目を疑う光景があった。日産エクストレイルがひっくりかえっていた。黒煙が立ち上っている。その周りには誰もいない。

車道には数台のクルマが停まっていた。敵勢ではなく野次馬だった。付近の住民も加わり、河川敷の事故現場を見下ろしながら、さかんにスマホカメラを向けている。

憤りと焦りが同時にこみあげた。瑠那は肩にかけたストラップをつかんだ。背負ったスナイパーライフルを身体の前に持ってくる。水平に構えるや、野次馬の群れに近いガードレールを狙い、数発撃った。物見高い人々は慌てて退避しだした。クルマが次々と発進していく。付近住民も路地へと駆けこんでいった。

誰もいなくなった。瑠那はバイクのスロットルをふかし、土手を一気に下っていった。ギアを一速にし、後輪が浮かないよう体重を後ろにかける。ただし減速はせず、エンジンブレーキにも頼らなかった。安全に坂を下るなどもどかしすぎる。

エクストレイルから少し離れた場所にバイクを停めた。瑠那は油断なくスナイパーライフルを携え、バイクを離れたのちも慎重な歩調で進んだ。天地逆になったエクストレイルをそっとのぞきこむ。

車内は無人だった。逆さになった運転席と助手席、どちらのヘッドレストにも血痕《けっこん》が見てとれる。出血の量からすると即死は免れた可能性がある。

いまや床になった車内天井に、割れたガラス粒が無数に堆積《たいせき》している。そのなかにヘアピンが落ちていた。つまんでみるとピッキング用に先が曲げてあった。凜香がいつも髪に挿している物だった。蓮實とともに車体から引っぱりだされ拉致《らち》されたか。

身体を起こしたとき、視界の端になんらかの動きをとらえた。河川敷の草地、五十メートルほど先で迷彩服が伸びあがり、アサルトライフルを構えるのを目にした。

瑠那は反射的に腰を落とし、逆さになった車体の底面でスナイパーライフルを支え、瞬時に狙いを定めた。敵の銃撃より一瞬早くトリガーを引いた。スコープのレンズは調整しないままだった。ぼやけたスコープのなかで敵の頭部が弾《はじ》け飛ぶのが見えた。銃声は山中の狩猟のごとく、川辺の隅々にまで反響した。第三者の悲鳴がきこえないのは、ひとまずいまは野次馬がいないことを意味する。

スナイパーライフルの残弾を撃ち尽くした。瑠那はすぐさま川面《かわも》に投げこんだ。銃のグリップに付着した汗も指紋も流れ落ちる。証拠は残らない。

思いがそこに及んだとき、瑠那のなかに衝撃が走った。阿宗神社を急襲し、リー母《おや》娘《こ》を攫《さら》った者たちも、同じように考えるのではないか。現場に証拠を残すまいとするなら、神社は……。

瑠那はバイクに駆け戻った。遠くにサイレンが湧いている。じきにパトカーが集結するだろう。ここにはいられない。

スロットルを全開にし、ホンダNT1100で斜面を駆け上る。軽い跳躍とともに川沿いの車道に復帰した。めだたない路地へバイクを向かわせる。Nシステムや街頭防犯カメラの多い幹線道路を避け、生活道路を縫うように走りつつ、ひたすら自宅をめざす。

神田川《かんだがわ》の橋を渡るのは、それ以外に回避できる道がなかったからだ。うつむきながら一気に駆け抜けるよりほかにない。いくつかの幹線道路もノーブレーキで横断突破した。すり抜けた地点がかなり後方に遠ざかってから、ようやく急ブレーキ音とクラクションを耳にする。それが人々のふつうの反応速度なのだろう。いまはとても合わせてはいられない。こうして走る一キロが十キロに思える。道を選ばねばならないのがあまりにもじれったい。

やっと幼少期から見慣れた街並みに達した。自宅の近所だった。複数のサイレンがけたたましく辺りに反響する。パトカーではなく消防車だとわかる。住宅街の向こうに黒煙が立ち上っていた。辺りも妙に慌ただしい。

まさか。瑠那は息を呑《の》みつつ、バイクを路地の道端に停めた。まだ距離はあるが、人目のない場所に乗り捨てるには、もうここが限界だろう。前方の十字路を人々が足ばやに横切っていく。みな神社のほうをめざしているようだ。

瑠那は自分の足で駆けだした。行く手をしめすマーカーのように黒煙が太くなってくる。野次馬も増えてきた。前方が通行止めなのかクルマが渋滞している。

最後の角を折れ、神社の鳥居が見える場所まで来た。瑠那は愕然《がくぜん》とし立ちすくんだ。

群衆は規制線で押しとどめられている。鳥居はその向こうだった。消防車や救急車が路上に連なる。社務所と二階建ての家に、激しい火の手があがっていた。目に映るものを拒絶したい衝動に駆られる。けれども放心状態ではいられない。瑠那は人々をすり抜け、すばやく規制線に近づいた。制服警官に前進を阻まれている場合でもない。規制線をくぐると一気に境内へと走った。警官の呼びとめる声は、例によってかなり後方からようやく飛んだ。

鳥居の下を駆け抜ける。境内には無数の消火用ホースが這《は》っていた。大勢の消防隊員が右往左往する。熱風が押し寄せてくる。社務所も自宅も炎に包まれていた。火柱が窓のみならず壁を突き破り、壁一面に燃え広がっていく。

義母の芳恵が斎服姿でおろおろと右往左往している。取り乱しながら両手を振りかざし、周りに助けを求めるが、消防隊員らの足はとまらない。

「ああ」芳恵が涙声を漏らした。「どうしましょう。おうちが……。誰か。早く消しとめて」

瑠那は芳恵に駆け寄った。「お義母《かあ》さん」

芳恵が振りかえった。泣きながら芳恵が狼狽《ろうばい》しつづける。瑠那が抱き締めると、芳恵はいっそう号泣しだした。

「なんで」芳恵が声を震わせた。「なんでこんなことに……」

「お義母さん。落ち着いて。怪我はない？」

「わたしはだいじょうぶだけど、鋲打式《びょううちしき》の最中に電話があって、帰ったら火事になってて……」

「お義父《とう》さんは区役所ですよね？　リーさん母娘は？」

「わからない。帰ってきたらただ燃えてて」芳恵は泣きじゃくった。「ああ。瑠那。どうしたらいいの。なにもかもなくなっちゃう」

轟音《ごうおん》とともに燃え盛る炎が、火の粉をさかんに舞い散らせる。瓦《かわら》屋根が無残に焼け落ちると、消防隊や群衆からどよめきがあがった。

目にひりつく痛みを感じ、涙が滲《にじ》みだす。熱風のせいばかりではない。どうにもできない激しい感情が胸中に渦巻く。悲哀と憤怒《ふんぬ》をかならずしもEL累次体に向ければいいとは思えない。自分が腹立たしく悔しかった。

23

日が暮れた。暗い空にはまだ黄昏《たそがれ》が残っている。規制線が張られているため、火災現場だった神社に部外者は近づけない。

　警察は現場検証を終え、消防も引き揚げた。瑠那はひとり境内に立っていた。焦げくさいにおいがまだ残る。焼け落ちた神社や自宅の残骸《ざんがい》だけが、辺りに黒々と山積している。

　日暮里高校の制服を着たままだった。私服はすべて燃えてしまったからだ。憔悴《しょうすい》しきった義父母とともに取り調べを受け、夕方近くに解放された。

　杠葉一家三人は近所の安宿に泊まることになった。行政はビジネスホテルを用意するといったが、瑠那は断わるよう義父に勧めた。役人は誰も信用できない。

　宿泊代は捻出《ねんしゅつ》できた。体育祭後、新宿三丁目付近の高齢者のアパートから、闇カジノの売上金を奪ってある。本来は亜樹凪が手にするはずの大金だった。凜香としめしあわせ、別の場所に埋めておいたのが幸いした。いずれどこかに寄付しようと考えていたが、ごく一部であっても、自分の家族のために遣わざるをえなかった。

　ショックばかりが尾を引く。住む場所を失ったのは初めてではない。幼少期に中東で何度となく家を追われた。焼夷弾《しょういだん》で街ごと焼き尽くされたこともあった。けれどもそんな事態は、この国では無縁だと思っていた。シビック政変でも死守した阿宗神社。いつも巫女《みこ》として助勤する社務所、義父母と食事をとる和室、それに自分の部屋。なにもかも失われてしまった。

燃えかすのなかに焦げた前天冠《まえてんかん》が残っていた。瑠那はそれを拾った。巫女として舞うときに、頭につける飾り。見るも無惨に黒ずんでいる。また視界が涙でぼやけだす。

悲嘆に暮れていても神経だけは尖《とが》らせている。そのため人の気配は敏感に察する。きまって不快感を伴う。哀愁に浸る暇さえあたえられないのかと怒りがこみあげてくる。ひさしぶりだった。この感覚は九歳以来かもしれない。

足音が近づいてくる。瑠那はそちらに目を向けた。

鳥肌が立つのをおぼえる。人影は痩身《そうしん》に黒のワンピース、ライダースジャケットを羽織っている。長い黒髪、小顔につぶらな瞳《ひとみ》、つんとすましたような鼻。口は小さく唇も薄く、顎《あご》は極めて狭い。すべての部位が適正に配置された美人の面立ち。しかし油断や隙を見せない態度、すらりと伸びた腕と脚に引き締まった筋肉が、ただものでない存在感を放つ。

不機嫌な猫のような顔と凜香は形容した。言いえて妙だが、瑠那には別の感覚があった。まだ十八歳、今年十九歳になるというのに、報道写真で見る友里佐知子の面影が如実に感じられる。

浮かんでは消える感情のすべてに当惑し、なにもかも否定したくなる。反射的な憎悪は、いま目の前にいる女性の母親に対してだ。けれども一方、この女性は赤の他人でもない。父親を同じくする姉だった。優莉匡太の次女。四女の凜香とはあまり似ていない。とはいえ鏡のなかの瑠那自身と、この女性の顔には、なんとなく共通する要素がある。そこがまた嫌悪感につながる。妹だから当然だ、近いところがあるのは父親の遺伝子だ。そう思いながらも、友里佐知子の血縁との類似点など、やはり断じて受けいれられない。

激しい内面の葛藤《かっとう》に心拍が加速していく。そのあいだにも優莉結衣は歩み寄ってきた。

結衣がきいた。「凜香は?」

「……連れ去られました」

結衣は不機嫌な猫の顔のまま歩を速めた。みるみるうちに距離が詰まる。いきなり片脚が上がり、速射砲のような連続蹴《げ》りを浴びた。瑠那はとっさに肘《ひじ》を立て防御したものの、前腕に強烈なキックを食らわされた。神経の麻痺《まひ》が軸脚にまでひろがり、瑠那の体勢は崩れた。あろうことか片膝《かたひざ》をついたが、尻餅《しりもち》までには至らなかった。

憤りが募ったものの、瑠那はその感情を抑えた。姉だ。友里佐知子の娘以前に、瑠那にとっては姉だ。暴力沙汰《ぼうりょくざた》は控えねばならない。

　ところが結衣はまるで挑発するような目つきで見下ろした。「弱くない？　あんた本当に瑠那？」

「そうですけど」

「母の人体実験で生まれたっていうから、ミュータントみたいな子かと思ったら」

　瞬時の激昂《げっこう》に歯止めがかからない。瑠那はかっとなって挑みかかった。「あの女を
母だなんて……」

　瑠那は一気に間合いを詰め、右の手刀と左のこぶし、右脚の蹴りで猛然と攻撃した。

とはいえ急所を外し、力も七割ていどに抑えた。それが裏目にでたのかもしれない。

結衣はすべての打撃と蹴撃《しゅうげき》を左右に払いのけ、瑠那に投げ技をかけてきた。重心を崩した瑠那は仰向けに投げられたが、結衣の胸倉をつかみ、一緒に引き倒した。

　結衣はいっこうに動じず、瑠那の上に重なったまま、不敵に顔を近づけた。「油断があったでしょ。慢心というべきかも」

「どういう意味ですか」

「神社が襲われないって、根拠のない自信を持ってなかった？　それって甘いから」

「根拠がなくは……」

「敵の名簿を握ってれば、それ以上の弱みを握られる。天才のくせに予想できないなんてね」

「わたしは天才なんかじゃない」言い終わらないうちに瑠那は結衣に打撃を浴びせた。しかし語尾が乱れたせいで攻撃の意思を読まれた。結衣は手刀で瑠那のこぶしを防いだ。それでも防御の手には痛みを感じたはずだが、結衣の表情はまったく変わらず、ただすばやく身を引いた。仰向《あおむ》けになった瑠那の攻撃は届かなくなった。瑠那は急ぎブリッジの体勢から、背筋の力だけで前方に跳ね起きた。

結衣は両腕を下ろし、一見無防備にたたずんだ。「あんたひょっとして、わたしより強いと思ってなかった？　てんで話にならない。経験の差？」

「手加減してるつもりですけど」

「なら全力で来なよ。友里佐知子の娘にねじ伏せられるだけなんて、あんたのお母さんが悲しむでしょ。認知力があればの話だけど」

瑠那は猛烈な憤怒とともに打ってでた。大振りになっている自覚はあったが、力をうまく制御できない。勢いにまかせただけの殴打や蹴りは、ことごとく結衣に避《よ》けられた。

身を翻しながら結衣がきいた。「あんたバイク放置したよね」

攻撃の手を休めないまま瑠那はたずねかえした。「それがどうかしたんですか」

「近所の立水栓につないだ散水ホースで洗っといた。あんたがバイク泥棒で捕まらないのはそれが理由」

「お姉さんに感謝しろって話ですか」

激しく打ち合いながらも結衣は息ひとつ乱れなかった。「わたしがバイクに乗れれば、乗っていって不忍池《しのばずのいけ》にでも落としてきたけど、あいにく四輪ですら普通免許が路上教習中で」

瑠那は連続蹴りを浴びせた。「無免はわたしも同じです。練習しないんですか」

すべての蹴りを縦横に回避し、結衣が飄々《ひょうひょう》と立ちまわった。「戦車に乗れても喧嘩《けんか》が弱けりゃ意味ない」

「弱くはありません」

「動きが鈍い。10円パンやカヌレの食べ過ぎじゃない?」

「女子高生はそんなのばかり食べてるわけじゃないです」瑠那は高い蹴りを繰りだした。

けれども膝の抱えこみの高さが充分ではなかった。瑠那がそう自覚したとき、結衣も目ざとくそこに気づいたらしい。威力が充分でない蹴りに対し、結衣は瑠那の高々とあがった脚をつかむと、仰向けに押し倒してきた。瑠那は重心を崩し、地面に背を打ちつけた。

結衣の冷やかな目が瑠那を見下ろした。「悩んでるみたい」

瑠那は憤然と身体を起こそうとしたが、背筋に鈍重な痛みがひろがる。呻《うめ》きながらなんとか座った。「悩んでなんかいません」

「ちがうでしょ。雲英亜樹凪を生かしといたのがまちがいだったかもって、自分を責めてる」

言葉を失ったとき、自分の息が乱れているのを知った。呼吸が荒くなるのはひさしぶりだった。瑠那は座ったまま、現れては消える雑多な感情に対し、頭から追い払おうとした。いまはまだどんな考えにもとらわれたくはない。

結衣はため息をついた。近くに社殿の短い石段だけが残っている。そこに結衣は腰掛けた。「日暮里高校の生徒がひとりでも死んだら、亜樹凪を殺さなかったあんたのせい。そんな思いにとらわれてるでしょ」

「だとしたらなんですか」

「ＥＬ累次体を舐《な》めてるからこんな目に遭う」

「舐めてなんかいません」

「あんたが油断しなきゃ凛香は攫《さら》われなかった。蓮實先生も、ほかのみんなも」

なにもいいかえせない。心が重く沈んでいく。瑠那は視線を落とした。「結衣さんならどうしますか」

しばし沈黙があった。結衣は静かに応じた。「名簿にあるメンバーを片っ端から叩《たた》いて居場所を吐かせる」

「人質が……」

「犠牲が増えないうちに、なんとか敵の拠点に達する」

瑠那のなかで苛立《いらだ》ちが募りだした。「それじゃ半分以上が死にます。もっと多くかも……」

「誰も死なせたくないのなら、亜樹凪を見逃すべきじゃなかったし、慢心すべきでもなかった」

「……あなたはやはり友里佐知子の娘ですね。悪魔的な思考にためらいがない」

「優莉匡太の子なのは一緒でしょ」結衣が瑠那を見つめた。「凛香はあんたを、わたしより冷酷なところがあるかもといってた。戦場育ちだからって。だけど本当は芯《しん》が弱い。まだ高一だし」

「日暮里高校の生徒や先生たちが死んでもいいと考えるぐらいなら、芯が弱くてもかまいません。わたしはあなたにはなれない」

「他人《ひと》ごとだって？　ちがうでしょ。わたしのことを、悪魔的な思考にためらいがないといったけど、あんただって同じ」

「なんの話ですか」

「いま必要としてるのはこれでしょ」結衣はライダースジャケットのポケットから、折り畳まれた紙を取りだし、瑠那に投げてきた。

「これは？」瑠那はきいた。

「友里佐知子が遺《のこ》した犯罪計画ファイル、その一ページ。ウルバレラ毒素菌を用いた生物兵器の調合法」

瑠那は絶句した。ずっと頭のなかにあったことだ。EL累次体に対抗するには、これしかないと思ってきた。ウルバレラ毒素菌に基づく細菌兵器、旧ソ連が一九七〇年代に開発したミュゼ・パラノイザDV67。開発に成功したテロ組織は三つ。アルカイダ、アル・アクサ殉教者旅団、恒星天球教。

結衣がつぶやいた。「それを必要としてたでしょ。あんたも充分に悪魔的。同じ優莉の姉妹だから仕方がない」

「……EL累次体は核搭載衛星まで掌握してるんです。大量殺戮《さつりく》兵器には大量殺戮兵器で対抗しないと……」

「ミュゼ・パラノイザDV67を決め手にすることは、ずっと前に思いついてたはず。そのための根まわしもしてたでしょ。だけど肝心のミュゼ・パラノイザDV67を所有する手段がわからずにいた。ウルバレラ毒素菌をどこで培養すればいいか、どう調合するか。実際に細菌弾を浴びせてやらなきゃEL累次体も本気にしない」

瑠那は衝撃を受けた。結衣に真意を見抜かれていた。震える手で紙を拾いながら、瑠那は結衣にきいた。「ここに作り方が……?」

「載ってる。いまもウルバレラ毒素菌を保存していて、開発法を知る人間の連絡先も」

「そんな人がいるんですか」

「濱滝庸征《はまたきのぶまさ》医師。あんたが殺した奥田《おくだ》と同じ、元恒星天球教の医学系幹部」

愕然《がくぜん》としながら瑠那は顔をあげた。「前頭葉除去手術を受けていない幹部が、まだ残ってたんですか」

「濱滝医師は友里の死後、逮捕され有罪が確定、三年服役してる。罪は償ったことになってるけど、ウルバレラ毒素菌は手もとに残ってる」

「なんで知ってるんですか」

「ファイルのそのページを見て、わたしも本人に会いに行ったから。その筋じゃ有名な話だけど、体内に入ったウルバレラ毒素菌を死滅させる解毒剤は、世界に三本しかない」

「原料になる花粉を生じる植物が絶滅したからですよね」

「よく知ってる。旧ソ連に残っていた解毒剤三本は、三つのテロ組織に渡った。うちひとつが恒星天球教。解毒剤一本は注射器でひとりぶん。感染が広まればひとりしか助からない」

ミュゼ・パラノイザDV67は、ウルバレラ毒素菌を細菌弾としてカプセル化した兵器だ。手投げ弾としても作れる。ウルバレラ毒素菌の感染は、密閉空間なら一時間ほどでひろがる。菌に冒された者は、皮膚など表層には顕著な変化がないものの、吐血により絶命する。死体に接触すればまず感染は免れない。感染率は七十七パーセント以上、致死率九十二パーセント以上。免疫はいまのところ確認されていない。

生物兵器は〝貧困勢力の核兵器〟とも呼ばれる。資金や技術力に乏しくても、知識と材料さえ揃えば開発可能な大量殺戮兵器だからだ。三体衛星のことがあきらかになる以前、全国の学校に爆弾が仕掛けられたあたりから、瑠那の頭にミュゼ・パラノイザDV67が浮かんでいた。日暮里高校の生徒たちが襲われることがあったら、その究極の細菌兵器を対抗策とする。結衣のいうとおり作戦立案も下準備も欠かさなかった。だが実行のためにはミュゼ・パラノイザDV67を一個でも持たねばならない。それを所有できる見込みが立った。

瑠那は紙に目を落とした。「大量殺戮兵器をわたしに託すんですか」

「奴らをぶっ殺すためにはそれが必要。あんたがそう考える時点で、わたしは姉として親近感をおぼえる」

思わずため息が漏れる。たしかにそうだ。常人ならミュゼ・パラノイザDV67が脳裏をよぎったりしない。思いついた時点で蛙の子は蛙なのだろう。戦場育ちは関係ない。ゲリラにも大量殺戮兵器は邪悪として嫌悪する者が多かった。

優莉匡太の子ゆえの発想。運命からは逃れられない。最後のひと押しが結衣からもたらされた。瑠那はささやいた。「こんな卑怯《ひきょう》な手を使うしかないんでしょうか」

「向こうはもっと卑怯な手を使ってきた。ほかに方法がないのは、あんたが充分に知ってるはず」結衣は腰を浮かせた。「明日以降もこの世が無事なら、あんたが勝ったってことよね」

瑠那は立ちあがった。「一緒に来てくれないんですか」

「わたしは公安に見張られてる。たぶんEL累次体も目を光らせてる」

「でも……」

「これはもう日暮里高校事変でしょ」石段を離れた結衣が立ちどまった。「あんたしかいない。瑠那」

なにひとつ言葉にできなかった。いま結衣の投げかけた穏やかなまなざしが、すべてを物語っている。

この姉はなにもかも知ったうえで、あらゆる判断を瑠那に委《ゆだ》ねる意思をしめした。自分ならそうしてほしいと願うからだろう。結衣はひとりで修羅場をかいくぐってきた。本当はみずから動きたいにちがいない。

境内を立ち去る結衣の背を、瑠那は黙って見送った。バトンは託された、そう強く感じる。武蔵小杉高校事変で犠牲になった生徒は四百四十二名にのぼる。日暮里高校事変がどうなるか、結果は瑠那しだいだった。

24

凜香の目はぼんやりと開いた。無数の白色灯が目に眩《まぶ》しい。学校の体育館かと思ったがちがうようだ。そこまで広くはない。ただし天井の骨組と照明器具はよく似ている。

唸《うな》りながら身をよじった。記憶は急速に戻ってくる。クルマがひっくりかえった。脳震盪《のうしんとう》に特有の気分の悪さがあった。失神したのはたしかだが、そのままいまに至るわけではなさそうだ。たぶん麻酔を打たれた。しばらく眠らされていた。

注射痕《こん》をたしかめるため上腕を見ようとした。しかし両手が後ろにまわった状態で固定されていた。手錠を嵌《は》められている。寝そべった姿勢から上半身を起こすことさえ困難だった。

それでもなんとか周りの状況を確認する。視野がぼやけていたが、しだいに焦点が定まりだした。

凜香が寝ているベッドは診療台に似ていた。部屋としては広めでも殺風景で、窓はひとつもない。スライド式の鉄扉が閉ざされている。近くにもうひとつベッドがあり、そこには巨漢が横たわっていた。蓮實はやはり後ろ手に手錠を嵌められ、仰向《あおむ》けにぐったりしている。顔じゅう擦り傷だらけで、服も泥まみれだったが、おそらく凜香も同じありさまだろう。蓮實の瞼《まぶた》に痙攣《けいれん》が見てとれた。意識が戻りつつあるのかもしれない。

「先生。おい」凜香は声をかけた。反応がない。じれったく思い、凜香はベッドから脚を伸ばした。転げ落ちないていどに伸ばしきると、爪先《つまさき》が蓮實の身体に達する。軽くひと蹴《け》りした。まだ起きない。さらに力をこめキックする。

蓮實は息が詰まる反応をしめし、そこから激しく咳《せ》きこんだ。むせながら寝返りをうち、ベッドから転落しそうになると、蓮實はあわてぎみにじたばたした。

怪訝《けげん》な目が部屋のなかをさまよい、やがて凜香に向けられた。蓮實は面食らった顔になった。「優莉。どうした。なんだここは」

「どうせ監視カメラがある。わたしたちが起きたのを見て、迎えが飛んでくるだろうよ」

「ああ……。そうか。俺たちはバスを追ってたんだよな。全校生徒と教職員が連れ去られた」

「ゴマンと人質がいる状況じゃ、隙をみて反撃もできねえよな」

鉄扉が荒々しくスライドした。自動ではなく手動だった。向こうから現れたのは迷彩服に防弾ベストの武装兵だった。チェストリグを巻かず、装備品をポケットにいれないのは、奪われるのを警戒してのことだろう。アサルトライフルを構えたふたりも戸口に立つのみで、室内には入ってこない。ベッドに近づいてきたのは丸腰の四人だった。やや離れた場所から銃口が狙い、連行は別班が担う。人質の取り扱いに慣れているようだ。

蓮實は迷彩服の男たちの手を借り、ベッドに座る姿勢になった。周りに目を向けると、蓮實が鼻を鳴らした。「ああ、おまえか。たしか教育機関救命防犯対策隊として、校内を点検してたっけ。おまえもそうだな」

迷彩服がやけに耳障りな口調で怒鳴った。「黙れ。立って俺たちの指示に従え」

凜香は触られるより早く、自力で跳ね起きると、ベッドから飛び下りた。強烈な立ちくらみが襲ったが、なんとか意識的な努力により、三半規管を調整にかかる。めまいがおさまったとき、凜香は蓮實とともに部屋から連れだされた。

通路では二丁のアサルトライフルが後退し、油断なく一定の距離を保ちつづける。こざかしい振る舞いだと凜香は思った。こんな状況で駆け寄って銃が奪えるかよ、内心そう毒づいた。

通路の壁はコンクリートに水いろの塗装、角にはクッション材、床は吸音ゴムだった。やはり窓はいっさいないが、とても軍事施設とは思えない。ときおり見かける鉄扉には非常口のランプがあるし、火災報知器と消火栓も目につく。

大型体育館のような公共施設、その地下通路と考えると納得がいく。秘密のアジトではなく、ただ借りているだけか、それとも制圧し占拠したのか。壁に時計があった。

午後七時すぎ。日が変わったほど時間が経過したとも思えない。河川敷でクルマが横転して以降、せいぜい日が暮れただけのようだ。

階段を上っていく。地上階にでたらしい。意外にもそこは吹き抜けの広いロビーだった。コンサートホールほど壮麗ではなく、むしろ無骨な内装で、コンクリート壁や柱ばかりで構成されている。しかし大型体育館に観客を迎えるエントランスなのはまちがいない。出入口は閉ざされ、窓にも厚手のカーテンが下りていた。そこかしこに武装兵が立つ。

蓮實がささやいた。「優莉。ここは有明《ありあけ》の総合体育館だ」

「有明って、お台場《だいば》の隣？　江東区かよ」凜香は驚いた。「たいして距離を移動してなかったんだな。こいつらが武力占拠した？」

「ちがうな。先生も前に公式サイトを観たが、ここはなにもない平日なら、二時間五十万円で貸し切りにできる」

「あー、野球場もそんなもんだってきくよな。公共施設を借りてアジト化？　なんでまたそんな……」

先行する兵が振りかえった。「勝手に喋《しゃべ》るな。殺すぞ」

凜香は苦い気分で押し黙るしかなかった。なにが殺すぞだ。機会が訪れたら、てめえこそ真っ先に殺してやる。

ロビーにははっとさせる光景があった。日暮里高校の女子の制服と、老婆の黒っぽいサマーコートが立ち話をしている。雲英亜樹凪とハン・シャウティンだった。シャウティンはタバコを吹かすものの、亜樹凪は煙たげな顔もせず、ただ真剣に話しこんでいる。会話は早口の中国語で、凜香にはききとれなかった。

兵のひとりが亜樹凪らに声をかける。亜樹凪とシャウティンは揃ってこちらを見た。「ああ」亜樹凪は冷めきったまなざしを向けてきた。「凜香。蓮實先生。リー母娘《おやこ》は確保したから。もうリー・ズームォは落ちた。魔法卓の自爆装置は間もなく外されるし、操作方法も判明する」

蓮實が鼻を鳴らした。「魔法卓ってのは三体衛星のコントロールデバイスのことか。いかにも中華が好みそうなネーミングだ」

こうして見ると、シャウティンの背はそんなに高くなかった。むしろ小柄といえるかもしれない。皺《しわ》の多い顔に厚化粧、タバコの煙をくゆらせながら、やたら堂々たる尊大な態度をしめす。中国語訛《なま》りの日本語でシャウティンがいった。「これが元幹部自衛官の教師かい。人民解放軍にも体育教師を兼ねてる将校が多くてね。そうめずらしくもない」

巨漢の蓮實が小柄なシャウティンを見下ろした。「三体衛星に核が搭載されてても、それを地上へ落として起爆させる技術なんてありはしないだろ。ただ世界を震撼《しんかん》させるためだけに、宇宙に打ち上げただけの壮大なブラフだ」

シャウティンはにやりとした。蓮實を仰ぎ見ると、わざと煙を顔に吹きかけ、低い声を響かせた。「安易で安直だね、自衛隊の坊や。わが国が有人宇宙飛行を可能にしてるのを忘れたかい。資金力もおまえのちっぽけな国とは段ちがいなんだよ。大気圏突入時の初速マッハ二十五、適切な突入角をとり、チタンでできた衛星表面の温度を三千度に留《とど》める。核爆弾は無傷に保たれるし、思いどおりの場所に落とせる」

「少しでも突入の角度やタイミングがずれたら、落下地点も大幅に変わるよな」

「おまえらのささやかな島国でさえ、はやぶさ2の帰還カプセルを予定どおり、オーストラリアの砂漠に降下させただろう。わが大国に不可能だと思うか」

亜樹凪が蓮實にささやいた。「もうすぐ世界は変わる。先生。死にたくなきゃおとなしくしてて」

蓮實は皮肉っぽい口調に転じた。「またこんな状況だな。懲りない生徒だ」

「先生こそ」

「既視感がある。別の生徒の飛びいりで、おまえらの計画が台無しになる展開じゃないのか」

「瑠那のことなら心配ない。全校生徒と教員が人質じゃ手はだせないし」

凛香は嘲笑《ちょうしょう》してみせた。「学んでねえな。雲英先輩」

すると亜樹凪の尖《とが》った目が凛香に向いた。「テレビのニュースも観られなかっただろうから、知らないのも無理ないけど、阿宗神社は灰になった」

思わず言葉を失う。おそらく動揺のいろを浮かべてしまったことが悔やまれる。詳細をたずねるのも、いっそううろたえているようできまりが悪い。だからなにも問えない。

瑠那の自宅に火を放ったのか。EL累次体の名簿という抑止力は、日暮里高校を丸ごと人質にとられたことで、効果が弱まったのかもしれない。瑠那は無事だろうか。亜樹凪はあくまで神社が灰になったといっただけだ。瑠那や義父母が犠牲になっていれば、そのように明言しただろう。いまのところ建物が焼失しただけにちがいない。

それでも現状、EL累次体の優勢は疑いようがなかった。なぜ凛香と蓮實は殺されず、まだ生かされているのか。そこにもれっきとした理由があるはずだ。

亜樹凪とシャウティンが目配せしあい、揃って歩きだした。特に指示をあたえずとも、統率のとれた兵たちが、凛香と蓮實の連行を再開する。一行はぞろぞろとロビーを横切っていった。

ロビーの奥の壁には、映画館のような観音開きの分厚いドアが連なっていた。ふだんスポーツ観戦に訪れる観客は、ここを通って入場するのだろう。いまそれぞれのドアの両側には、武装兵がかしこまって立っている。シャウティンが近づくと、きびきびとした動作でドアを開け放った。

ところがシャウティンと亜樹凪はなかに入ろうとせず、わきに退いた。背後の兵たちが凜香と蓮實の背を押し、歩きつづけるようにうながす。

広いホールに入った。観客用スタンドのない広めの体育館だった。武装兵が見張るなか、全校生徒と教職員たちが人質にとられている。ただし……。

凜香は啞然《あぜん》とせざるをえなかった。蓮實も目をぱちくりさせている。

迎えたのは爆笑と歓声だった。全校生徒が数十列の長テーブルについていた。たしかに武装兵に包囲されているのだが、雰囲気は妙に明るい。テーブルの上の食事は、粗末なパンと紙パックの牛乳だけで、いかにも人質に配給されそうなしろものだった。にもかかわらず生徒らばかりか、教師陣も食事のひとときを楽しむように、くつろぎながら談笑していたのがわかる。いま凜香と蓮實が戸口に立つのを見て、男子生徒の一部が立ちあがり拍手をした。冷やかしに似た声の響きもあるが、総じて宴会の様相を呈していた。

ホール内の騒々しさを受け、武装兵らがただちに反応し、アサルトライフルの銃口を生徒らに向ける。しかし生徒は誰ひとり怯《おび》えをしめさない。兵士を背景に自撮りする女子生徒さえいる。

最も奇妙なのは、池辺校長や芦田教頭までが腰を浮かせ、凜香と蓮實に喝采《かっさい》を送ってくることだ。なぜか芦田教頭だけはジャージ姿だった。ほかの教員たちも立ちあがった。まるでスタンディングオベーションだった。

凜香は後ろ手に拘束されている。蓮實もそうだった。周りの武装兵らから銃口を突きつけられている。そんなふたりのありさまを見ても、なお日暮里高校の全員が笑い転げる。

テレビの取材スタッフに似たカメラクルーが、生徒らの反応を撮るべく、席を順繰りにまわっている。よく見ると壁際には三脚付のカメラが数台据えられ、それぞれにスタッフがついていた。スタッフはみなNHKのロゴが入ったシャツを着ている。むろん偽スタッフだろうと凜香は思った。

蓮實が凜香に耳打ちしてきた。「校長の隣にスーツが数人いるだろ」

五十過ぎとおぼしき男の顔には見覚えがあった。凜香はうんざりしながらささやいた。「藤蔭覚造じゃん。ニュースで観たことある。また文科大臣のご登場かよ」

「隣の三十代は曽鍋といって、文科省の職員だ。ほかの連中もそうだな。ＥＬ累次体との二足のわらじだ」

ようやく事情が呑《の》みこめてきた。バスを追う車中で蓮實が推測したとおりだ。生徒も教職員もみな、これが防災訓練の延長、模擬テロ事件の不意打ち実習だと信じきっている。しかし予想したより規模がはるかに大きい。文科大臣にＮＨＫ。校長はおそらく、全国の学校を代表して、日暮里高校が選ばれたと伝えられたのだろう。取材が入ることもあり、武装勢力のコスプレも本格的で、時間も長期にわたると説明されたにちがいない。どうりで本物のアジトではなく、総合体育館を借りたわけだ。

餅原という武装兵のリーダー格は、迷彩服姿ながら丸腰で、変わりにハンドマイクを手にしていた。芝居がかった口調で餅原がいった。「諸君、見たまえ。われわれは教師と生徒のうち、反乱分子をひとりずつとらえた」

偽ＮＨＫのカメラがこちらに向けられる。生徒たちはまた沸いた。蓮實は苦い顔になった。凜香も同じ気分だった。

「おい人質ども」餅原が凜香と蓮實をかわるがわる見た。「なにかいいたいことはあるか」

ホール内が静まりかえり、こちらの発言をまつ雰囲気になった。蓮實がため息まじりに声を張った。「みんなだいじょうぶか。スマホが通じないのも訓練の一環だと説明されてるだろ？　それぞれの保護者や、先生がたの身内にも、事情が伝わっているときかされたよな？　でもちがう。この武装勢力は本物、NHKは偽物だ」

生徒らが戸惑ったように顔を見合わせる。教員もざわついた。池辺校長が半笑いで、傍らのスーツを指ししめした。「蓮實先生。こちらは藤蔭文科大臣だよ」

「それがどうしたんですか」蓮實が吐き捨てた。「大臣も敵の一味です」

藤蔭大臣がおどけたように両手をあげた。とたんに教職員らが笑いだした。生徒らもどっと沸いた。

餅原も口もとを歪《ゆが》ませ、ハンドマイク片手に問いかけてきた。「蓮實先生！　まさか大臣が黒幕だとは、よくぞ見破った。よろしければわれわれの企《たくら》みがなんなのか、知りえたことを白状してほしいんだがね」

蓮實はうんざり顔で、棒読みのような口調で仕方なげにいった。「中国政府の裏切り者と結託して、核搭載衛星のコントロールを奪った」

「……それでわれわれが日本政府を脅すつもりだと？」

「いや。梅沢総理こそ黒幕だからな」

藤蔭大臣が上機嫌そうに声を張りあげた。「よくぞ見破った！」

酔っ払いのように藤蔭が大笑いすると、教員らも同調した。生徒らはみな腹を抱え爆笑しつづけた。中国政府とか、核とか、衛星だって。やばくね。やりすぎ。蓮實の演技へたすぎ。優莉って人選はぴったりじゃん。そんな声があちこちからきこえる。

凜香はげんなりしながら蓮實を見た。蓮實も憂鬱《ゆううつ》そうに見かえした。

校長以下全員が訓練と信じて疑わない。しかもイベントにしてはスケールが大きめ、それぐらいに解釈している。文科大臣の同席がおおいに信憑性《しんぴょうせい》を高めている。蓮實の話では、餅原も教育機関救命防犯対策隊の一員として、事前に説明会で中心的役割を果たしていたという。ほかの兵士らも教師陣に顔見せをしておいたにちがいない。これでは武装勢力が本物だと考えるほうが難しい。

リラックスしきっているぶんだけ、万が一にも逃げられるチャンスが訪れようとも、誰も動こうとしないだろう。隙を突き、反抗を画策しようとする者も皆無だ。人質全員が完全に手なずけられている。過去のいかなる学校完全制圧よりも、はるかに厄介な状況だった。

ふいに生徒らが凜香と蓮實の背後に注目しだした。凜香が振りかえると、戸口を亜樹凪が入ってきていた。

蓮實が顎《あご》をしゃくった。「ついでに教えてやる。彼女もEL累次体という敵勢力の
仲間だ。雲英亜樹凪をもじって、キラー・キナという通り名を世界に轟《とどろ》かせている」
今度は静寂に包まれた。生徒たちはドン引きで、軽く滑ったような反応になってし
まった。
女子生徒のひとりがささやいた。「キラー・キナだなんて……。雲英さん可哀想」
池辺校長も苦言を呈した。「蓮實先生、ちょっとやりすぎだよ。それとも餅原さん、
このくだりも脚本ですか」
「いえ」餅原が苦笑いをした。「蓮實先生のアドリブかと」
蓮實が浮かない顔を向けてくる。凜香はやれやれという表情をしてみせるしかなか
った。どう転んでも対テロ訓練の設定は崩れそうにない。
餅原が武装兵をひとり連れ、教職員らの席に近づいた。ハンドマイクを通じ餅原の
声が反響した。「みなさん、こういう局面では、人質が犠牲になることもあります。
これは合法的なガスガンですし、血糊《ちのり》弾という赤いペイント弾を用いますが、ややシ
ョッキングに見えるかもしれません。生徒さんは目を逸《そ》らしてもかまいません」
でたらめだと凜香は思った。日本の法律でさだめられたガスガンの威力では、命中
時にペイント弾を破裂させられない。だからサバゲーでBB弾のみが使われる。

拳銃《けんじゅう》からアサルトライフルまで、近年は金属でなく樹脂製のガワがよく用いられる。実銃なのにフォルムもSFチックだったりする。かっこよくて目新しいほうが売れるのは銃器業界も同じだからだ。この種の飛び道具に疎い日本人には、いかにも玩具《おもちゃ》っぽいしろものに見える。そのあたりもうまく計算してある。

餅原がつづけた。「なにしろ武蔵小杉高校事変でも発生したできごとですので、痛ましく嘆かわしいことではありますが、割愛せず実施します。みなさんにもこういう事件がどんな悲劇を生むのか、身をもって知っていただきたいと思います」

武装兵がアサルトライフルを教師陣に向けた。「生徒を殺されたくなければ、ひとり前にでろ」

ひとりだけジャージ姿の芦田教頭が両手をあげ、ふらふらと歩みでた。どうやらこのために、スーツからジャージに着替えたようだ。

すると餅原が芦田教頭に耳打ちした。台詞《せりふ》を教えたらしい。

芦田教頭がぎこちなく三文芝居を披露した。「わ、私がみんなの身代わりになります」

くすくす笑いがひろがる。餅原は芦田を誘導し、テーブルから離れた場所に立たせた。武装兵がアサルトライフルを構える。

けたたましい銃撃音が鳴り響いた。さすがにみないっせいにすくみあがった。女子生徒らの悲鳴がこだまする。芦田教頭のジャージの胸部に、赤い液体が幾度となく弾《はじ》けた。銃撃を受けたときの血飛沫《ちしぶき》と区別がつかないほどだった。どうやらジャージの下には防弾ベストを着ているようだが、実弾でなくとも素人の芦田にはかなりの威力だろう。芦田は吹き飛ばされるように背後に倒れたが、そこにはマットレスが敷いてあった。

生徒らが心配そうに腰を浮かせ、芦田のようすを眺める。餅原がハンドマイクでいった。「このようにテロリストは無慈悲に……」

芦田教頭がむっくり起きあがろうとする。餅原が振りかえり、まだ寝ているように指示する。ふたたび芦田が死んだふりをすると、生徒も教員も大笑いした。

餅原も苦笑しながらいった。「教頭先生、これから兵士たちが死体を引きずっていきますから、ぐったりしててくださいよ」

「わかりました」

「いや返事はいいです」

また生徒らは大ウケだった。蓮實がしかめっ面でささやいた。「スベったのは俺だけみたいな感じだな」

凜香は笑う気になれなかった。「やばいって。こんなのド素人どもが見ちまったら……」

「ああ」蓮實も深刻そうにうなずいた。「同じ状況がもう恐怖じゃなくなる」

芦田教頭が赤い液体にまみれ脱力しきったまま、武装兵ふたりに両腕を引きずられ、ホールから運びだされていく。残る生徒や教員一同は拍手喝采《かっさい》だった。おそらく誰かが本当に撃たれ、同じように搬出されても、みな沸くばかりだろう。

25

日没後、品川区小山台《こやまだい》四丁目の住宅街は、ひっそりと暗がりに沈んでいた。都内のわりに街路灯が少なく、窓明かりもまだ灯《とも》っていない。武蔵小山《むさしこやま》駅からはかなり遠かった。付近にコンビニひとつ見かけず、民家以外といえば月極《つきぎめ》駐車場ぐらいしか目につかない。

濱滝医院の看板はそんな一角にあった。ふつうの二階建て住居の一階を、診療施設に改築しただけのようだ。玄関とは別に設けられた出入口は、半分ほどシャッターが下りている。もう診療時間はとっくに過ぎていた。

瑠那は制服姿でここまで来ていた。ひとりシャッターをくぐると、小さな受付には誰もいなかった。かまわず診察室のドアを押し開ける。

保健所の構造設備基準では、診察室は九・九平方メートル以上が目安とされている。すなわち約五畳半にあたる。ここはその最低限の広さだった。事務机に薬品棚、書類棚、診察ベッドが備わっている。ほかに医師と患者用の椅子、荷物置きカゴ。素朴な備品ばかりになる。電子カルテのほか、もうひとつモニターがあれば、たいていの診療はこと足りるのかもしれない。

白髪頭の六十代男性が白衣を纏《まと》い、事務机に向かっている。振りかえりもせず医師がいった。「まだ帰ってなかったのかね。施錠はしておくからいいよ。明朝も早いけどよろしく頼む」

看護師とまちがえているようだ。瑠那は話しかけた。「濱滝先生ですか」

男性は動きをとめた。ゆっくりと振りかえる。年輪のように刻まれた深い皺《しわ》が、かすかな表情の変化を浮きあがらせる。疲れぎみの目を瞬かせ、濱滝庸征医師がたずねかえした。「杠葉瑠那さんかね」

「わたしが来ることを……」

「ああ。きいていたよ。優莉結衣さんから連絡があった」濱滝はゆっくりと腰を浮かせた。奥のドアを開ける。「こっちへどうぞ」

瑠那は濱滝に従い、一緒にドアの向こうへ入った。濱滝が壁のスイッチをいれ、明かりを灯《とも》した。

雑然とした狭い部屋だった。棚にはガラス製や樹脂製の容器、シャーレと試験管、ビーカーにフラスコが並ぶ。小型冷蔵庫のような加熱機器もしくは冷却機器も据えてあった。一方で開業医の物置というより、研究室のような設備も目につく。遠心分離機、ふるい振盪《しんとう》機、脱泡装置、電気泳動装置。攪拌《かくはん》機やミキサー、純水器、耐腐食性送液ポンプ、アスピレーター、コンプレッサー。ホモジナイザーや粉砕機。

瑠那は印象を口にした。「最後にウルバレラ毒素菌を培養してから、半年ぐらい経ってますよね」

濱滝医師は驚きもしなかった。「放置されたツールを見れば、それぐらいだと判断がつくだろうな。そうだよ。残っていたウルバレラ毒素菌をひとまとめにし、これを作った」

開いた引き出しから、野球のボール大の球体がとりだされた。材質はガラスのようだ。半透明の表層のなかに濁った液体が泡立っている。外殻は半円ずつを合体させたらしい。継ぎ目には金属のリングが嵌《は》めてある。

瑠那は緊張とともにきいた。「ミュゼ・パラノイザＤＶ67ですね」

「その手投げ弾だ。作れたのはこれ一個だけ」

「製造のためにウルバレラ毒素菌を培養していたんですか」

「いいや。ひとりぶんしかない解毒剤の代わりに、別の治療法を見つけたくて、研究をつづけてた」

「償いのためですか」

「償いか」濱滝の顔に蔭《かげ》がさした。「恒星天球教の犯罪を償えるとは思っとらんよ。きみのお母さんにも気の毒なことをした」

母という個人を認識していたわけではないのだろう。大勢いた被害者をおぼえていたとも思えない。濱滝は結衣から事実を伝えられた。結衣の妹であると同時に、友里佐知子による人体実験の犠牲者の娘が、ここを訪ねてくると。

瑠那はまだ心を許していなかった。「治療法研究のための培養だったのに、手投げ弾を作った理由はなんですか」

「シビックという妙な勢力が蔓延《はびこ》りだした。私にできることはこれだけだと思った。たった一個で、この近辺に住む人々をどれだけ救えるか知らないが、なにもせず手をこまねいているよりましだと」

「使わずに終わったんですか」

「使うのが難しかった。風向きによっては住民にも被害がでる。路地を行き交う奴らの車両に、確実にぶつけられる腕もない……」

濱滝は疲れたように視線を落とした。瑠那は黙ってその横顔を見つめた。

結衣はこの医師に会った。濱滝がまだ生きている以上、危険はないと結衣は判断したのだろう。けれども瑠那は自分の目で事実をたしかめたかった。濱滝は本当に心をいれ替えたのか。

瑠那はたずねた。「解毒剤はどこですか」

すると濱滝は身をかがめた。機材の山に埋もれた金庫に手を伸ばす。ダイヤルを左右に回したのち、把《と》っ手《て》を引いた。重苦しい音とともに扉が開いた。

取りだされたのは、名刺入れかタバコの箱ぐらいのサイズの、プラスチック製ケースだった。濱滝が蓋《ふた》をそっと持ちあげる。なかには筒状の透明カプセルがおさまっていた。無色透明の液体が揺れている。分量はごくわずかで七、八ミリリットルぐらいか。

瑠那は濱滝の手もとをのぞきこんだ。「注射して使うんですか」

「ああ。ちょうど注射一回ぶんだ。感染後に吐血症状が起きようとも、これを打てば体内の菌は死滅に向かう。救えるのは一名だけだが」

「手投げ弾で想定される犠牲者数は？」

「無風状態であっても、半径三十メートル以内にいる人間の七割が即死。三割が感染状態のまま生存するが、二時間以内に死に至る」

「解毒剤一本じゃ足りませんね」

「そうだよ。だからこれは温存しなきゃならん」濱滝はプラスチックケースの蓋を閉め、金庫のなかに戻した。手投げ弾に顎《あご》をしゃくる。「それはきみに託そう。優莉結衣さんからも、そのようにしてくれと要請を受けとる」

瑠那は慎重に手投げ弾をつかみあげた。「結衣さんの要請に従うのは、友里佐知子の娘だからですか」

「……教祖阿吽拿《アウンナ》への崇拝から、娘にも頭があがらないと？　被害者を母に持つきみが、そんなふうに疑うのも無理はない。しかしそうじゃないんだ。私は結衣さんの人生にも責任を感じとる。きみに対する気持ちと同じだ」

「細菌弾を引き渡すことが贖罪《しょくざい》になるでしょうか」

「きみや結衣さんがそう望むのなら……」濱滝が静かに告げてきた。「まちがいではないと信じたい。かつて私は、世を変えられるなら法を超越してもいいと、本気で思いこんだ。いまもきみらは法を守ってなどいられん境地にある。そんな社会にしてしまったのは、私たち大人だろう」

未成年の犯罪を容認するどころか、後押しすることに躊躇《ちゅうちょ》がないわけではない。それでも恒星天球教が犯してきた罪のほうが、圧倒的に重いと感じているようだ。とはいえ濱滝に理解があるとしても、それゆえ瑠那がさらに罪を重ねるばかりになる。本当に正しいものはどこに存在するのだろう。

濱滝医師が瑠那を見つめてきた。「その一個で対抗できそうかね。いまきみらが脅威を感じている勢力に」

投げつけて敵勢の一部を死に至らしめる。事実それしかできないと瑠那は思った。ここぞという局面で用いるしかない。もう切り札はほかにない。

26

凜香は後ろ手の拘束を解きたかった。手錠の鍵穴《かぎあな》は指先で探りあてたものの、いつも髪に挿しているヘアピンがない。そうでなくともピッキングは無理かもしれない。手錠自体の形状に馴染《なじ》みがなかった。ロックの機構も最新式にちがいない。

同じく両手が後ろにまわったままの蓮實とともに、凜香は総合体育館内の通路を連行されていった。前をシャウティンと亜樹凪が黙々と進む。後ろには餅原のほか武装兵がつづく。

通路の途中に休憩所があり、自販機とベンチが並んでいた。いまホール内は小休止なのか、教員らが通路にでている。ぶらつく校長に鉢合わせした。

池辺校長は足をとめ、蓮實に声をかけてきた。「ご苦労様」

「校長」蓮實も歩を緩め、真剣な面持ちでいった。「ちがうんです。これは罠《わな》です。こいつらは本物のテロリストです」

「ああ、きみがその台詞《せりふ》をいうのを事前に教えてもらったよ。でも生徒がいないところじゃ意味ない。あとでまた頼む」校長がスーツのふたりを振りかえった。ひとりは四十代、もうひとりは三十代。刑事に特有の刈り上げ頭と、いかつい顔つきが特徴的だった。校長はふたりを蓮實に紹介した。「こちらは公安警察の鷲峰さんと草桶さん。今回の訓練を監修なさってる」

蓮實が不機嫌そうに応じた。「公安なら知り合いもいますが、こんな奴らは知りません。本物の刑事ではあっても、はみだし者でしょう」

すると鷲峰が醒《さ》めた表情できいた。「EL累次体だから？」

草桶も鼻を鳴らした。池辺校長が蓮實に眉《まゆ》をひそめた。「そのEL累次体というのは、どこからでてきたネーミングだね？　漢字でどう書く？」

凜香は呆《あき》れながらベンチに目を向けた。芦田教頭がスーツ姿に戻り、藤蔭文科大臣と話しこんでいる。餅原に気づいたようすで芦田が会釈をした。愚かしい大人だと凜香は思った。人質の自覚もないまま、テロリストどもと親しげに交流してやがる。

背後の銃口が小突いてきて、歩きつづけろと強制してくる。凜香と蓮實は仕方なく歩を踏みだした。そのとき文科省職員の曽鍋が待合所を通りかかった。池辺校長が曽鍋に話しかけ、ふたりは立ち話を始めた。

池辺が小声でいった。「たいへん勉強になりました。訓練はもう充分じゃないでしょうか。そろそろ生徒を帰さないと……」

「もう少々おまちください。NHKスタッフがテロ再現の画《え》を、あと少しだけほしいといってきまして」

「しかし、事前に通知できなかったことですし、あまり遅くなるのは……」

「参加者のすべてのご家庭に連絡が行き渡っています。訓練がすべて終わったら、大臣と校長先生の対談を撮ります。それですべて完了です」

「……わかりました。そういうことでしたら」

呑気《のんき》なものだ。たぶん容易なことでは目が覚めない。たとえ誰かが銃殺されても、死体が兵士らに搬出されたら、みな芝居だったと信じてしまう。

校長や大臣、公安どもが集う待合所をあとにし、凜香と蓮實はなおも連行されていった。階段を上り、新たな通路を進んでいく。ここは一般客が立入禁止のフロアのようだ。どのドアも事務室然としていた。

突き当たりのドアにまた武装兵がいる。武装兵はハン・シャウティンに頭《こうべ》を垂れながら、わきに引き下がった。ドアが開けられる。

そこは角部屋で、隣りあうふたつの壁に窓ガラスがあった。バルコニー越しに東京湾の夜景が見えている。蛍光灯の明かりが室内を煌々《こうこう》と照らすが、迷彩服の武装兵らは堂々と振る舞っている。この方角に見える船舶や埠頭《ふとう》からは、のぞかれる心配がないと踏んでいるのか。それだけ広範囲を押さえてあるのだろうか。

窓のない壁は大小のモニター群に埋め尽くされていた。どの画面にも複雑な数式やグラフが表示されている。幾十ものワークステーションが配置され、無数の配線が床を這《は》うが、どれも強化ガラスの仕切る隣のブースにつづく。

ブース内にはなんとリー・ミンユーとランレイ母娘《おやこ》が、怯《おび》えた顔で抱き合いながら椅子に腰掛けている。すぐ近くの作業台に、枕のような形状の機器があった。天井から吊《つ》り下がった二本のロボットアームがさかんに作動し、それぞれの先端のマジックハンドが、枕型の機器を器用に分解していく。

いま凜香と蓮實が連行された部屋のなかには、神経質そうな四十前後の男性が座り、左右の手で握るジョイスティックを操作している。痩《や》せて憔悴《しょうすい》しきった顔に、汗の滲《にじ》むワイシャツ姿だった。横顔にどことなくランレイの面影が重なる。この人物がランレイの父親、リー・ズームォだろう。

なにをやっているのかは一目瞭然《いちもくりょうぜん》だった。魔法卓から自爆装置を取り外すための無人ブースに、ズームォの妻子が閉じこめられた。ズームォにしてみれば、自分の手で安全に自爆装置を除去する以外、ミンユーとランレイを救うすべはない。

凜香はリー母娘と視線が合ったが、どんな顔をすればいいかわからなかった。ふたりの恐怖に満ちた目はさかんに泳ぐばかりで、凜香の姿を認識できたかどうかも疑わしい。誰がここに現れようがふたりに安らぎはないだろう。ただズームォが無事に作業を終えること、その一点だけに母娘の命運がかかっている。

マジックハンドの指先が高速回転し、魔法卓の内部から太いビスを次々に抜いていく。やがてマジックハンドは金属製の円筒をつかみ、ゆっくりと垂直方向に持ち上げだした。ぐらぐら揺れるたびブザーが鳴る。円筒が周りに接触してはいけないようだ。

擦《かす》ったらたぶん爆発にちがいない。

ズームォは何度となくため息とともに手をとめた。じっくりと時間をかけ、作業を継続しては、また静止する。やっと円筒が真上に引き抜かれた。ブザーがやんだ。円筒はわきに置かれ、もう一本のロボットアームが、キーボードつきの中蓋《なかぶた》を魔法卓の上部に運ぶ。中蓋が被《かぶ》せられ、ビス留めがされた。

深く長いため息をつき、ズームォがジョイスティックから両手を離した。「自爆装置を解除した」

ハン・シャウティンがにんまりとした。今度は凜香にもききとれる速度の中国語で、シャウティンがズームォにいった。「いいねぇ。すなおなのはとてもいい。確認だけど、魔法卓で三体衛星をテザー推進させるためのコード、これで合ってる？」

シャウティンはタブレット端末をズームォの顔面に突きつけた。ズームォは表示を一瞥《いちべつ》すると、暗い顔でうなずいた。

だがその反応にシャウティンは表情を険しくした。「餅原。ブースから魔法卓を持ってこさせろ。代わりに武装兵をふたりほどブース内に待機」

疲れきったようすのズームォが、妙な気配を感じたように腰を浮かせた。中国語でつぶやきを漏らす。「まて……。なぜ武装兵をいれる？　ミンユーとランレイは？

外にだせ！　約束だろう」

食ってかかるズームォに対し、シャウティンが不快そうに身を退かせた。兵士らがズームォを椅子に引き戻す。ズームォは愕然《がくぜん》としながら強化ガラスに向き直った。ミンユーが涙ながらに立ちあがろうとするが、武装兵に力ずくで押しとどめられる。ランレイも泣きじゃくっているが、やはり銃を突きつけられていた。ズームォはおろおろとするばかりだった。

シャウティンがまたタブレット端末を差しだした。「リー・ズームォ。もういちどだけきく。テザー推進のコードは本当に合ってるか？」

ズームォはためらう素振りをしめしたが、どうにもならないと悟ったらしい。諦《あきら》めに似た顔で、手をタブレット端末に伸ばし、指先でタッチパネルに触れた。画面に表示されたキーボードで文字列を修正する。

やがてズームォは修正を終えると、無言で視線を落とした。

鼻を慣らしたシャウティンが、微笑みもせずつぶやいた。「無効化コードぐらいわかってたよ。もうくだらない小細工はないな？」

「……ああ。すべて問題ない」

亜樹凪が壁の受話器をとった。「技術第二班」

ほどなくドアが開き、白衣姿の男たちが、慌ただしく機材を搬入してきた。バルコニーにでて、直径一メートルほどのパラボラアンテナを設置。室内に据えた魔法卓と配線接続する。

シャウティンがタブレット端末を白衣のひとりに渡した。「これがテザー推進コード。ただちに三体衛星の姿勢制御テザーを操作、大気圏突入開始。核の起爆装置をオン。衛星の落下地点を、ウクライナのビラ・ツェルクヴァにセット」

蓮實が血相を変えた。「なんだと⁉　ウクライナのど真んなかに落とす気か」

「やかましい男だね」シャウティンがさも嫌そうな顔をした。「そうとも、ど真んなかさ。正確にはロシア軍が占拠した東部を除く、残りのウクライナ領土の中心」

「なにを考えてる！　そんなところで百メガトンの核を三つも爆発させたら……」

「ウクライナ全土が壊滅。文字通り地図から消え去る。キーウはもちろんのこと、北はチェルノブイリ、南はオデッサまできれいに消し飛ぶ。西端のリビウも放射能汚染でぺんぺん草も生えないでしょ。モルドバやルーマニアの一部も巻き添えを食うけど、必要な犠牲ってとこ」

凜香は耳を疑った。この中国人の老婆は、ひとつの都市どころではない、国家を破滅させようとしているのか。

「異常だ！」蓮實が怒鳴った。「それがなにを意味するかわかってるのか。中国の核兵器がウクライナを滅ぼすんだぞ！」

「当然知ってるとも！　蓮實。昨今はどの国も核戦争を避けたがる。軍事バランスも容易なことでは崩れない。攻撃のエビデンスと甚大な被害があって、初めて宣戦布告とみなされ、同規模の報復が可能になる」

「きけ」蓮實はいった。「中露の結びつきは深いが、習近平はゼレンスキー大統領と電話会談したはずだ。ロシアのために中国は仲介役を買ってでてる」

「おめでたいね。NATO加盟国のどこがそんなふうに認識してる？　中露は共産圏の大国どうしだ。習近平の振る舞いなど見せかけにすぎないと思ってる。裏ではロシアを軍事支援する気だし、もうとっくにしてると」

「なら尋常でない事態になるじゃないか。中国がウクライナを核で全滅させたら、第三次世界大戦は不可避だ！」

「最高！」シャウティンの垂れた目が輝きだした。「西側もこればっかりは全面報復に動かざるをえない。ふがいない国連にもはや抑止力もない。習近平がどれだけ弁明しようが、今度ばかりは武漢《ぶかん》ウイルスのようにはいかない」

「世界が滅ぶぞ！　ここだって安泰じゃなくなる」

「はん。日本も戦争に引きずりだされるって？　日米安保同盟があるから？　あいにく極貧三流国家に成り下がったおまえらなど、アメリカもろくに頼っちゃくれないね。三沢《みさわ》、横田《よこた》、座間《ざま》、横須賀《よこすか》、岩国《いわくに》、佐世保《させぼ》、嘉手納《かでな》は中露北のミサイル攻撃を受けるけど、それ以外はほったらかし。どうせ開戦後一年以内に日本は経済恐慌で滅ぶ」

「混乱に紛れられると踏んで、僻地《へきち》に疎開してきたつもりなのか？」

「そうとも。太平洋戦争でも日本のあらゆる重要な人材は、被害を免れるべく田舎に避難してた。だから終戦後たちまち復興できた。わたしも同じでね。愚かな大国どもが互いを滅ぼしあったのち、アジア発の新たな権力が世界を掌握する」

凜香は話についていけない気分になった。「有明で機械仕掛けの枕をいじってるだけで、世界を掌握とか。また夢想がすぎねえかよ、マーさん」

シャウティンの眉間《みけん》に皺《しわ》が寄った。「マーさん？」

「横浜《よこはま》中華街の小さな点心屋に、あんたみたいなおばあさんがいてさ。もっとずっと性格がいいけど」

「あー、優莉のお嬢ちゃん。おまえ学校の成績がよくないらしいね。これが絵空事に見えるってのかい」

「よくわかんないけど第三次大戦を起こしたきゃミサイル飛ばせば？　わざわざ核を

積んだ衛星を落とすとか謎すぎ」

「蓮實の苦労がわかろうもんだな、優莉凜香。いまもおまえの担任は、教え子の無知《むち》蒙昧《もうまい》さがバレて、穴にでも入りたそうな顔してやがる。あいにくミサイルってのは燃料注入しないと飛ばないんだよ。その点、三体衛星は遠隔操作だけでいい。こういう場合に重宝する。この魔法卓を日本海に落っことしたのが、習政権と世界の運の尽きよ」

凜香は蓮實を見つめた。「ばあさんのハッタリなんだろ？」

蓮實がこわばった顔で見かえした。「本当にそう思ってるのか」

「……まさかマジ？」

「もっと勉強しろといいたいとこだが、こんなの現社でも政経でも教えてないからな。知らなくても無理ない」

「あのさ……。ほんとに第三次大戦？　シュタゲ・ゼロとかじゃなくて？」凜香は経験がないレベルの狼狽《ろうばい》にとらわれた。「やばいじゃん」

「亜樹凪」蓮實はもうひとりの女子生徒に目を移した。「きみはこんな凶行につきあう義理はないはずだ。やめさせろ」

けれども亜樹凪は氷のような表情で蓮實を見かえした。「雲英さんって呼んでよ。

そういう約束でしょ」

「雲英！　きみは父親とはちがうはずだ。いったいなんの目的でこんなことをする」

「世界人口激減で二酸化炭素排出量が大幅に抑制、地球温暖化を回避。ＥＬ累次体が新しい秩序を作りだす。わたしはそこに加わるの」

「卒業文集にそういう寒い話を書く男子生徒が、ひとりかふたりはいるもんだがな。雲英。優等生のきみが口にすることじゃないぞ」

耐えがたい緊張に、凜香は思わず声を荒らげた。「どうせ瑠那が来る」

室内が静まりかえった。亜樹凪が凜香をじっと見つめてきた。「無理」

「そう思うかよ。なんで？」

「日暮里高校の生徒も先生も、みんな状況が理解できないまま、ここに身を任せてる。もし数人を射殺したとしても、状況がなにも変わらないぐらい、わたしたちを信頼しきってる。人質が能動的に脱出を意図しない以上、救出は果てしなく困難」

たしかにそうだ。過去の高校事変との最大のちがいはそこにある。恐怖を敷いていなければ抵抗も生じえない。人目を盗んでなんらかの行動を起こす者もいない。瑠那が現れても協力しようとする者はいない。

思考停止した受け身の集団が人質になっている。支配者側からすれば、いますぐにでも人質の数を削っていける。それでも残りの連中は緊張感を持つことさえない。人命を救うことを念頭に置けば、こんなに攻略困難な状況はほかにない。

「ったく」凜香は忌々《いまいま》しい気分でつぶやいた。「結衣姉のころから、この手の事件を数えたら、これで十六回目ぐらいだっけ？　おめえらみたいな悪党は毎度毎度、よくアイディアが尽きねえな。しかもちゃんといつも、ごていねいに学校絡みときやがる。アイディアマンでもいるのかよ」

亜樹凪は真顔のままだった。「三か月連続の苦労は並大抵じゃなくてよ。でも特に先月は、今月のための予算調整もあって、巫女《みこ》学校の色恋沙汰《ざた》とか、規模自体が小さくてね。EL累次体の計画立案者も反省してた」

白衣のひとりが魔法卓のキーを叩《たた》きながら報告した。「質量と抗力係数、速度、突入角の計算終了、突入位置を確定。軌道予測が完了しました。大気圏突入開始します」

シャウティンがタバコに火をつけた。「やりな。古墳のケシ畑とか、ちっぽけな話じゃねえってとこを、優莉のお嬢ちゃんに拝ませてやれ」

バルコニーでパラボラアンテナが瞬時に向きと角度を変えた。衛星を捕捉《ほそく》したらしい。モニター群がいっせいに表示を切り替える。メルカトル図法の世界地図に衛星の軌道予測が重なる。別のモニターに地球の立体図もあった。三体衛星は地球を二周近く回ったのち、ウクライナの真んなかに墜落する、それが今後起きることだとわかる。

鳥肌が立つのを凛香はおぼえた。なんだよこれ。悪夢か冗談か、あるいはアニメの世界だろう。第三次大戦勃発《ぼっぱつ》だなんて、たとえ凶悪犯の娘だろうが、高一になにができるってんだ。

シャウティンが皺だらけの無表情で振りかえった。「わたしゃ日本の女子高生の火遊びなんぞに興味はなくてね。見るがいいさ。容赦なく、分け隔てなく人類の総数を削る。大人の戦争ってのはこういうもんよ」

唐突にドアが開き、公安の鷲峰が駆けこんできた。「杠葉瑠那の居場所を突きとめました！　街頭防犯カメラの顔認識にひっかかりました。埼玉県春日部《かすかべ》市上金崎《かみかなさき》、江戸川沿い」

亜樹凪がつぶやいた。「さすが瑠那、いい勘してる。首都圏外郭放水路の入口付近よね。広い地下空洞。あそこも全校生徒を収容可能だし、候補のひとつだった」

シャウティンが餅原に命じた。「精鋭部隊を送りこんで始末しな」

餅原が駆けだしていくと、いれちがいに藤蔭文科大臣が入ってきた。藤蔭は餅原の背を見送ってから、平然とシャウティンに向き直った。「あなたが来てから仕事が早い」

「わが大陸は広すぎてね。カメラでカバーしようにも限度がある。このちっぽけな島国なら余裕で網羅できる」

凜香は心中穏やかでなかった。公安の強権を利用し、すべての街頭防犯カメラによる追跡が実行されたようだ。いままで警察の目を翻弄《ほんろう》してきたのとは次元がちがう。これでは瑠那にも逃げ場がない。

27

瑠那は百段近い階段を一気に駆け下り、深い地の底に潜っていた。コンクリート壁が囲む地下トンネルだが、規模は途方もなかった。長さ百七十七メートル、幅七十八メートル、高さ十八メートルの巨大な空洞に、極太の楕円柱《だえんちゅう》が五十九本も林立する。

首都圏外郭放水路の調圧水槽、別名地下神殿。洪水を防ぐ目的で建設された、常識外の容積を誇る空間だった。天井の白色灯が辺りを煌々《こうこう》と照らす。ポンプが作動していないため、いまは貯水もなく、床が多少濡《ぬ》れているぐらいだ。ときおり見学者が入場するが、この時間帯は無人になる。

瑠那は空洞を小走りに駆け抜けていった。果てしなく見通せるようで、じつは等間隔に立つ楕円柱が視野を遮るため、案外物陰が生じやすい。エジプトのアブシンベル神殿に似ている。靴音は消せないが、あらゆるノイズが複雑に反響しまくる。きこえる方向を割りだすのは容易ではない。

中央操作室で各所がモニターできるものの、瑠那はハッキングにより監視映像をループさせておいた。静寂が保たれているかぎり、しばらくは江戸川河川事務所の目をごまかせる。ただしじきに状況は変異する。

楕円柱のわきを走るうち、ふいに人影にばったりとでくわした。柱の陰から半ば唐突に現れたのは、ヘルメットにゴーグル、右のこめかみにゴープロカメラ、防弾ベストと迷彩服の武装兵だった。単独で索敵中のようだ。アサルトライフルは中国人民解放軍のQBZ191。ハン・シャウティンの土産かもしれない。

はっとした武装兵が銃ごと瑠那に向き直る。だが瑠那は一瞬早く右手を腰の後ろにまわしていた。制服のブラウスの下、スカートベルトに挟んだ小型拳銃《けんじゅう》、スプリングフィールド・アーモリー社のヘルキャットを引き抜く。武装兵が銃撃する寸前にトリガーを三回連続で引き絞った。けたたましい銃声が同じ回数だけこだまし、銃火が閃《ひらめ》く。武装兵の表情が苦痛に歪《ゆが》むのをまのあたりにした。三発目がゴーグルに覆われた左目を撃ち抜いた。

瑠那は拳銃を投げ捨て、飛びこむように前転しながら、アサルトライフルを確保した。片膝《かたひざ》立ちになったとき、周囲の楕円柱の陰から一斉掃射が開始された。

頭が割れそうなほどの凄《すさ》まじい音圧が、容赦なく鼓膜を破ろうとしてくる。敵はイヤホン機能付き耳栓を装着しているだろうが、瑠那はちがった。周りにフルオート掃射しつつ瑠那は走った。遠方から飛びだしてきた敵兵の群れは、まさに雪崩打つがごとく押し寄せてくる。三百人はいるだろうか。

立坑なる縦穴空間へと逃げこんだ。縦穴といっても直径は約三十メートル、ここから見上げる高さも七十メートル以上、まさに蟻になったかのような眺めだ。立坑の内壁に鉄骨で組みあげられた階段がある。瑠那はそこを駆け上った。

あるていどの高さから水平方向へキャットウォークが延びていた。瑠那は走った。

立坑の内壁に沿って円を描くキャットウォークを、ひたすら駆けていく。

立坑の底に敵勢が侵入してきた。仰角に構えたアサルトライフルがいっせいに火を噴く。瑠那はすばやくキャットウォーク上に伏せた。隙間だらけの手すりは遮蔽《しゃへい》になりえない。支柱にもさかんに跳弾の火花が散る。

眼下に敵勢が集結し一斉射撃を絶やさない。このままではいずれ狙いが定まる。撃たれるのをまつだけでしかない。

奥の手をだすにはまだ早すぎる気がする。けれどもこれ以外に方法がなかった。瑠那は背負っていたリュックを下ろし、防毒マスクを引っぱりだした。吸収缶のついたマスクを口にあて、ベルトを頭の後ろにまわし、しっかりと締める。マスクと一体化したゴーグルで目もとを覆う。

軍用ではない。作業員用に市販されているしろものだった。低濃度の有毒ガスが発生する現場向きだが、濱滝医師の話では、これでもウルバレラ毒素菌の吸引を防げるらしい。

リュックからもうひとつ、野球のボール大の球体をとりだした。ふいに甲高い音とともに風圧を頬に感じた。耳もとを銃弾がかすめ飛ぶ。確実に照準が定まってきた。数秒のうちに蜂の巣にされてしまう。

瑠那は跳ね起きた。三百人を超える敵勢の中心を見極め、手投げ弾を振りかぶると、力まかせに投げ落とした。

銃撃が一瞬やんだのは、ふつうの手榴弾《しゅりゅうだん》と解釈し、その場に伏せる兵が多かったからかもしれない。球体が立坑の底にぶつかり、ガラスの割れる音がした。

静かだった。まるで手榴弾が不発に終わったかのようだ。事実そう思ったのか、一部の兵が銃撃を再開した。瑠那はキャットウォーク上で姿勢を低くするしかなかった。

だが直後に異変が発生した。途絶えがちな銃声の代わりに、断末魔に似た絶叫がこだまし始めた。瑠那は手すりから身を乗りだした。敵勢がいっせいに悶《もだ》え苦しんでいる。嘔吐《おうと》のように血をぶちまけては、ドミノのごとく次々に突っ伏していった。あたかも蜂の巣に殺虫剤を浴びせたかのごときありさまだ。

ミュゼ・パラノイザDV67の威力を、瑠那は初めてまのあたりにした。百人がのたうちまわり、百人はすでに死んでいた。残る百人は銃を無差別に乱射した。錯乱状態にあるのか、周りの味方をも巻き添えにしている。

一分近くが経った。生き残りは二十人に満たなかった。とはいえ身体能力が衰えない兵士も少なからずいる。死を免れた敵は撤退を始めた。瑠那はアサルトライフルのセレクターをセミオートに切り替えた。手すり越しに俯角《ふかく》に狙いをつけ、逃走する敵の後頭部めがけ、片っ端から銃撃していった。血飛沫《ちしぶき》とともに敵が続々と突っ伏す。兵をひとりだけ狙撃圏外へ逃がした。身のこなしが速かった。二十代かもしれない。

瑠那はキャットウォークを走り、階段を駆け下りながら撃った。たったひとりの生き残りが、狭めの通路に消えていく。

階段を下りきった瑠那は猛然と走り、同じ通路へと飛びこんだ。ただちに床に伏せ、アサルトライフルで行く手を警戒する。

無音だった。靴音ひとつきこえない。瑠那はふたたび身体を起こした。焦燥とともにまた駆けだす。

厄介な状況だと瑠那は思った。防毒マスクをかぶったまま唇を噛《か》んだ。

中央操作室が銃声に気づいても、警備員を送りこむことはない。その方面のゲートは閉鎖されているからだ。瑠那はプログラミングをいじり、ほどなくポンプが作動するようにしておいた。やがて地下空洞内は水に満たされ、瑠那がいた証拠のすべてが洗い流される。

だがそれ以上の懸念がある。ひとりを逃がした。いま見失ってはまずい。このまま地上にだしてはならない。一気に感染がひろまってしまう。

心臓の鼓動が加速し、瑠那の内耳にこだまする。防毒マスクのゴーグルのせいで、額の汗すら拭《ぬぐ》えないと気づいた。逃げた敵兵を追わねばならない。もはや一刻の猶予もない。

28

凜香は下りのエレベーターに乗った。蓮實とともに後ろ手に拘束された状態に変わりはない。シャウティンと亜樹凪も同乗するものの、どうにかできるすべはなかった。凜香と蓮實を囲むように、迷彩服の武装兵がぎっしり詰まっているからだ。人数ぶんの銃口があらゆる方向から突きつけられていた。

エレベーターはB1で停止し、扉が開いた。地下一階。今度の通路は配管が多く壁を這《は》う、いかにもバックヤードの抜け道だった。一行がぞろぞろと進んだ。

瑠那がどうなったかも気になるが、現状ここで頼りにできるのは蓮實だけになる。亜樹凪がいても一定の冷静さを保っている以上、どうやら気持ちに踏んぎりがついたらしい。もし手錠を外される機会を得られたら、ひと暴れしてくれるかもしれない。逆転の機会が訪れるとしたらそれしかない。

通路が折れた先にドアがあった。凜香は抜け目なく方向を確認し、歩数で距離を推し量っていた。女子は空間認識能力に問題があるといわれるが、丙午《ひのえうま》に生まれた女が短気というのと同じぐらい、偏見に満ちた迷信だと凜香は思った。いまもう少しでホールの真下に到達するとわかる。

ドアを入った向こうには配電盤が並んでいた。体育館の照明や空調を管理する部屋らしい。棚には塗装用品や溶接用品があり、メンテナンス倉庫も兼ねている。数台のテレビモニターは、武装兵らが持ちこんだのだろう。映っているのはホール内のようすだった。偽NHKスタッフが撮影するリアルタイム映像だとわかる。壁際に備え付けの鉄梯子《てつばしご》があり、天井の防火扉につながっていた。たぶんあれを開ければホールに入れる。

この地下室にはなぜか迷彩服が大勢詰めている。なにかを取り囲むように立ち、全員で床を見下ろしている。

迷彩服らの視線の先をまのあたりにしたとき、凜香は衝撃を受けた。蓮實はかつてないほどの驚愕《きょうがく》の反応をしめした。

銃を向けられているにもかかわらず、蓮實は必死の形相で迷彩服らを突き飛ばし、その場に駆け寄ろうとした。ただちに武装兵の群れが繰りだし、全力で蓮實の巨体を押しとどめる。

蓮實が目を剝《む》き怒鳴った。「詩乃！」

なんと詩乃は全裸で床にへたりこんでいた。顔は試合後のボクサーのように腫《は》れ、あちこちに痣《あざ》ができ、鼻血が垂れた痕《あと》がある。目を真っ赤にしながら詩乃が蓮實を見かえした。

なんてことだと凜香は思った。蓮實が冷静さを保ちえた時間は終わった。敵はこちらの弱みを知り尽くしている。

一糸まとわぬ姿の詩乃だが、性的暴行が始まるわけではなかった。なんとも奇妙なことに、迷彩服どもは詩乃に新たな服を着せようとしている。服というより、正確には着ぐるみだった。背中にファスナーがついた、毛むくじゃらの着ぐるみのなかに、詩乃を押しこもうとする。むろん詩乃は激しく抵抗したが、迷彩服のひとりが平手打ちを食らわせた。詩乃の脚が着ぐるみのなかに収まり、次いで両腕、両肩まで力ずくで捻《ね》じこまれた。

蓮實が突進しようとした。「詩乃！　畜生、てめえら。なにをしようってんだ！」

だが両手が自由にならない蓮實は隙だらけだった。武装兵がアサルトライフルの銃《じゅう》尻《じり》で蓮實の腹を殴った。蓮實は呻《うめ》きながら床にひざまずいた。

迷彩服のひとりがゴリラの頭部を運んできた。それを詩乃にかぶせようとする。詩乃は目を瞠《みは》り、涙ながらに懇願した。「嫌。やめてよ。庄司さん、助けて！」

ゴリラの頭部がすっぽりかぶされると、叫び声は急にくぐもり、ほとんどなにもきこえなくなった。迷彩服らがドライバーを手に、着ぐるみの首をネジ留めする。詩乃の入ったゴリラの着ぐるみは、太った体形に見せるため詰め物がしてあるらしく、ひどく動きにくそうだった。まともに立てるかどうかも怪しい。

亜樹凪が冷酷なまなざしで蓮實を振りかえった。「わたし、小学生のときに読んだ江戸川乱歩が忘れられないの。どうしてもこれをやりたくて」

蓮實が歯ぎしりした。「雲英……。正気か」

武装兵らが銃をゴリラの着ぐるみに向ける。ひとりが命令口調でいった。「立て。鉄梯子を登れ」

詩乃が着たゴリラの着ぐるみは、ひたすら当惑をしめすばかりだった。しかし武装兵のひとりがセミオートで床を撃った。大音量の銃声が反響し、ゴリラは飛びあがった。あたふたと鉄梯子にしがみつくが、身体が重いせいかなかなかよじ登れない。すでに鉄梯子の上方には餅原が先行していた。やれやれとばかりに餅原がゴリラに手を貸し、力ずくで引っぱりあげる。なんとか天井に達した。餅原が防火扉を押し開けると、その先にはまだ縦穴がつづいていた。ホールに入るにはさらに上のハッチを開けねばならないようだ。餅原に導かれ、ゴリラの着ぐるみは縦穴に消えていった。迷彩服らがいっせいにゴリラを追い、鉄梯子を登っていく。

室内のモニターにホールのようすが映っていた。全校生徒と教職員らが、退屈そうに密集するホールに、まず餅原が現れた。餅原はハンドマイク片手に声を張った。

「みなさん、テロ事件には予期せぬことがつきものです。ハプニングから身を守ってください。兵士諸君！　近くの動物園からゴリラが脱走した。射殺しろ！」

ちょうどゴリラの着ぐるみが駆けこんできた。女子生徒らの悲鳴がこだまする。だがほどなく笑い声のほうが大きくなった。着ぐるみの目は外が見えるらしく、詩乃が生徒たちに戸惑ったのか、ゴリラが立ちすくんだ。けれどもそれは一瞬にすぎず、追っ手の迷彩服らが駆けこんでくると、ゴリラはあわてぎみに逃げだした。

シャウティンは仏頂面で腕組みをし、黙ってモニターを観ていた。だが騒動が始まると、にわかに醜悪な顔を歪《ゆが》め、遠慮のない笑い声を響かせた。

亜樹凪が淡々とつぶやいた。「銃はどれも血糊《ちのり》弾じゃなく実弾を装塡《そうてん》済み」

銃声が轟《とどろ》いた。迷彩服らが発砲している。生徒と教職員の群れは、騒音に両手で耳を塞《ふさ》いだものの、ほとんどが笑い転げていた。迷彩服らはゴリラを追いまわしつつも、弾を当てないよう、わざと狙いを微妙に逸《そ》らしている。それでも実弾が飛び交っている事実を、ホール内にいる人質は誰も知らない。池辺校長や芦田教頭も愉快そうに笑っている。男子生徒のなかにはゴリラに物を投げつける者もいた。ゴリラがそちらに逃げてくると、その生徒はあわててテーブルの下に潜りこみ、間一髪やりすごした。人質の大半が、ゴリラと迷彩服らの追いかけっこに歓声を発しつつ、悲鳴とともに逃げまわっている。

蓮實が激しい動揺をしめした。「やめろ！　やめてくれ！」

暴れる蓮實に対し、武装兵らが取り押さえにかかる。凜香は苦い気分でたたずむしかなかった。蓮實に理性の維持を求めるほうが酷だ。しめし合わせ、なんらかの反撃を画策しようにも、凜香には相談相手がいなくなった。

亜樹凪が察したように凜香の前に来た。「よくある悩みよね。担任の先生が頼りにならない」

凜香は怒りをおぼえた。「おまえらがそういう状況に追いこんだんだろが」

シャウティンが声を張った。「そろそろ片をつけな。ゴリラを撃ち殺して、死体をここへ引きずってこい」

蓮實は武装兵らにねじ伏せられてもなお怒鳴りつづけた。「よせ！　てめえらには慈悲も情もないのか」

鼻を鳴らしシャウティンが蓮實を一瞥《いちべつ》した。「情けない教師だね、おまえは。恋人をあんな目に遭わせてるのはおまえだよ。教え子の違法行為に見て見ぬふりをしてきた末路さ。自分の馬鹿さ加減を思い知るがいい」

モニターのなかでゴリラは、とうとうホールの隅に追い詰められた。ただひたすらすくみあがり、首を横に振るばかりだった。武装兵らがアサルトライフルでいっせいに狙い澄ます。いまにもトリガーが引かれようとしている。

そのとき文科省職員の曽鍋が部屋に駆けこんできた。曽鍋はのっぴきならない態度をしめしつつ、亜樹凪のもとに駆け寄り、なにやら耳打ちした。亜樹凪も表情を険しくし、シャウティンに小声の中国語で、早口にまくしたてた。

シャウティンがぎょろ目を剝いた。「ショーをいったん中止。ゴリラを連れ戻せ。誰もホールからだすな。わたしたちは場所を移す」

一同が動きだした。蓮實も引き立てられた。凜香と蓮實はまた別のところへ連行されるようだ。なにが起きたのかと凜香は訝《いぶか》った。

三体衛星は刻一刻とウクライナに迫り、第三次大戦の火蓋《ひぶた》が切られようとしている。手錠のせいで身動きひとつできないまま、世界の終わりを目撃せねばならないのか。こんな悪夢はご免だと凜香は心のなかでつぶやいた。歴史を変えるバタフライエフェクトでもなんでも起きやがれ。

29

ハン・シャウティンはふたたび総合体育館のロビーに立った。まずくなったタバコを床に投げ捨て、靴の踵《かかと》で踏みにじる。

武装兵がロビー内に分散して立つ。迷彩服のひとりがテーブルとノートパソコンを運んできた。

目の前に据えられたパソコンのモニターに、動画が映しだされる。兵士がこめかみに装着した小型カメラの撮影映像だった。交戦中のため画角がさかんに揺れる。首都圏外郭放水路の内部らしき、コンクリート壁に囲まれた広大な暗闇のあちこちに、銃火が絶え間なく閃《ひらめ》く。撮影者の携えるアサルトライフルも、画面の斜め下から奥に向け、銃撃を繰りかえす。まるでFPSのゲームのようでもある。

餅原がシャウティンのわきに立ち、モニターを指さした。「杠葉瑠那を襲撃した全員が、ゴープロカメラを装着しています。これは二部隊十三班の智芭《ちば》という男のカメラです」

部隊は瑠那への包囲網を着実に狭めつつある。瑠那は追い詰められキャットウォークに上った。上方から撃ちかえすものの、多勢に無勢はあきらかだった。間もなく標的が蜂の巣にされる、そんな局面に見える。

ところが瑠那はなぜかガスマスクで顔を覆い、なんらかの物体を放り投げた。ふつうの手榴弾《しゅりゅうだん》かと思ったがちがっていた。物体は落下したものの、画面上に爆発は見てとれない。だが破裂した物体がなんらかの気体を放出したようだ。

武装兵らの銃撃が逸《そ》れがちになり、ほどなく銃火まで途絶えだした。いきなり武装兵のひとりが大量に吐血した。嘔吐《おうと》のごとく鮮血を噴出させ、その場に膝《ひざ》をついた。ほかの兵士らも次々と同じ症状をしめした。誰もがそこかしこで両手を振りかざし、空を掻《か》きむしった。しばし悶絶《もんぜつ》したのち、ばたばたと床に突っ伏した。

シャウティンは愕然《がくぜん》とした。わずか十数秒間。精鋭部隊は倒れ、地の底に血の海がひろがった。痙攣《けいれん》を起こす者も少なからずいたが、ほどなく力尽きてしまった。大半が即死に等しかったとわかる。

まだ全滅ではなかった。倒れていない者たちもいる。このカメラを装着した智芭もそのひとりだった。どうやら智芭は瑠那が物体を投げた直後、すかさず息をとめたらしい。以来ずっと呼吸を控えつづけている。動揺とともに息苦しくなったのか、画面はさかんに揺れだした。智芭は身を翻し、脱兎《だっと》のごとく逃走に転じた。

画面全体が断続的な閃光《せんこう》に包まれる。銃声も反響した。逃げる兵士たちの背を瑠那が狙撃している。智芭の息遣いはきこえない。なおも空気を吸わず走りつづけていた。左右にカメラが振られた。兵士らが片っ端からつんのめっていく。瑠那の凶弾が兵士の命を奪っていく。

生き延びたのは智芭ひとりのようだった。コンクリート壁の谷間、やや狭めの通路に逃げこんだ。迷路のような通路を右へ左へと逃げまわる。行く手の金網の向こう、巨大なファンが回っていた。通気ダクトらしい。換気を実感できたのか、ようやくぜいぜいと呼吸音がきこえた。

画角がいままでとは異なる揺れ方をした。智芭がこめかみのカメラを外したらしい。レンズを自分の顔に向ける。疲弊しきった二十代の顔が大写しになった。

智芭が咳《せ》きこみながら報告した。「緊急事態発生。杠葉瑠那がなんらかの物体を投げ、気体を吸いこんだとたん、仲間が血を吐き……」

ふいに智芭が激しくむせた。手を口もとにやる。血を吐いていた。即死に至るほど大量の吐血ではない。だが真っ赤に染まった自分の手を見るや、智芭がうろたえだした。

「こ」智芭が焦燥をあらわにいった。「これより有明本部に帰還する。偽装車両で戻るので受けいれ願いたい。通信を切る。以上」

画面はブラックアウトした。暗くなったモニターに、シャウティンのひきつった顔が反射していた。

苦々しさを噛《か》み締めつつシャウティンは視線をあげた。ロビーにいる連中を眺め渡す。武装兵のほか藤蔭文科大臣と、文科省職員の曽鍋がいた。公安の鷲峰と草桶も目につく。そして後ろ手に拘束された凜香と蓮實。みなパソコンの画面を観ていないため、大半はなにが起きたかわからず、ただ怪訝《けげん》そうな顔を向けてくる。曽鍋のように状況を知る者は、硬い表情でうつむいた。

シャウティンの右に立つ餅原、左に立つ亜樹凪は、いずれも慄然《りつぜん》としている。ロビーの壁には禁煙の看板が掲げてあった。シャウティンはかまわず新しいタバコをくわえた。「ミュゼ・パラノイザＤＶ67だ」

餅原が緊張の面持ちでたずねた。「毒ガスですか」

「生物兵器だよ」シャウティンはライターでタバコに火をつけた。煙をたっぷり肺に落とし、苛立《いらだ》ちとともに吐きだす。さらにまたまずくなった。忌々《いまいま》しさを募らせながらシャウティンはいった。「ウルバレラ毒素菌。米ＣＤＣがカテゴリーＡに指定した細菌兵器。まさかこんなもんを使うとはね」

亜樹凪が信じられないという顔になった。「どこから入手したんでしょうか」

「さあ」シャウティンはタバコを指先につまみとった。「いちど恒星天球教がテロに用いた以上、日本にも開発できる奴がいる。たしか濱滝って医者だったな。もう出所してるはず」

うか」

「手投げ式のミュゼ・パラノイザDV67弾を、瑠那は何発ぐらい所持してるんでしょうか」

「そうたくさんは作れん。問題は毒ガスじゃなく細菌ってことでね。空気感染するんだよ。どんなに息をとめようが、地下空間にいた以上、微量が肺に入りこんでる。死ぬまで約二時間、そのあいだ肺のなかで増殖した菌を撒《ま》き散らす」

こざかしい杠葉瑠那め。首都圏外郭放水路に武装部隊を誘いこんだのは、これを使うためだったか。大量殺戮《さつりく》兵器をためらいなく用いるとは、さすが優莉家の血筋だ。だが兵士一名の逃亡を許したのは、瑠那にとって誤算だったにちがいない。智芭が地上にでて、クルマに乗りこむまでのあいだ、誰かと接触すれば感染がひろがる。

亜樹凪が餅原を見つめた。「智芭は帰還してない？」

「まだ着いていないはずです」

「これはいつの映像だよ」

「一時間ほど前です。無線で受像しました」

苦い顔の餅原が助言した。「一時間とはきわどいです。東京外環自動車道から首都高湾岸線へ走れば、それぐらいで有明に到着できるかもしれません」

シャウティンはいった。「すべての出入口を封鎖。智芭を閉めだせ」

餅原が切羽詰まったようすで動きだし、武装兵らに呼びかけた。「全警備班に通達。監視カメラが智芭を捉《とら》えても、けっしてなかにいれるな。直接の接触は絶対に避けろ」

藤蔭文科大臣が近づいてきた。「トラブルか？」

「いや」シャウティンはぞんざいに否定した。「第三次大戦を前にトラブルもヘチマもないだろが。のんびり世界が終わるのをまってろ」

「そうか」藤蔭が当惑ぎみに声をひそめた。「だが池辺校長がうるさくてね。私との対談も撮り終わったし、もう充分だろうと急《せ》かすんだよ。生徒を早く家に帰したいと、そればっかりで」

つまらないことを申し立ててくる校長だ。けれども杠葉瑠那が生存し、細菌兵器まで持ちだしてきたからには、人質の価値と重要性はむしろ高まっている。

三体衛星の墜落までは、なんとしても状況を維持せねばならない。ひと手間をかけてでも、人質たちがだまされたままにしておくべきだ。現状維持なら、ホールの警備は数名の武装兵だけで済む。しかしいったん真実を知らしめ、恐怖による制圧に転じるとなると、百名もの兵力をホールに割かれてしまう。

シャウティンはタバコを床に投げ捨て、ホールのドアへと歩きだした。「鷲峰！」

公安の鷲峰がびくっとして応じた。「はい」

「ミュゼ・パラノイザDV67についての資料を、警視庁のデータバンクから集めてこい。公安ならできるだろ」

「おまかせを。ただちに」

「餅原！」

迷彩服の餅原が駆け戻ってきた。「はい」

「ホール内をしばらく持たせろ。生徒や学校関係者どもを黙らせとく策はあるか」

藤蔭文科大臣が歩調を合わせた。「私が総括のスピーチをしよう」

「いいねぇ」シャウティンは歩を緩めなかった。「亜樹凪、あんたも大臣につづいて演説をぶちな。ホンジュラスに絡めて、ちょっと泣かせる話を披露すりゃ、校長ら馬鹿どもは時間を忘れてくれる」

「ええ」亜樹凪がうなずいた。「そういうのは得意」

ロビーに居残る凜香が声をかけてきた。「マーさん！　なにか番狂わせが起きたみてえだな。部隊が瑠那にやられたんだろ？　破滅すんのは世界じゃなくておめえらじゃん」

いらっとくる物言いだった。シャウティンは振りかえった。「細菌弾を投げつけてくるなんざ、おまえの妹も父親譲りの凶悪テロリストだね。だけど残念ながら、本物の国軍どうしがぶつかりあう今後、そんなのは脅威にならないのさ」

ホールのドアが弾《はじ》けるように開いた。武装兵らがゴリラの着ぐるみを連れだしてくる。ロビーで武装兵のひとりがゴリラの背を乱暴に突き飛ばした。ゴリラが床に突っ伏した。なかに入った詩乃の泣き声がかすかにきこえる。

「詩乃！」蓮實が後ろ手に拘束されたまま、死にものぐるいの体当たりで周りの迷彩服を排除、詩乃のもとに駆け寄った。ひざまずいた蓮實が悲嘆に暮れた顔で、ゴリラの着ぐるみを見下ろす。

凜香も蓮實を追ってきた。武装兵が三人を包囲する。シャウティンはうんざりし背を向けた。どうせこいつらはもうなにもできない。文科大臣や亜樹凪のスピーチが終わりしだい始末してやる。人質は従順な奴らだけでいい。

またホールに入った。さっきまでとは雰囲気が異なっている。パーティーが盛況を極めたのち、徐々に盛り下がってきて、参加者たちが帰り時間を気にし始める。そんなしらけた空気に似ている。餅原や藤蔭大臣を見ると、池辺校長らは立ちあがり、真顔で歩み寄った。

池辺校長が恐縮しながらいった。「大臣、本日はどうもありがとうございました。

NHKのディレクターさんにも申しあげたんですが、収録のほうはもう充分じゃないかと……。これ以上遅くなると、学校として保護者への責任もありますし、そろそろ終了していただけないでしょうか」

餅原がハンドマイクで声を響かせた。「みなさん、席にお着きください。藤蔭大臣から総括の言葉をいただきます。生徒代表として雲英亜樹凪さんのご感想も」

まだつづくのかという不満と、ようやく終わりそうだという安堵《あんど》が、教職員らの顔に入り交じる。生徒たちもおっくうそうに席へ戻る。開幕から刺激の強いショーだっただけに、その反動も大きいようだ。誰もが状況にすっかり慣れきっている。

藤蔭大臣が一同の前に立ち、餅原からハンドマイクを受けとった。「本日はみなさまと一緒に勉強できて光栄の至りです。防災訓練の延長として、こうして物騒な模擬テロ事件を体験せねばならないことは、文科大臣として非常に悲しむべきことではあります。しかしみなさまの勇気に触れることで、これからの日本を背負《しょ》って立つ……」

シャウティンは油断なくホール内を見まわしていた。当初にくらべれば熱が冷めてきたものの、テレビカメラが向けられると、とりわけ生徒らはきちんとした姿勢をとる。虚栄心や承認欲求のなせるわざだろう。保護者らがNHKの番組を観る日を想定し、できるだけ優等生っぽく振る舞おうと努力する。あいにくそんなときは永久に来ないのだが。

ふとシャウティンの注意力が喚起された。目に映ったものがなんであるかを悟る前に、不快な緊張が胸中にひろがりだす。無意識のうちにも嫌悪感を抱くなにかを見たようだ。シャウティンは視線を戻した。

全身総毛立つとはこのことだった。壁際に居並ぶ迷彩服らのなかに、なんと智芭の顔を見つけた。智芭は疲れきった面持ちながら、違和感もなく仲間たちに溶けこんでいる。

失敗の懲罰を避けるため、報告もせず素知らぬ態度で戻ったか。シャウティンは歩きだした。つかつかと智芭に近づいていく。智芭の反応は鈍く、ぼんやりした目がシャウティンを見かえした。

サマーコートのポケットにいれた右手は、すでに小型拳銃《けんじゅう》のグリップをつかんでいた。距離が詰まると、シャウティンは前進しながら拳銃を引き抜き、銃口を智芭に向けた。智芭が目を瞠《みは》ったが、シャウティンは容赦なくトリガーを引いた。つづけざまに何発も撃った。

銃声が耳をつんざく。のけぞった智芭の喉《のど》もとに血飛沫《ちしぶき》があがる。智芭は仰向《あおむ》けに倒れた。腕と脚を投げだし、床の上で脱力しきった。

女子生徒らは悲鳴を発したものの、男子生徒たちのなかには失笑の反応も多かった。しかし総じて引きぎみに思える。誰も射殺は本気にしていないが、けたたましい銃声にいちいちびくつかざるをえず、不快に感じ始めたようだ。

周りの迷彩服が動揺し、智芭の死体に手を伸ばそうとする。だがシャウティンは一喝した。「触るな！」

餅原が泡を食ったようすで駆け寄ってきた。驚愕《きょうがく》のいろとともに死体を見下ろす。前かがみになった餅原の頭髪を、シャウティンはわしづかみにし、力ずくで左右に振った。

激昂《げっこう》を抑えられない。シャウティンは怒鳴った。「こいつを見ろ！　もう帰ってきてたじゃないか」

生徒らはまた芝居が始まったと思ったらしく、笑いとともに見物しだした。餅原は取り乱しつつも謝罪した。「申しわけありません。閉鎖は徹底したんですが、それより早く戻ったとしか……」

「わたしたちまで感染しちまうだろ！　いったいどうしてくれるんだ!?」

亜樹凪が当惑顔で歩み寄ってきた。生徒らや教員たちからは、清楚《せいそ》に見える態度を保ちつつ、亜樹凪が中国語でささやいた。「まず死体を片付けないと。密閉状態に置いて、いま以上に感染をひろげないよう手を打つべき」

「ちがいない」シャウティンは日本語で餅原に耳打ちした。「使い捨てにできる兵をふたり選んで、死体を搬出させな。北の階段通路から屋根裏倉庫へ行ける。智芭を死体袋に密閉したら、そのまま倉庫内に留《とど》まるようにいえ。ドアも外から施錠しろ。絶対に戻らせるな」

「了解」餅原は迷彩服らのほうへ駆けていき、小声で指示を送った。

兵士ふたりが犠牲に選ばれたのも知らず、智芭の死体をひきずり北のドアへ向かっていく。見守る生徒たちの表情が神妙になった。シミュレーションにしてはリアルだと思ったのだろう。

するとそのとき女子生徒の声が、シャウティンの耳に届いた。「芽依《めい》ちゃん？　どうしたの？」

シャウティンはそちらを見た。テーブルについた女子生徒が両手で口を押さえ、なにやら苦しげにしている。周りの生徒らに動揺がひろがりだした。芽依という女子生徒は立ちあがったが、いきなり吐血した。広範囲に血液をぶちまけたのち、崩れるように床に倒れた。全身をぴくぴくと痙攣《けいれん》させたものの、ほどなく力尽きた。

生徒らの反応は、笑いと不安が半々だった。敏感な連中の表情はこわばりつつある。模擬テロ事件の演出にしては、あまりに唐突だったからだ。

するとと今度は別のテーブルで、女子生徒が椅子ごと後方へ倒れた。仰向きになったとたん、大量の鮮血を噴きあげた。床に転がった女子生徒は白目を剝《む》き、やはり痙攣を起こしたが、さほど間を置かずぐったりとした。

今度は教員たちも静かになった。女子生徒が倒れた際、スカートの裾《すそ》がめくれあがり、太腿《ふともも》まであらわになっているからだ。文科省後援の模擬テロ事件実習が、こんな仕込みを生徒に頼むとは、とても思えないはずだ。死んだ女子生徒はどちらも、見るからに優等生っぽい。悪ふざけに手を貸すタイプとはちがう。

シャウティンは慄然《りつぜん》とした。吐血と痙攣から一分以内の死。ウルバレラ毒素菌の感染症状でまちがいない。

教職員のひとりが女子生徒の死体に駆け寄った。中年の男性教師は横たわる女子生徒の脈をとった。血の気が引いた顔で教師がつぶやいた。「ほんとに死んでる……」

ざわっとした驚きがひろがるなか、男性教師も発症した。嘔吐《おうと》のように濁った声を発し、肺に溜《た》まった血を床に撒《ま》き散らした。周りの生徒らが絶叫とともに逃げ惑う。教師たちも恐れおののいていた。もう悲鳴には笑い声など交ざってはいなかった。男性教師は血の池のなかに倒れた。しばし痙攣を起こしたのち絶命した。

沈黙のなか視線が交錯する。池辺校長が汗びっしょりの顔で、おろおろといった。「こんな……。きいてませんよ？　先生までなんですか。もうこういうのは勘弁してください。生徒の教育にもよくありません」

緊迫した空気のなか、シャウティンは周りに命じた。「撤収しな。智芭を連れだしたふたりは、さっきの指示どおり捨て駒にしろ。生徒や教員にはかまうな」

真っ先に動きだしたのは偽NHKスタッフたちだった。三脚を畳み、撮影機材を抱えこむや、ドアからロビーへと駆けだしていく。迷彩服らもいっせいに撤収を始めた。シャウティンのほか亜樹凪、藤蔭文科大臣や曽鍋も、足ばやにドアへ向かった。

芦田教頭が追いかけてきた。「まってください。なにがどうなってるんでしょうか？　この状況はいったい……」

武装兵のひとりが芦田を突き飛ばした。教職員らがどよめいた。生徒たちに混乱がひろがり、一緒にドアから逃げようとしてくる。だがシャウティンらがロビーに脱出すると、迷彩服たちがドアを閉ざし、ただちに施錠した。日暮里高校の連中をみなホールに封じこめた。

曽鍋が近くの迷彩服にきいた。「地下室の天井にあった防火扉は？」

迷彩服が答えた。「ホールの床からは開けられないようになっています」

シャウティンは命じた。「念のため地下室側から防火扉を溶接。絶対に開かないようにしとけ」

ロビーの人数は急に増えた。EL累次体のメンバーばかりが息を切らし立ち尽くす。ずっとロビーに留まっていた部外者、凜香と蓮實が妙な顔を向けてくる。しかし後ろ手に拘束されているうえ、背後から銃も突きつけられたままだ。こちらに多少の動揺があろうと、反乱を起こせるような状況にない。ほかに部外者といえばゴリラの着ぐるみだけだ。ゴリラは蓮實に寄り添うようにへたりこんでいる。

ふとシャウティンの脳裏を嫌な予感がよぎった。シャウティンは足ばやにゴリラの着ぐるみに近づいた。頭を外すよう、無言で迷彩服らをうながす。迷彩服ふたりが戸惑いがちにドライバーで首のネジを除去する。

シャウティンは両手でゴリラの頭をつかみ持ちあげた。じつは瑠那なのでは、そう思ったからだ。だが現れたのは、目を真っ赤に泣き腫《は》らした詩乃の顔だった。

思わずため息が漏れる。シャウティンはゴリラの頭を床に叩《たた》きつけた。

凜香が冷やかにいった。「瑠那じゃねえかって？　そりゃそうなったらわたしもびっくりだけどよ」

亜樹凪が近づいてきた。「どうかしましたか」

「べつに」シャウティンは吐き捨てると、またタバコを取りだした。三人の部外者に背を向け、ロビーを歩きだす。タバコに火をつけつつシャウティンはいった。「空気感染から発症までの時間は個人差がある。たちまち死に至るのは数パーセント。さっきの奴らだ。大半は二時間前後」

不安げに亜樹凪が問いかけた。「わたしたちも感染してるんでしょうか」

「そう見るのが妥当だろう。解毒剤なり特効薬なり手にいれないとな」

公安の鷲峰と草桶が駆けつけた。鷲峰が一枚の紙を差しだした。「警視庁捜査一課が入手した、友里佐知子の犯罪計画ファイルの一ページ、そのコピーです。データバンクからプリントアウトしました。ミュゼ・パラノイザDV67の製造法です」

「ありがとよ」シャウティンは紙を受けとりながら、タバコの煙を公安ふたりの顔に吹きかけた。「これでおまえらもわたしたちの仲間いり」

意味がわからないようすで、鷲峰と草桶が互いを見つめあった。シャウティンは文面を読みながらうろつきまわった。いまさら製造法はどうでもいい。問題は体内に入ったウルバレラ毒素菌を無力化する手段だ。

作ったのはやはり濱滝庸征医師か。住所が書いてある。いまも変更がなければいいが、転居していたとしても見つけださねばならない。

解毒剤は製造不能。日本国内にはたった一本、一名ぶんの解毒剤しかない。それも濱滝医師のもとにある。

「餅原」シャウティンは命じた。「潜入と強奪の得意な三名を選んで、品川区小山台四の十二の六へ向かわせろ。濱滝って医師にウルバレラ毒素菌の解毒剤の在処《ありか》をゲロさせ、現物を見つけだせ」

藤蔭文科大臣が臆《おく》した表情を向けてきた。「三名といっても……。ここにいた兵士を外にだすのか？　感染が広まるじゃないか」

シャウティンは悠然とタバコを吹かしてみせた。「ＥＬ累次体の同胞らは、みんな都心を遠く離れている。梅沢総理も遊説中だろ。問題ない」

「解毒剤が入手できたとして、量はどれぐらい……？」

「一本しかない」

「せ、成分を分析して複製を作るとなると、時間がかかるんじゃないのか」

「そんなに不安がるな。ＥＬ累次体から薬学の専門家チームを呼ぶ。彼らはあらゆる薬品や器材を準備してる。奇跡のような速さで解毒剤を調合するさ」

そういいながらシャウティンは、手のなかで紙をくしゃくしゃに丸めた。複製など不可能。たった一本を誰が使うのかはきまっている。明日のアジアの支配者だ。ほかは尊い生け贄《にえ》になればいい。

30

凜香は不良で凶悪犯を自覚しているが、悪事の知恵は父親譲りにかぎられる。当然ながら人工衛星のことなどなにもわからない。

さっきの魔法卓による操作で、三体衛星が墜落を始めたとき、モニターの表示から軌道予測は読みとれた。地球を二周近く回ってウクライナの中心に落ちる。しかし大気圏外にある人工衛星が、高度を低くしながら地球を一周するのに、果たしてどれぐらいの時間がかかるのだろう。速度は一定なのか、徐々に増していくのか。それにより二周目にかかる時間も変わってくる。

詩乃がゴリラの着ぐるみを着せられ、ホールで武装兵に追いまわされたとき、凜香は敵がよほど暇を持て余しているのだろうと思った。すなわちまだ時間的余裕があることを悟った。衛星が地面にぶつかるまで、なお一時間以上はかかるのだろうか。ところが瑠那の細菌弾から感染がひろがり、シャウティンが解毒剤を取りに行かせる段になると、核爆発が起きるのはさらに先と推察せざるをえなかった。後ろ手に拘束された凜香と蓮實が、ふたたび魔法卓のある部屋に連行されたとき、白衣が残り四十三分と告げるのがきこえた。凜香は壁の時計を一瞥《いちべつ》した。どうやら大気圏突入から二時間二十八分後に命中という予定だったらしい。いまは残り三十分を切った。

ふしぎなことに、自分がウルバレラ毒素菌に感染したと知っても、さほどうろたえたりはしなかった。第三次大戦の発生に前後し、凜香も蓮實も殺される、それが自明の理だからだろう。いずれ吐血するときには、シャウティンと亜樹凪、どちらの顔面に浴びせてやろうかと思案するぐらいだ。

死への恐怖は否定できない。けれどもEL累次体が勝利の凱歌《がいか》をあげるのを見ずにこの世を去れば、一種の逃げきりではないかとも感じられた。どうせ死ぬならそうしてやる。亜樹凪たちが成功の喜びを味わうダシになってたまるか。いま凜香の頭のなかにあるのはそれだけだった。

部屋はさっきよりずっと雑然としていた。魔法卓を操作するチームだけでなく、無菌服を着た別の集団が、大量の器材を運びこんだからだ。ガラス管や容器が電子機器類よりめだつ。高速液体クロマトグラフィーやヨウ素定量装置、打錠用粉末調製の小型混合器や糖衣機は、凜香も知っていた。優莉匡太半グレ同盟のD5が、ヘロインを風邪薬の錠剤に見せかけ密輸出する工場を、幼少期に見たからだ。

藤蔭文科大臣や職員の曽鍋、公安の鷺峰や草桶らが、そわそわしながら作業を見守っている。亜樹凪も同じように不安顔だった。しかしシャウティンだけはバルコニーにでて、パラボラアンテナの隣でタバコを吹かしている。凜香はその態度が気になった。シャウティンは解毒剤の調合の是非が気にならないのか。濱滝なる医師のもとに三人の兵士が送られている。首尾よく解毒剤を獲得したとの報《しら》せが入ったのは、ほんの五分ほど前だった。だが奴らが持ち帰る解毒剤は、たった一本でしかない。

ふと凜香は腑《ふ》に落ちた。シャウティンは解毒剤をせしめる気だ。初めから成分の分析や大量生産には期待していない。たぶん不可能だと知っているのだろう。阿漕《あこぎ》であくどい女の典型だった。凜香のなかで苛立《いらだ》ちが募った。この手錠さえ外れれば、シャウティンが奪うより先に、解毒剤を横取りしてやるのに。

加勢してくれる仲間がほしいところだが、いまは望み薄だった。凜香は隣に視線を向けた。蓮實が床に座りこんでいる。詩乃は蓮實に寄り添いながら頭をもたせかけていた。悲嘆を通り越し、諦《あきら》めの境地に達したふたりのようすは、シリアスなドラマのワンシーンに見えなくもない。詩乃の首から下がゴリラの着ぐるみのままなのを除いては。

リー・ズームォは両手で頭を抱え、部屋の隅でうずくまっている。さっきガラス越しのブースにいたミンユーとランレイ母娘《おやこ》は、この部屋に連行されていた。ズームォとは引き離され、部屋の中央寄りに座らされている。武装兵ら数人が母娘を包囲するように立ち、ときおりアサルトライフルの銃口でミンユーの頭を小突いた。ミンユーはそのたび首を振り、怒りに満ちたまなざしで武装兵を仰ぎ見た。

武装兵は鼻で笑い、今度はランレイの身体に銃口を這《は》わせた。ランレイが嗚咽《おえつ》を漏らしながら母親に抱きつく。ミンユーがランレイを抱き締める。武装兵は身をかがめた。力ずくでランレイを母の手から奪おうとする。ランレイが泣きながら身をよじって抵抗した。

凜香の憤りは瞬時に沸点まで達した。幼少期に受けた虐待、児童売春の日々、大人たちによる理不尽な暴力。あらゆる記憶がいまのランレイに重なった。気づけば凜香は、両手が後ろにまわったまま、立ちあがり突進していた。武装兵に低くぶつかり重心を崩した。驚きの叫びとともに武装兵がつんのめった。

だが怒りに駆られた武装兵は、すばやく立ちあがり、アサルトライフルを振りあげた。銃尻《じゅうじり》は凜香でなくランレイに打ち下ろされようとしている。凜香はとっさにランレイの上に覆いかぶさった。

銃尻が凜香の背を強打した。思わずのけぞるほどの激痛だった。激昂《げっこう》した武装兵が凜香に殴る蹴《け》るの暴行を加える。それでも凜香はランレイに重なったまま動かなかった。

「やめろ！」蓮實も両手が使用不能の状態のまま駆けてきた。床に滑りこみ武装兵に足払いをかける。武装兵がまたも倒れた。ほかの武装兵らがただちに蓮實を滅多打ちにする。蓮實は横倒しになりつつも身体を丸めた。リンチのダメージを最小限に止《とど》める体勢をとっている。詩乃が悲鳴をあげた。

亜樹凪が低い声を響かせた。「そのへんにして」

武装兵らが動きをとめる。腹立ち紛れか凜香と蓮實にひと蹴りずつ加え、悪態をつきながら歩き去った。

鈍重な痛みが痺《しび》れになり全身を包みこむ。凜香は蓮實とともに床に転がり、息苦しさにぜいぜいと喘《あえ》いだ。

シャウティンがバルコニーから戻ってきた。タバコの煙をくゆらせながらシャウティンが亜樹凪にきいた。「その教師に未練があるのかい」

「いいえ」亜樹凪の尖《とが》った目がシャウティンをとらえた。「小競り合いが見苦しかっただけ」

凜香は上半身を起こした。痺れが極端に長引く。思わず呻《うめ》き声が漏れる。

ミンユーは涙ながらにささやいた。「優莉さん……。わたしたちのせいでこんな目に」

ランレイも泣きじゃくっていた。たどたどしい日本語でランレイが告げてきた。「ごめんなさい」

そのひとことでなにもかも許せる気になる。少女が優莉匡太の娘を警戒したのも当然だろう。凜香はささやいた。「謝るなよ。わたしが人殺しって事実は変わらねえんだし」

ズームォが部屋の隅で顔をあげていた。立ちあがって駆け寄りたい心境にちがいない。武装兵が至近距離から銃を突きつけているため、ズームォは居場所を変えられずにいる。

そんなズームォも中国語訛《なま》りの日本語を口にした。「優莉さん。きみは本当に勇気のある子だ。犯罪者扱いするほうがどうかしてる」

「だから」凜香は目を逸《そ》らしながら苦笑してみせた。「凶悪犯なのは本当だって」

世界の滅亡を前に、奇妙にも平和を感じる。ほのかな温《ぬく》もりさえおぼえる。こんな気分は過去に数えるほどしか経験していない。亜樹凪の複雑な面持ちを視界の端にとらえた。凜香にはその思いが手にとるようにわかった。以前は凜香も心の交流を、ただの馴《な》れ合いと一蹴《いっしゅう》してきた。冷酷さにこそ真実があると都合よく解釈していた。本当は孤独にともなう辛《つら》さを紛らわせたかっただけだ。

慌ただしい靴音が通路を駆けてくる。ドアが弾《はじ》けるように開いた。先頭を入ってきたのは餅原だった。

餅原は昂《たか》ぶった声を響かせた。「解毒剤を持ち帰りました！」

室内のEL累次体らがいろめき立った。餅原の後ろに三人の私服がつづく。だぶついたスーツは武器や工具を隠すためだろう。三人ともワークキャップを深くかぶっている。急遽《きゅうきょ》下された命令でなく、用意周到な計画だったなら、外にでるにあたり、もう少しましな変装を施したにちがいない。なんにせよ三人は目的を果たし帰還した。

私服のひとりが両手のなかに保持するのは、タバコの箱ぐらいの大きさのプラスチックケースだった。その男がいった。「濱滝宅の金庫をこじ開けたところ見つけました」

ふいにシャウティンの真顔が輝きだした。足ばやに歩み寄りつつシャウティンが問いかけた。「それが解毒剤だな？　見せてみろ」

無菌服がシャウティンの前に立ちふさがった。「まず成分検査を。一滴だけの採取で可能です」

亜樹凪が仏頂面でシャウティンを見つめる。藤蔭文科大臣らも同様だった。解毒剤が届いたとたん、シャウティンがまっしぐらに距離を詰めようとした。誰もがそのことを訝《いぶか》しく感じたようだ。

それぞれの視線がぶつかりあう。シャウティンは無表情を取り繕い、ぶらりとその場を離れていった。

無菌服らがテーブルに置いたケースを慎重に開ける。小さなガラス製の筒状カプセルが取りだされた。中身は無色の液体、分量はせいぜい市販の目薬ていどだ。蓋《ふた》を開け、スポイトで一滴を吸いとり、成分分析装置での検査が始まった。

魔法卓に向き合うチームの白衣は、壁のモニターを見上げ報告した。「三体衛星、現在の高度二万メートル。航空機との接触の可能性は皆無。ビラ・ツェルクヴァへの落下まで十六分」

藤蔭文科大臣が狼狽《ろうばい》しだした。「きいたか。あと十六分しかない。その後は薬品の調合どころじゃなくなるのでは？」

亜樹凪が首を横に振った。「この辺りは直接の戦禍を免れます。ＮＡＴＯの攻撃に対する、中露北のミサイル第一波は、あくまで米軍基地を目標とするはずです」

公安の鷲峰が硬い顔で歩み寄った。「静かだな。ホールのなかが騒々しければ、ここにも多少はきこえてくるはずだが」

曽鍋が平然と応じた。「もう半数が死んでいるでしょう。密閉空間にあれだけ大勢がいれば、阿鼻叫喚《あびきようかん》も起こりえないほど感染が速く進みます」

鷲峰が唸《うな》った。「偽NHKが撤収しちまったから、なかのようすがわからん」

餅原は西洋人のように肩をすくめた。「観るまでもありません。三体衛星も順調に落下しているし、懸念材料はやはり解毒剤ですよ」

もうひとりの公安、草桶が苦しげな顔で、ネクタイの喉《のど》もとを緩めながらいった。「なんだか気分が悪い……。気のせいかな」

亜樹凪がいった。「わたしたちは迅速に退避したし、感染を免れているかも」

「気休めはよしてくれ。いまのうちにぜひ解毒剤の調合を……」

凜香はシャウティンの動きに気づいていた。「マーさん。万引きGメンに捕まるぜ？」

一同の視線がシャウティンに向けられた。シャウティンは無菌服らの背後に迫っていた。テーブル上のケースにそっと手を伸ばしているところだった。

元から烏合《うごう》の衆でもある、職業がバラバラのEL累次体の面々は、いよいよもって一枚岩でなくなってきた。文科省や公安がシャウティンを疑惑の目で見つめる。とりわけ鷲峰が猜疑心《さいぎしん》をあらわにし、シャウティンとテーブルのあいだに割って入った。至近距離からシャウティンを睨《にら》みつける。だがシャウティンの側には、白髪交じりで小太りの五十代が援護に加わった。男は中国語でなにやら早口にまくしたてた。亜樹凪も怒りのいろとともに中国語で反論する。ウー少将《シャオヂァン》と呼んだのがわかった。中国軍におけるシャウティンの右腕、もしくは配下だろうか。

日本語と中国語が入り交じり、議論が白熱する一方になった。ところがそのとき、無菌服がいきなり成分分析装置を倒した。テーブル上に盛大な音が響いた。全員が息を呑《の》みそちらを見つめた。

無菌服はフードとマスクを取り払った。醒《さ》めきった男の顔がつぶやいた。「生理食塩水です」

「な」亜樹凪が啞然《あぜん》とした。「なんですって……?」

研究に勤《いそ》しむ専門家が理知的で温厚というのは、単なる思いこみらしい。凜香はそう感じた。無菌服は苛立《いらだ》たしげに、テーブル上のすべてをはたき落とした。解毒剤だったはずのカプセルは割れ、少量の液体が床に飛び散った。ケースも床に跳ねると、破裂するように砕けた。

だが散らばるプラスチック片のなかに、異質の物体が混じっているのを、凜香は見てとった。シャウティンも目ざとくそれを発見したらしい。血相を変えつつ駆け寄り、身をかがめるや小さな物体を拾った。

直径三センチぐらいの円盤。アップルのエアタグだった。なんの音も発しないのは改造されたからにちがいない。シャウティンがぎょろ目を剝《む》いた。「位置がバレてる。あの小娘だ！」

「でも」亜樹凪が緊張の面持ちでうったえた。「ジャマーでケータイ電波を封じこめてるんだから、エアタグの位置情報も飛ばないはずじゃ……」

シャウティンがスマホをとりだした。歯ぎしりしながらシャウティンが唸った。「圏外じゃなくなってやがる。５Ｇを受信してるじゃないか」

何者かがジャミングを停波させた。館内のどこかにあるジャマーを発見し破壊したようだ。誰のしわざなのか考えるまでもない。

三人の私服のうち、ひとりがバレエのように高速回転するや、凜香はその素性に気づいた。すぐにわからなかったのは男のように着膨れしていたからだ。回転しながら水平方向に突きだしたコンバットナイフが、至近の武装兵らの喉もとを搔《か》き切った。大量の血飛沫《ちしぶき》を浴びたのは服だけにすぎなかった。緩めたズボンを脱ぎ捨て、垂直方向へ跳躍した脚には、制服のスカートが絡めてあった。男の大腿部《だいたいぶ》の太さを巧みに作りだしていたようだ。ジャケットもワイシャツも、切りこみがいれてあったらしく、瞬時に脱ぎ捨てられた。

ほかの武装兵の動体視力は追いつかず、みないっせいに空中を漂う服を一斉射撃した。中身の人間はすでに天井高く飛びあがっていた。

制服姿の瑠那は宙を舞いつつ、いましがた殺害した武装兵らから奪った小物を、瑠那と蓮實にそれぞれ投げた。飛んでくるときの金属音で鍵束《かぎたば》だとわかる。凜香は犬のようにジャンプし、口で鍵束をくわえた。蓮實に投げられた鍵束は、隣の詩乃がゴリラのグローブで、左右から挟みこみキャッチした。

凜香は瞬時に頭を振り、くわえた鍵束を背中へと投げると、後ろ手に受けとった。一本ずつ鍵を手錠の鍵穴にあてがう。自分はなんとかなりそうだが、蓮實の不器用さが気になった。だが詩乃が着ぐるみから上半身を露出させ、両手を自由にすると、蓮實の手錠を開けにかかっていた。胸があらわになってもかまわずにいる。

そのあいだも凜香と蓮實は無防備ではなかった。頭上を飛ぶ瑠那が援護射撃に入ったからだ。空中で前転する瑠那の帽子が脱げ、長い髪が解放される。テーブル上に着地した瑠那は、敵から奪ったアサルトライフルを腰の高さに構え、次々と狙いを定めつつ早撃ちした。セミオートで三発ずつ放たれた銃弾が、室内の武装兵の頭部を着実に撃ち抜いた。武装兵らは揃ってくずおれた。

シャウティンや亜樹凪は愕然《がくぜん》とし立ち尽くしている。藤蔭文科大臣も凍りついていた。だが公安の鷺峰と草桶は血相を変えつつ、死体からアサルトライフルを拾いにかかった。

しかしアサルトライフルを確保したのは蓮實も同じだった。しかも左右の手に一丁ずつを握った。蓮實の逞《たくま》しい両腕が二丁のアサルトライフルでフルオート掃射する。まず鷺峰を容赦なく蜂の巣にし、次いで草桶の頭部を吹き飛ばした。

教師に転職した元幹部自衛官が、公安の刑事ふたりを射殺した。責められるできごとではないと凜香は思った。詩乃がどんな目に遭わされたかを考えれば当然のことだ。それにいまは戦争状態と同じだった。蓮實がやらなくても凜香がぶち殺していた。

敵勢の生き残りどもが浮き足立っている。凜香はその機を逃さず、ランレイを抱きあげ、リー夫婦をうながした。一家とともにドアをめざし全力疾走する。戸口に達すると、凜香はミンユーにランレイを託し、室内を振りかえった。蓮實が獲得した二丁のアサルトライフルのうち、一丁を投げて寄越《よこ》した。

受けとった瞬間に凜香は腰を落とし、敵から頭部を狙い撃たれるのを防いだ。凜香は片膝《かたひざ》をつき、アサルトライフルを撃ちまくった。薬品調合用のガラス器材が粉々に砕け散る。いまは標的を選んではいられない。掃射はテーブル上の瑠那を退避させるための援護だった。

援護射撃が必要だったのはほんの一、二秒にすぎなかった。瑠那は砲弾のごとく戸口から飛びだしてきた。凜香は並んで通路を走った。先頭を蓮實が露払いのごとく突き進むが、その後ろにはリー一家や、足もとのおぼつかない着ぐるみの詩乃がいた。

追っ手が建物内のあちこちから繰りだしてくるまで十秒とかからない。瑠那はこの一行をどこへ退避させるつもりなのか。なにより本物の解毒剤はどこにあるのだろうか。

だが不明の要素が多々あろうと、凜香の心は躍るばかりだった。天才の瑠那が打つ手なしに現れるはずがない。

通路を駆け抜けつつ凜香はいった。「遅かったじゃねえか」

並走する瑠那は行く手だけを見つめていた。「お巡りさんに足止めされてたので」

31

シャウティンは亜樹凪とともにエレベーターを降りた。地下一階、配管だらけの通路をぐいと進む。行く手には大勢の武装兵らが先行していた。瑠那たちがロビーに逃げたようすはない。隠れたとすれば地階以外に行き場がなかった。

後ろをついてくるのはウー・ユエン少将と藤蔭文科大臣だった。藤蔭が震える声できいた。「本物の解毒剤は杠葉瑠那が……？」

亜樹凪は振りかえりもしなかった。「当然でしょう。一刻も早く奪わなきゃいけない。まだ使ってなければの話だけど」

ほかの誰にも注射させるわけにいかない。あれは自分のための解毒剤だ、シャウティンはそう思った。ただしいまはおくびにもだせない。解毒剤の入手を果たすまでは、周りの駒を適切に利用する必要がある。

前方で武装兵らが途方に暮れたようにたたずむ。地下室のドアが開放されていた。ホールの真下、配電盤のある部屋だ。

「どうした」シャウティンは問いかけた。

「それが」武装兵のひとりが応じた。「ここに杠葉瑠那たちが立ち寄った痕跡《こんせき》がありまして」

妙だとシャウティンは思った。亜樹凪と顔を見合わせたのち、揃ってドアのなかへ入った。

とたんに立ちすくまざるをえなかった。地下室に複数の男たちが折り重なるように倒れている。迷彩服姿ではない、ＮＨＫのロゴが入ったシャツを着ていた。どいつもこいつも首がありえない方向に曲げられている。脈をとるまでもなく、全員の死亡はあきらかだった。

偽のテレビクルー全員が始末された。さらに不可解なことに、据えられたテレビモニターのうち、一台の電源が入っていた。画面にホール内のようすが映っている。

藤蔭文科大臣が眉《まゆ》をひそめた。「偽ＮＨＫは全員ホールから撤収したはずじゃ……」

カメラがなかに残っていたのか。そんなはずはない。誰かがカメラを一台のみ、あらためてホール内に戻したと考えるのが妥当だった。

画面の隅にスーパーインポーズされる日時を見るかぎり、映像はリアルタイムのようだが、どうもおかしい。ホールに閉じこめられた生徒たちは、不安げな面持ちでうろつくものの、予想ほど犠牲者が増えていない。というより当初倒れた女子生徒ふたりと教師ひとり、被害はそれだけに止《とど》まっている。誰も死体に触れようとしないのは、そのようにした教師が命を落としたからだろうし、みな警戒心を働かせていないとまではいえない。にもかかわらず池辺校長や芦田教頭の顔にのぞく感情は、怯《おび》えというより困惑と煩わしさに見える。

そのとき若い女のささやくような声が、館内放送のスピーカーから響いた。「米熊先生。もういいですよ」

藤蔭が天井を見上げた。「杠葉瑠那の声だ」

「しっ」シャウティンは静寂をうながした。

館内放送はそれきりだった。だがモニターのなかで驚くべきことが起きていた。生徒らにどよめきがひろがる。教員たちも唖然《あぜん》とする反応をしめした。

吐血し絶命したはずの女子生徒らがそれぞれに立ちあがった。中年の男性教師もむっくりと起きだす。

生徒たちが笑いだした。男子の声がこだました。「なんだ。やっぱりか」

別の男子生徒も声を張りあげた。「おかしいと思ったんだよ。みんな演劇部だしな」

米熊というのは、死んだふりをした教師の名らしい。口もとから胸までが血糊《ちのり》に赤く染まった米熊が、さかんに辺りを見まわす。「おい、演《や》ったのはふたりだけか？しょうがないな。杠葉はどこだ」

亜樹凪が目を瞠《みは》っている。藤蔭文科大臣も絶句していた。ウー少将はひたすら呆《あき》れ顔だった。

シャウティンも長いこと茫然《ぼうぜん》としていたが、やがて胸中にひとつの感情がこみあげてきた。自分でも意外なことに、シャウティンは笑った。甲高い自分の笑い声をきいた。

「ど」藤蔭が動揺をしめした。「どうかしたのかね。解毒剤はどこだ？　これからどうなる？」

「解毒剤」シャウティンは笑いのあまり、視野が涙に滲《にじ》みだすのを見た。「わからないのかい。もう杠葉瑠那が使っちまったよ。智芭に」

「智芭……？　感染を持ちこんだ兵士か？」

「じつは解毒剤を打たれてたんだよ。首都圏外郭放水路でひとり逃げ延び、ゴープロカメラで窮状を訴えたあと、瑠那に追いつかれたのさ」

瑠那は逃亡者がアジトに連絡すると気づいていた。そのうえでどうあっても捕らえるつもりだった。どんな格闘に持ちこんだのかはわからないが、解毒剤を注射したのち、わざと解放した。智芭がアジトに戻ればパニックが起きると踏んだからだ。

シャウティンはいった。「瑠那は日暮里高校が武装占拠された際の対策を考えてやがった。それで生徒の一部に前もってネタを仕込むことを思いついた。血糊袋を持たせておき、緊急時には口のなかで嚙《か》んで吐きださせ、悶《もだ》え苦しむふりをさせようってな」

亜樹凪が愕然《がくぜん》とした。「悶え苦しむふりを……?」

「さっきのは演劇部の顧問と部員だろが。感染というワードが告げられたら、それをきっかけに芝居をするよう、事前に根まわししといたんだよ」

「だけど……。本当に人質になったときに、そんなことができる余裕がありますか?」

「ない。瑠那もそううまくいくとは踏んでなかっただろうな。なんの対策もないよりはマシってぐらいの浅知恵だったんだろう。だがわたしたちは武力制圧を、防災訓練の延長に見せかけちまった。感染って声をきいて、演劇部の奴らはネタ振りされたと思い、ほかのドッキリにつづけとばかりに三文芝居を始めた」

「首都圏外郭放水路で部隊が全滅したじゃないですか! 瑠那はミュゼ・パラノイザDV67弾を投げたんです」

「そうとも! もともと瑠那の仕込みには説得力がないのが短所だった。ところがどういうわけか、瑠那は濱滝医師と知り合いになり、細菌弾を一発だけ手にいれた。一本きりの解毒剤も獲得した」

何者かの助力があったのだろう。本物のミュゼ・パラノイザDV67の威力を行使することで、演劇部による感染の芝居に信憑性《しんぴょうせい》を持たせられると瑠那は考えた。兵士の生き残りをアジトに戻し感染騒ぎを起こす。瑠那が感染というキーワードを演劇部員にあたえずとも、EL累次体の人間がそれを口にする。ききつけた米熊教師や演劇部員らは、出番がまわってきたと信じ、サプライズイベントに協力する。文科省後援の訓練実習という建前があるからには、武装勢力側が身体検査をおこなうはずはなく、血糊袋も発見されず携帯していられる。瑠那はそこまで予想していた。

有事における生徒らの自衛策として、大胆にもウルバレラ毒素菌に感染した芝居をさせるというのは、いかにも優莉匡太の娘らしい思いつきだ。悪魔的な発想と呼べるかもしれない。

亜樹凪が震える声でつぶやいた。「解毒剤は濱滝宅の金庫内にあったのに……」

シャウティンは鼻を鳴らした。「生理食塩水とエアタグをいれたケースを、後生大事に金庫にしまわせ、濱滝は避難させておいたんだろうよ。こっちの精鋭三人は、留守宅にこれ幸いと忍びこみ、まんまと偽物をつかまされやがった」

ジャマーは人質たちを運んだバスに積んである。エアタグの位置情報が、有明総合体育館付近で途絶えた時点で、瑠那はここがアジトだと確信した。潜入しジャマーを破壊したのち、偽解毒剤を運ぶ三人に追いつき、ひとりを殺害し入れ替わった。

驚くべき残忍さと行動力を有する女子高生だが、それ自体は想定の範囲内だった。ＥＬ累次体はそんな瑠那でも手がだせない計画を練りあげた。だが何者かの支援を受けた瑠那は、こちらの作りだした状況を逆手にとり、アジトを突きとめてしまった。協力者は優莉結衣にちがいない。瑠那と凜香の姉である以前に、友里佐知子の娘だ。恒星天球教はミュゼ・パラノイザＤＶ67をテロに使用したことがある。

優莉家を侮っていた。まさに恐るべき血筋だ。瑠那がここまで来たことは褒めてやらねばならない。だが三体衛星がウクライナの中心を直撃するまで、もう残り十分を切った。もはや運命は変わらない。

そのとき武装兵が駆けこんできた。「エレベーターの扉が開きません！　階段も駄目です。閉鎖されたうえに防火扉が溶接されていまして……」

棚に目が向く。溶接用具がすべて持ち去られていた。またしても瑠那のしわざだ。地下に閉じこめられた。

藤蔭文科大臣が泡を食ったようすで天井を仰いだ。「は、梯子《はしご》を登ればホールにでられるよな？」

シャウティンは醒《さ》めた気分でいった。「そっちの防火扉も溶接してある。わたしが命じた」

亜樹凪が頭を掻《か》きむしった。「プラスチック爆薬で吹き飛ばすべきでしょ」

優莉一族とちがい、雲英の小娘はたいして頭が働かないようだ。シャウティンはモニターに顎《あご》をしゃくった。「観な。もう生徒や教師どもがスマホをいじってる。電話してる奴もいる。いまはまだみんな家に連絡してるだけだろう。なのに土壇場になって、所轄署に通報させるつもりかい」

業を煮やした亜樹凪が周りに当たり散らした。「さっさと出口を見つけて！　下水道でもなんでもいいから壁を破壊してよ！」

ウー少将がシャウティンに歩み寄ってきた。中国語でウーが耳打ちしてくる。「まずい事態です。首尾よく核戦争が勃発《ぼっぱつ》しても、あなたや私がここにいると発覚すれば、面倒なことになります。踏みこんできた所轄署員が魔法卓も押収するでしょうし」

EL累次体が日本の実権を握るより早く、魔法卓の在処《ありか》が世界に伝わってしまう可能性がある。ハン・シャウティンが一緒にいると判明した場合、習政権は陰謀の全容を悟るだろう。

ただちに逃げねばならない。けれどもいまはそれすらできない。

藤蔭文科大臣が必死にコンクリート壁を叩《たた》いていた。「だしてくれ！　ここからだせ。私はここにいない。こんなところにいる事実はないんだ。だせ。早くだしてくれ！」

武装兵らが駆けずりまわる。亜樹凪がわめき散らす。藤蔭大臣が懇願する。ドタバタ喜劇のような混乱だとシャウティンは思った。タバコに火をつけ、煙をたっぷり肺に落としこんだとき、苦笑が漏れた。ほどなくシャウティンは声をあげ笑った。滑稽《こっけい》そのものだ。アジアの支配者になるはずが、いまはなにより地底から這《は》いだすすべを求めている。まるでドブネズミではないか。

32

瑠那はアサルトライフルを携え、一気に階段を駆けのぼった。行く手を銃撃しながら、ひたすら二階通路を疾走しつづける。だが前方を逃げる餅原も同じアサルトライフルを持っていた。ときおり振りかえっては反撃してくる。コンクリート壁に跳弾の火花が散るたび、瑠那は物陰に隠れざるをえなかった。

通路内には迷彩服の死体が累々と横たわる。地下に閉じこめた敵勢を除けば、一階以上にいるEL累次体は掃討しきった。おそらく唯一の生き残り、餅原がなおも逃走しつづける。

いちいち銃撃を避けるために身を隠すのは、深刻なロスタイムになる。だがそれがなくとも瑠那はむやみに走れなかった。リー・ズームォを連れているからだ。瘦《や》せ衰えたようすのズームォだが、ときおり咳《せ》きこみながらも、ついていくといってきかなかった。たしかに彼なしでは魔法卓の操作がわからない。

餅原が振り向きざまにアサルトライフルを掃射した。瑠那はズームォを角の手前に押し戻し、みずからも壁に身を這わせた。

肩で息をしながらズームォがいった。「あいつは魔法卓かパラボラを壊すつもりだ」

おそらくそうだろう。三体衛星は大気抵抗を受けつつも周回をつづけるうち、重力に引かれ高度を下げている。宇宙船の帰還に似ているが、安全着陸のための減速は必要としない。衛星の大気圏突入後、魔法卓による制御は特にないまま、ほうっておいてもウクライナのビラ・ツェルクヴァを直撃する。パラボラアンテナは位置のモニターのためだけにある。だがこれから衛星になんらかの操作を加える場合、パラボラアンテナを経由し、電波で指示を送るしかない。よって魔法卓かパラボラアンテナが破壊されれば、衛星への送信は不可能となり、軌道はけっして変えられなくなる。

餅原からの銃撃がやんだ。靴音が駆けていくのがきこえる。最後の角を折れたようだ。その先は魔法卓のある部屋だった。瑠那は角から飛びだし、猛然と餅原を追いあげた。

行く手で餅原がドアを閉じようとしている。瑠那は三段跳びの要領でジャンプし、滞空から勢いよくドアを蹴《け》りこんだ。餅原に身体ごとぶつかる。ふたりは床に転がった。拍子に双方のアサルトライフルが投げだされた。

先に起きあがった餅原が、右手に握った球状の物体を口もとに運ぼうとする。手榴《しゅりゅう》弾《だん》だと気づき、瑠那はすばやく挑みかかった。餅原の腕をつかみ、ピンを抜くのを全力で阻止する。餅原は激しく身体を振り抵抗した。

ズームォが部屋に駆けこんできた。「杠葉さん」

瑠那は餅原と組み合ったまま怒鳴った。「魔法卓！」

ただちにズームォが魔法卓に向かいだした。足もとがふらつくものの、近くのコンピューターコンソールにしがみつき、つんのめるように魔法卓に覆いかぶさる。

だがそれを目で追ったためか、瑠那は餅原の反撃を許してしまった。餅原は裏拳《うらけん》と肘《ひじ》打《う》ちを同時に繰りだした。瑠那はとっさに身を引いたが、頰を強打されるのを免れず、体勢が崩れるや倒れこんだ。

餅原はいまの打撃のため、手榴弾を手放さざるをえなかった。床に跳ねた手榴弾が遠ざかる。ピンはまだ抜かれていない。拾っている暇などないと判断したのだろう、餅原が死にものぐるいでズームォに駆け寄った。背後からズームォの両肩をつかむと、力ずくで投げ飛ばした。ズームォは床に叩きつけられた。餅原が魔法卓を破壊するべく手を伸ばす。

疾風のように人影が迫り、餅原に激突した。凜香が餅原の胸倉をつかんだまま、ふたりとも床を激しく転がった。立ちあがった餅原に対し、凜香は後方宙返りで蹴りを浴びせた。餅原は顎を蹴りあげられ、のけぞった姿勢で宙を舞った。

まだ致命傷にはほど遠かった。仰向《あおむ》けになった餅原に凜香が馬乗りになった。

「瑠那！」凜香が声を張りあげた。「早く！」

ズームォは床に伸びている。魔法卓まで距離があった。彼を助け起こすには時間を要する。瑠那はまっすぐ魔法卓に走った。「リーさん、衛星にスラスターエンジン《リーラオシーウエイシンシャンヨウヂユウアントウエイドンインチン》は《マー》？」

なかなか立てずにいるズームォが、苦痛に顔をしかめながら告げてきた。「逆噴射《クエアシーター》の仕組みはそもそもない《メイヨウファンシイアンペンシエアジエゴウ》。推進用燃料は搭載してないんだ。宇宙空間では姿勢制御テザーによる潮汐《ちょうせき》力安定化で、衛星の軌道を維持してきた。コントロールできるのはそれだけだ」

瑠那は魔法卓に飛びついた。「空力抵抗を利用し、物理的に減速させるメカニズムは？」

「ない。だが放射スペクトル制御を……」

「あー、太陽光からの受熱を抑制するシステムですね。オフにできれば、大気圏内で生じる熱に耐えかね、衛星の崩壊が加速する。予定より早く形状が変われば空気抵抗が増し、重力に引っぱられて軌道が下がりますよね」

「……きみは本当に高一か？　よく理解できるな」

「九歳のころSSCの研究資料を読みました」

「サウジアラビア宇宙委員会？　だが輻射率《ふくしゃ》には複雑な計算が……」

「それもわかります」瑠那はモニターに目を走らせた。「このワット毎平方メートルが輻射量ですよね？　キロパスカルが圧力損失、ケルビンが表面温度」

「合ってるとも……。杠葉さん、初期化コードはOIFH692YQW143だ」

瑠那は魔法卓のキーボードに両手の指を這わせた。急がねばならない。衛星を瞬時に破壊する方法がない以上、軌道を変えるにも、あるていどの時間的余裕を必要とする。

そのとき凜香の叫び声がきこえた。「瑠那！　そっちへ行った」

餅原が血相を変え突進してくる。凜香との打ち合いから隙をみて逃れたらしい。だが餅原は瑠那に向かわず、バルコニーへ駆けだしていった。

まずい。パラボラアンテナを破壊する気だ。瑠那は急ぎ追跡に転じた。しかし間に合わない。餅原はバルコニーに飛びだすと、パラボラアンテナに体当たりを食らわせようとした。

ところがいきなり巨体が降ってきて、餅原はその下敷きになった。蓮實が屋根の上から滑降してきたらしい。身体を起こした蓮實が、鬼の形相で餅原に背負い投げを放つ。餅原はバルコニーから外に投げだされ、絶叫とともに転落していった。

凜香が駆け寄ってきた。「瑠那！」

瑠那は落ち着いた気分で魔法卓の前を離れた。床に倒れたズームォに近づき、そっと手を差し伸べる。

ズームォが茫然《ぼうぜん》と手を握った。「杠葉さん。どうなった……？」

語るまでもない。瑠那はズームォを支えつつ、バルコニーへといざなった。凜香が歩調を合わせてくる。バルコニーでは蓮實が出迎えた。夜の潮風が頬を撫《な》で、長い髪をそよがせる。

星空を西から東へと、オレンジいろの光が横切っていくのが、明瞭《めいりょう》に見てとれる。流星というよりは火球に似ていた。かなり大きいのは、それだけ低く飛んでいるからだ。修正後の軌道予測は、さっき観たモニターに反映されていた。衛星自体は日本近海上空で燃え尽きたのち、核物質も起爆することなく太平洋に沈む。

凜香が涼しい顔でつぶやいた。「明日《あした》もいい天気だな」

「ええ」瑠那はうなずいた。凜香はなにげなく口にしたのかもしれないが、深い言葉が心に沁《し》みた。天候を気にかけられる明日が来るのだから。

33

池辺校長が困惑し、文科省に質問状を送ったことを、瑠那は蓮實からきかされた。

そもそも有明総合体育館で、文科大臣や公安の関係者、NHKスタッフが先に撤収した点をまず遺憾に思う。そのうえで日暮里高校の生徒と教職員は、帰りのバスの手配もなく、館内放送でふいに現地解散を告げられた。予定より長引いたのはわかるが、それについては校長から何度となく質問させていただいたはずだ。なのに挨拶《あいさつ》ひとつなく大規模な訓練をいきなり終了とは、礼儀に反するのではないか。校長は質問状にそうしたためたらしい。

日暮里高校は翌日から通常どおりの授業を実施した。職員室には狐につままれたような空気が漂っていたときく。生徒たちの多くも、有明から電車で帰らされたことに面食らっていたが、教師らよりは風変わりなイベントを楽しんだとわかる。みな前日のできごとを明るく語り合っていた。

そんな生徒たちも、NHKでの放送を心待ちにしていたのには変わりがない。しかし学校からNHKへ問い合わせるも、返事はなしのつぶてだった。途方に暮れた学校関係者は、都の教育委員会にも相談したが、やはり事情はまったく判然としなかった。文科省とNHK、どちらも担当者が不明で詳細が調べられないという。公安に至っては一般からの質問を受け付けていないと伝えられた。

有明総合体育館での血なまぐさい事件を報じるマスコミは皆無だった。体育館の公式サイトを見ても、翌日の午後から予定どおり、次のクライアントが借りて利用したとわかる。以降の行事もスケジュールどおりらしい。

むろん凜香はすべての経緯を把握していた。三体衛星の墜落を見届けてすぐ、瑠那は声《こわ》いろで館内放送を通じ、模擬テロ事件の実習訓練終了を告げた。ホールのドアを解錠し、全校生徒と教職員を帰らせつつ、瑠那と凜香もそのなかに紛れた。蓮實も主催側の意向を校長に伝えた。会場の利用時間を大幅にオーバーしているので、このまま解散だそうです、そんなふうにいった。池辺校長は眉間《みけん》に皺《しわ》を寄せたものの、生徒たちをすみやかに外へだすよう全教員に指示した。

事実として館内でぐずぐずしているわけにはいかなかった。EL累次体が事態収拾のため、増援部隊を送りこもうとするのは明白だったからだ。地階に閉じこめたハン・シャウティンや藤蔭文科大臣、誰よりも雲英亜樹凪と決着をつけたかったが、ひとまず全校生徒の避難が優先された。

EL累次体は地階の同胞たちを救出したうえで、なにごともなかったように館内を綺麗《きれい》にしていった。どんな名義で体育館を借りていたか知らないが、文科省後援の実習訓練もNHKによる取材も、なんらおこなわれた形跡はなかった。

池辺校長の戸惑いはよほど深かったのか、ヤフー知恵袋に質問を投稿していた。むろん匿名だったが、書かれた内容から校長にまちがいないとわかる。瑠那はいち早く投稿を見つけたものの、回答は一件もついていなかった。そこで瑠那も匿名で回答を投稿した。〝省庁やテレビ局というのは、現場でこそ親しげな態度をとりますが、ことが終われば冷やかなものです。質問者様のおっしゃる防災訓練の件も、文科省やNHKにとっては、ただこなすべき仕事にすぎず、その軽視がアフターフォロー不足につながったとみるべきでしょう。しかし生徒さんたちの勉強になったのであれば、それでかまわないのではないですか。そこが最も重要なことですから〟

日が経つにつれ、放送にこだわる生徒や教員は減っていった。みなネットを検索した結果、知恵袋の回答を読んだようだ。テレビ中継の国会答弁に立つ藤蔭文科大臣も、日暮里高校に言及することはなかった。たぶんニュース性が薄かったのだろうと、校内の誰もが納得しだした。

まだ陽射しが強いものの、高く澄んだ青空の下、秋の気配が漂いつつある。ほのかに明るい校舎裏に瑠那はいた。授業の合間の休み時間、凜香や蓮實と立ち話できる機会を得た。

周りに誰もいない場所で本音を語れるのは、蓮實にとっても息抜きになるらしい。穏やかな表情で蓮實がつぶやいた。「まったく驚きだよ。全員が訓練にすぎなかったととらえて、しかもそろそろ過去の思い出のひとつになってきてる。あれだけの大事件だったのに、心のケアが必要な者がひとりもいない」

凜香が苦笑した。「詩乃さんには必要だったんじゃね?」

「当たり散らされたよ」蓮實が顔をしかめた。「警察に駆けこむと泣き叫んでな。なんとかなだめて沈黙を守らせてる。でもこのところはもうケロリとしてる。顔の腫《は》れや痣《あざ》が引いてから、温泉にも連れてってたし」

「将来の嫁さんの気持ちが落ち着いたのなら、その理由ははっきりしてんだろ」

「なんだ」

「ゴミどもに肌をさらしちまったぶん、本来ならただひとりそれを目にできるカレシから、濃厚な愛を受け……」

「おい！」蓮實が凜香を睨《にら》みつけた。「学校だぞ」

凜香は笑ったものの、ほどなく表情が曇りだした。「詩乃さんよりもっとメンタルの強い女子生徒が、あいかわらずうちの学校に通いつづけてるよ」

「ああ……」蓮實もため息をついた。「きょうも雲英亜樹凪は出席してる。なにごともなく授業を受けてる」

「わたしたちに素性を見抜かれてるのに、まったくずうずうしい女だよ。でもあいつがいるうちは……」

蓮實がうなずいた。「暴走ロケットが飛んできたりしないっていう、一定の目安にはなるか」

凜香の目が瑠那に向いた。「そのために生かしといた？　天才の発想はちげえな」

瑠那は黙っていた。姉は深読みしすぎだと内心思った。人間の戦争は動物の殺し合いとは異なる。勝敗の決着をつける目的がある。結果がでたのなら命は奪えない。敗戦国を根絶やしにする権利が、戦勝国にないのと同じだ。

キラー・キナは悲劇から始まっている。いまもすべてが雲英亜樹凪の素顔だとは信じたくない。

「先生」凜香が悪戯《いたずら》っぽく問いかけた。「亜樹凪のいる日暮里高校の日常にはもう慣れたかよ？」

蓮實が硬い顔で答えた。「あいつもひとりの生徒にすぎない。学校では正しいと思うことを生徒に教えていくだけだ」

この学校には傷つけあう者たちがいる。ここにいる三人もそんな争いに加わっている。蓮實は現実から目を背けているのではなく、むしろなにもかも受けとめる覚悟にちがいない。教員としての意地かもしれなかった。大人はきっと職務に人生の意義をみいだすのだろう。未成年が常に心の拠《よ》りどころを求めたがるのと同じように。

腕時計を眺め、蓮實が踵《きびす》をかえした。「授業に遅れるなよ」

そう言い残し蓮實は立ち去った。巨漢の後ろ姿をしばし見送る。蓮實の悩みは亜樹凪に対してよりも、ほかならぬ瑠那と凜香にこそあるのかもしれない。教え子が人命を奪いつづける日々を知りながら、蓮實は口をつぐんでいる。どれだけ心苦しく、責めさいなまれる思いに駆られることだろう。親身になってくれる教師なのは疑いようがない。そういう見方をすれば申しわけなさも募る。だがいまは瑠那もほかの生き方を選べない。

「さて」凜香もぶらりと歩きだした。「次の授業、音楽なんだよ。いっそ世界が滅んでくれりゃよかった」

「凜香お姉ちゃん」

「なんだよ」

「お姉ちゃんがいてくれてよかったと、心から思います。でなきゃ、きょうという日もなかったわけだし」

微風が吹きつけるなか、凜香はふっと笑った。「そりゃ瑠那にこそいえるだろ」

「わたしたち……。必要とされてますよね？」

「……まあな。いなきゃ核戦争だったかも。そういう意味じゃ、もっと感謝されてもいいよな。中間テストを免除とか」

「それで充分ですか？」

「さあ。とりあえず目の前の問題から逃れたいばっかりでよ」凜香は瑠那に背を向けながらいった。「ふつうの女子高生に近づくためにも、それらしい毎日を送らなきゃな」

凛香が歩き去っていく。瑠那は校庭に留《とど》まった。一緒に来ないのかと、凛香がたずねる顔で振りかえったが、また前に向き直り遠ざかっていった。姉は無言のうちに共感したらしい。吹き始めた風にもうしばらくあたっていたい、誰でもそんな心境になるときがある。

校舎内の賑《にぎ》わいが徐々にフェードアウトしていく。みなそれぞれの教室に戻ったのだろう。いつまでもここにはいられない。

ふと靴音をきいた。視界の端に女子生徒がひとり現れた。ゆっくりこちらに近づいてくる。ずいぶんプロポーションがよかった。なにげなく振る舞っているが、きびきびとした動きを隠しきれていない。距離が詰まると、瑠那も存在感を無視できなくなり、女子生徒に目を向けた。

小顔のつぶらな瞳《ひとみ》を見つめたとき、瑠那はただ驚きをおぼえた。「結衣さん?」

なんと結衣は日暮里高校の制服を着ていた。澄まし顔を貫くものの、制服姿になんとなく恥ずかしさをおぼえているのが、しぐさや態度から見てとれる。

結衣が口ごもりながらつぶやいた。「なかなかふたりきりで会えない。おかげで学校に入りこまなきゃならなくて」

「凜香お姉ちゃんを呼びましょうか」

「なんでよ。瑠那に会いに来たのに」

瑠那は思わず顔がほころぶのを自覚した。「結衣さんが正しかったです。わたしはもう悩みません」

「雲英亜樹凪のこと？」

「ええ。命を奪わなかったのはまちがいじゃなかった。いずれその答えを証明します」

「あんたらしい言い方」結衣は校舎を仰いだ。「誰も死なせないなんてね。しかも集団人質になったことさえ気づかせてない」

「……日常を壊したくなくて」瑠那は思いのままをささやいた。「結衣さんがわたしの考えを読んでたことのほうが驚きです」

日暮里高校が武装勢力に占拠されないかと心配だった。対処法として思いついたのは、前もって一部生徒に、ウルバレラ毒素菌に感染した演技を指導しておくこと。生徒にそんな反応が起きれば、武装勢力側も混乱せざるをえず、うまくすれば撤退を選ぶかもしれない。

誰も死なせたくない、武蔵小杉高校事変のようにはしたくない。そんな思いに駆られた末の、苦肉の策だった。

結衣が見つめてきた。「実行したのは演劇部員と顧問の先生だって？」

「おかげで入部しなきゃいけなくなりました……。文化祭の舞台に立ったらすぐ辞めますけど、米熊先生に約束したので」

「よく米熊先生や部員が、感染の演技について納得してくれたね」

「爆弾騒ぎもあったし、いちおう身を守るすべとして練習してくれて」

「ＥＬ累次体が防犯訓練の日になにを仕掛けるか、だいたい予想がついてた。逆手にとったうえで、本物のミュゼ・パラノイザＤＶ67を使えば、あんたの下準備が生かせると思った」

「結衣さんの助けがあったからこそ、みんな助かったんです」

「友里佐知子の娘のようにはならないって、あんたは心にきめてたんでしょ。たとえ武装勢力に学校を占拠されても、ひとりも死なせないって」

瑠那の胸を複雑な感情がよぎった。「なにもかもお見通しなんですね」

「ずっとマシな結果をだしてる。この学校で誰も死なせてない。亜樹凪さえも」結衣は立ち去りだした。「いいたかったのはそれだけ」

「結衣さん」瑠那は呼びとめた。「あのう。結衣お姉ちゃんと呼んでもいいですか」

しばし結衣は静止したのち、ゆっくりと振りかえった。

大きくつぶらな瞳の目尻《めじり》が、わずかに吊《つ》りあがっているせいで、不機嫌な猫のような顔に見える。結衣は以前からそうだった。けれどもいま瑠那は啞然《あぜん》とせざるをえなかった。なおも仏頂面ながら、初めて結衣に可愛げを感じる。猫は猫でも、ただ穏やかにしているときのまなざしに似ていた。

沈黙があった。結衣がきいた。「なんでそんなにじっと見るの」

「いえ……」瑠那は戸惑ったものの、正直にいったほうがいい、そんな気分になった。すると心がふっと軽くなり、思わず微笑が浮かんだ。瑠那はささやいた。「綺麗で、可愛いなと思って」

「可愛い？」結衣は無表情に見かえした。「あんたも」

瑠那は面食らったが、胸の奥にじわりと喜びが生じた。

「あのう」瑠那はおずおずときいた。「本音ではわたしのこと、どう思ってますか」

またしばらく結衣は黙って瑠那を見つめた。やがて結衣が告げてきた。「巫女《みこ》だけに神様の使いっぽい。だけどそれ以上に……」

「それ以上に？」

「どこにでもいるふつうの高一女子」

「……どんなところがですか？」

「病み期とケロリの繰りかえし」

結衣は背を向けた。

「わたしもそうだった」

歩き去る結衣の後ろ姿は、前とちがって見えた。同じ制服姿のせいかもしれない。少しだけ先輩であるほかは、自分と変わらない。いまはそんなふうに信じられる。

そう、結衣は友里佐知子の娘だ。だからこそ瑠那にやさしい。

チャイムが厳かに鳴り響いた。校庭のポプラの木々が風に揺らぎ、枝葉をざわめかせる。瑠那はほのかな温かさを感じた。きっと幸せなのだろう。抗争と殺戮《さつりく》に明け暮れる日々でも、妹想いの姉がふたりもいるのだから。

本書は書き下ろしです。

高校事変《こうこうじへん》16

松岡圭祐《まつおかけいすけ》

令和5年 7月25日　初版発行

発行者●山下直久

発行●株式会社KADOKAWA
〒102-8177　東京都千代田区富士見2-13-3
電話　0570-002-301（ナビダイヤル）

角川文庫 23728

印刷所●株式会社暁印刷
製本所●本間製本株式会社

表紙画●和田三造

ISBN 978-4-04-113782-6　C0193

◇◇◇

角川文庫発刊に際して

角川源義

第二次世界大戦の敗北は、軍事力の敗北であった以上に、私たちの若い文化力の敗退であった。私たちの文化が戦争に対して如何に無力であり、単なるあだ花に過ぎなかったかを、私たちは身を以て体験し痛感した。西洋近代文化の摂取にとって、明治以後八十年の歳月は決して短かすぎたとは言えない。にもかかわらず、近代文化の伝統を確立し、自由な批判と柔軟な良識に富む文化層として自らを形成することに私たちは失敗して来た。そしてこれは、各層への文化の普及滲透を任務とする出版人の責任でもあった。

一九四五年以来、私たちは再び振出しに戻り、第一歩から踏み出すことを余儀なくされた。これは大きな不幸ではあるが、反面、これまでの混沌・未熟・歪曲の中にあった我が国の文化に秩序と確たる基礎を齎らすためには絶好の機会でもある。角川書店は、このような祖国の文化的危機にあたり、微力をも顧みず再建の礎石たるべき抱負と決意とをもって出発したが、ここに創立以来の念願を果すべく角川文庫を発刊する。これまで刊行されたあらゆる全集叢書文庫類の長所と短所とを検討し、古今東西の不朽の典籍を、良心的編集のもとに、廉価に、そして書架にふさわしい美本として、多くのひとびとに提供しようとする。しかし私たちは徒らに百科全書的な知識のジレッタントを作ることを目的とせず、あくまで祖国の文化に秩序と再建への道を示し、この文庫を角川書店の栄ある事業として、今後永久に継続発展せしめ、学芸と教養との殿堂として大成せんことを期したい。多くの読書子の愛情ある忠言と支持とによって、この希望と抱負とを完遂せしめられんことを願う。

一九四九年五月三日

杠《ゆずり》葉《は》瑠《る》那《な》は誰だ？

衝撃の新章

好評発売中

『高校事変13』

著：松岡圭祐

最終決戦で宿敵の兄を倒した結衣と凜香。２人は新しい生活をスタートさせていた。同時期、各地で女子高生が誘拐される事件が続発。高校生になった凜香の周りにも不穏な影が。満を持しての新章スタート！

角川文庫

魔の体育祭、ついに開幕！

好評発売中

『高校事変14』

著：松岡圭祐

梅雨の晴れ間の6月。凛香と瑠那が通う日暮里高校で体育祭が開催されようとしていた。その少し前、瑠那宛てに怪しげなメモリーカードが届いて……。危機はまだ去っていなかった。魔の体育祭、ついに開幕！

最強の妹　最高の物語

好評発売中

『優莉凛香　高校事変　劃篇』

著：松岡圭祐

凶悪テロリスト・優莉匡太の四女、優莉凛香。姉・結衣への複雑な思いのその先に、本当の姉妹愛はあるのか。少女らしいアオハルの日々は送れるのか。孤独を抱えるサブヒロインを真っ向から描く、壮絶スピンオフ！

角川文庫

北朝鮮での壮絶バトル

好評発売中

『優莉結衣 高校事変 劃篇』

著：松岡圭祐

史上最強の女子高生ダークヒロイン、優莉結衣。ホンジュラスで過激派組織と死闘を繰り広げた後、日本への帰国の道筋が不明だった結衣は、北朝鮮にいた。最終決戦を前にそこで何が起きたのか。衝撃の新事実！

角川文庫